YOSHIDA Kazuteru
吉田 和照

電脳将ウェブライナー

Spirit of transition
WEB LINER

文芸社

目次

序章「全ての始まり」

現代、人類は情報化の波に呑まれ、生活の基盤のほとんどは情報技術に替わった。
そんな時代の波に巻きこまれた関東にある田舎町、稲歌町。全ては、ここから始まる。

第一章「稲歌町のパン屋さん」

不動拓磨

稲歌町は『極端な情報化を避け、地域社会を育んでいく』という条例の下に成り立った町であり、今の時代には絶滅危惧種並みに珍しい「携帯電話を持っていない人」がチラホラいる、日本でもなかなか無い場所だった。

そんな稲歌町の4月。穏やかな風に乗った桜の花が舞い散る稲歌高校。新入生が激動の高校受験を終え、明日から高校生活を満喫しようと、すでに下校済みの放課後。

「馬鹿か！　貴様あああああ!!」

怒号が、穏やかな空気を、肌がヒリヒリする戦場の空気へと変えた。

「……近所迷惑を考えましょう？　金城《かねしろ》先生」

非難の的である拓磨《たくま》が呆れた顔で呟く。

「その発言は俺にツッコメというギャグか？　あ!?　思いっきり発言が自分に刺さってい

るぞ！　不動《ふどう》!!」

目の前の男が大声で怒鳴り返す。

要は『お前が言うな』ということだ。脳内の血管がプッツンと切れるのではないかと心配になるほど怒鳴り散らしている。

拓磨は軽く心境をまとめると、慎重に言葉を選んでなだめるように話しかけた。

「……おっしゃっている意味が分かりませんが？」

「ほう？　そうか？　分からない？　意味が分からねえってか！　意味が分からねえのはお前の存在そのものだ！　この人外野郎！」

先ほどから怒鳴っているこの男は金城勇《いさみ》。

稲歌高校に赴任してから早数年。学校の風紀を守り、不良な生徒を相手に日夜力を尽くす生徒指導担当の先生だ。

担当科目は体育。高校時代にボクシングを始め、大学時代にボクシングで一度も負けたことがないことから『負けざる者』の呼び名を持つ。その道の者なら知らない者はいない有名な体育会系の先生である。

彼に楯突く生徒は、ほぼ皆無である。呼び名が教師就任直後にインフルエンザウイルスのようにぱっと広まり、生徒から恐れ半分、敬意半分で見られているからだ。

そんな鬼教師とも言うべき彼が畏怖の目で見る、ただならざる者がいた。

それが目の前の男、不動拓磨である。

彼らは現在、不良な生徒と1対1で話し合う『生徒指導室』で机を挟み、お互いに向かい合っていた。

しかし主にしゃべっていたのは金城で、拓磨はほとんど話していない。珍獣でも見るように先生を観察していた。

「……これを見ろ！」

息切れしながら金城は、目の前の机に紙を叩きつけた。40枚近くある。難しい言葉がたくさん書いてあり、拓磨の場所からは、見ろと言われても読めなかった。

「別に花粉症じゃないからティッシュはいらないんですが？」

「アホオオオオオオ!!　全部被害報告だ!!」

拓磨は信じられないとばかりに首を横に振り、お手上げポーズを取る。

「被害報告？　被害に遭ったのはこっちですよ？　高校2年の朝、学校に向かおうと歩いていたらヤクザに難癖つけられて危うく殺されかけたんだ」

「そのヤクザを素手で全員叩きのめしたのはお前だろうが!!　なあ、何なんだ？　お前は一体何なんだ!?　人の面被った化け物か!?　それとも大人数をぶち殺すのが大好きな悪魔か!?　どっちだ！」

「どこにでもいる人間です。好きな食べ物は鱈のすり身入りチーズ。知ってます？　コンビニで売ってるやつ。嫌いな食べ物は梅干し。あんなもん食えたもんじゃねえ。そう思いませんか？」

拓磨は自己紹介とばかりにプロフィールを説明した。一方、金城先生の怒りは爆発寸前まで来ていた。顔が真っ赤で、口から破壊光線でも吐けそうな雰囲気だ。

どうやら火に油を注いでしまったらしい。

「ええと……他に何か聞きたいことは？」

拓磨は恐る恐る尋ねる。

「うるせえええええ!!」

あまりの怒りで金城の鉄拳が目の前の机に鈍い音とともに豪快なヒビを入れた。拓磨は軽く舌打ちをすると、苦笑いをしながら部屋を飛び出し、緊急避難所である職員室へダッシュで逃げ込んだ。後ろを猛スピードで金城先生が追いかけてくる。結局、その後金城先生はあまりの乱心ぶりに他の職員に取り押さえられ、その日は授業に出ることはなかった。

「とりあえず、今日のところは帰りなさい。まったく、一体何をしたんだか……」

金城先生を取り押さえた後、拓磨があまりしゃべったことがない若い女性の職員が愚痴混じりで告げた。おそらく今年赴任してきた新人の職員だろう。

「また変な奴に絡まれたらどうすればいいんですか？」

拓磨の言葉に女性職員は呆れた顔を見せる。

「まさか、わざと絡まれに行くつもりじゃないでしょうね？」

拓磨は面白い冗談を聞いたように笑みを浮かべる。

「わざわざ死ににいくバカはいないでしょう？　とりあえず、了解です。まあ、そのときはこっちでなんとかしますよ」

「え!? あ、ちょっと！　不動君！」

拓磨は最後まで聞かず、職員室を後にした。職員室のある1階の廊下にはほとんど生徒はいなかった。学校にいたわずかな生徒は金城先生の乱心を見物しに職員室へと向かった。そんな彼らを気にも留めず拓磨は廊下を進み、途中にある昇降口に向かい、屋内用のサンダルを靴へと履き替える。

「たっく〜ん！」

腹に響く拓磨の低音な声とは真逆の、ハキハキとした少年のような高い声が拓磨の肩を叩いた。振り返ると、ボサボサ頭の拓磨より一回り小さいスポーツ刈りの少年がニコニコしながら立っていた。

「ん？　ああ、祐司《ゆうじ》。お前か」

「一体何があったんだよ!?　たっくん！　ものすごい大声がしたけど」

祐司と呼ばれた少年は興奮気味に尋ねた。

「別に大したことはない。先生がなんか急におかしくなったんだ」

「それ、すごい大したことだと思うけど……。たっくん、また何かしたんじゃないの？」

「俺が？　はあ……お前までそんなこと言うのか？　悪いが今回、俺は全面的に被害者だ。全部向こうが勝手に仕掛けてきて、俺は適当にあしらっただけだ」

２人は昇降口を出ると校門へと歩きだす。普段は部活動でサッカーや野球をしている生徒があふれる校庭も、今日は誰一人としていない。始業式だから部活もまだ始まっていないところが多いのだろう。

「おい、葵《あおい》はどうした？　お前の姉だろ？」

拓磨は校庭の雰囲気を眺めながら尋ねる。

「違う。俺が兄だよ」

祐司が即座に訂正する。

「あれ？　そうだったか？」

「そうだよ。それよりたっくん、近くで見るといろいろ高校生離れしてるよね？　体とか。声とか。守護霊とか出せるんじゃない？」

「俺は人間だ。魔法なんか習っちゃいねぇ」

「ははは！　冗談だって！　茶化し甲斐があるなあ、もう！　ええと、ちょっと待ってね」

祐司は制服の胸ポケットからスマートフォンを取り出すとスケジュール帳を開く。

「それが新しく買ったスマホって奴か？」

物珍しげに拓磨は尋ねる。

「昔と違って今は携帯電話持ってないと友達も作れないじゃない？　父さんに『どうせ買うなら新しい物を！』ってねだって買ってもらったんだけど……ええと、葵は今日は部活かな？」

「部活？　今日は始業式だぞ？　部活なんて始まってないんじゃないのか？」

拓磨は、疑問を口にした。それに対して、祐司がすぐに答える。

「知らないの？　葵って部長になったんだよ？　剣道部の」

「……あいつ、まだ高校2年だろ？」

「それが、候補がなかなかいないらしくて。なぜか、葵が選ばれたんだよ。不思議なことに」

「はあ……あいつらしいな」

先ほどから拓磨と話している生徒は、渡里祐司《わたりゆうじ》。不動拓磨とは幼なじみである。会話に登場したのは渡里葵《わたりあおい》。祐司の妹だ。

たっくんというのは祐司のみが使用する拓磨の愛称である。

「そういえばたっくんってさあ、携帯持ってないよね？　……何で？」

「携帯なんて金出して買うだけ損だ。ただでさえ通話料で金はかかるし、定額とかパケットだか ポケットだか意味が分からねえ」

「いやいや……ないといろいろ不便でしょ？」

「じゃあ持ってもいいんだが、いくつか条件がある。まず、どんなに電話しても月100円以内。次にどんなにメールしても月100円以内。さらに持ち主の命が危険にさらされたときは自動的に警察に電話してくれる機能。最後は持ち主が退屈なときは友達がいなくても話し相手になってくれる機能。まあこんなもんか？」

もはや携帯電話ではないリクエストに祐司は呆れていた。

「無茶苦茶だ！　そんな携帯電話なんてないよ！」

「だろ？　だからいらない。話はこうしてお互い会ってしゃべれるし、会わないと相手が何を話したいのか分からねえときがあるからな。やっぱり会うことって重要だと感じる年齢に俺もなっちまったなあ」

まるで老人のようなセリフを拓磨は呟く。

「ねえ、たっくんって本当は何歳？　すごい高齢の匂いがするんだけど？」

「大人を毎日相手にしてれば自然とものの見方も身につく。大したことはねえよ」

拓磨の老成した感想に祐司は頭を悩ます。

「『大人を相手』って……。家がパン屋だから？」

「ま、正確には『お客を相手』にだがな？」

2人は会話も弾み、舗装されたアスファルトの道を歩いていく。両脇にはブロック塀の家々が並ぶ。都市部の人が入ってきた影響もあり、以前はド田舎で田んぼばかりだった一般道も舗装され、稲歌町には住宅街が増えてきていた。

「ずいぶん家が増えたなあ」

拓磨は左右の住宅を見渡しながら思ったことをそのまま呟く。

「ん？　そう？　通学路だから気がつかなかったけど、言われてみればずいぶん増えたね。この辺、田んぼばかりだったのに」

「町が発展するのは大いに結構だが、ここまで急だと逆に不安があるな」

「不安？」

「ああ、発展のスピードについていけずに振り回される住民も出てくるかもしれないからな。技術の急激な発展にその時代の人がついていけるかというと、それは疑問だ。町や国がバックアップして、できるだけ時代に取り残されないようにしていく動きが必要になる。そう思うだろ？」

「……たっくん、あなたは本当に何歳ですか？」

　祐司が頭に疑問の文字を浮かべていると、道の突き当たりに大きな屋敷が見えてくる。平屋建てだが、まるで城の一部を切り抜いたような風格をしている。黒い瓦が目立ち、強固な造りが外からでも見て分かる。おまけに3メートル近い木製の門が屋敷の前に仁王立ちしている。『相良《さがら》』と書かれた縦1メートル、横50センチメートルの表札らしい看板が壁に取り付けられており、見る者を威圧する雰囲気が漂い、田舎の町の風景にはいささかなじまない光景だ。

「た、たっくん！　例の場所だよ！」

「分かってる。祐司、今朝は失敗したから急いでここを離れるぞ？　面倒事はもうごめんだ」

「わ、分かった！」

　2人は突き当たりの屋敷の前を右折し、足早にその場を離れた。振り返るともう屋敷は点ほどの大きさになっていた。

「し、心臓が止まるかと思ったよ！　ねえ、なんでこの道が通学路なの⁉」

まるで100メートルほど全力で走ったように息切れしながら祐司が尋ねる。

「さあな？　ヤクザの屋敷が通学路にある学校なんて日本中探しても少ないだろ？　そのひとつがここだ」

拓磨は振り返り、屋敷を苦々しい顔で眺める。

「そもそも、なんで通学路なんて設定してあるの！　そういうのは中学までじゃないの⁉」

「生徒が犯罪に巻き込まれないようにするためだ。通学路を設定しておけば、その周辺の家と協力して、もしものときに対処できる。あとは生徒の非行防止だな。帰りにゲームセンターとか寄らずに真っすぐ帰るようにするとかな？　とにかく諦めろ」

拓磨はまるで駄々をこねる子供を諭すように祐司を相手にする。

「じゃあなんで、ヤクザが町から追い出されないのさ！　ヤクザだよ⁉　暴力団だよ⁉」

「あの相良組《さがらくみ》は相良モールを運営しているからな」

「相良モールって……。あの、何でもある所？」

祐司は最近町にできた何でもありのデパートを思い浮かべた。

「食料品、服、薬品、ゲームセンター、レストラン、映画、家電製品、車……まあ、何でもありの大型モールだ。他の町の人が相良モール目当てに買い物に来るんだ。つまり、町の大切な収益源。相良モールがなくなると一気に収益ダウンだ。分かるだろ？　いくら暴力団でも反社会行為さえ行わなければ立派な企業。なかなか町の行政も思い切った行動ができないんじゃねえのか？」

「でも……やっぱり反社会的勢力じゃないの？」

祐司はやはり納得できないようだった。

「相良組に関する暴力事件の被害は滅多に出てないそうだ。組員も立派な社員になっているみたいだし、やっぱり証拠がないと警察も動けないだろ？　なかなかうまくいかねえよ。まあ、おそらく裏で手を回してもみ消していると思うけどな」

「じゃ、じゃあ！　この先もずっとあの道を通って学校に通うの!?」

ヤクザに遭う危険を冒して学校に通う。

そこまでしてスリリングな人生は送りたくないと祐司は不安げに拓磨に詰め寄った。

「ふうむ……あの道を通らずに学校に行けるルートを探す必要があるかもな？」

「そうしよう！　大賛成！　学校の規則に従って命奪われたらたまったもんじゃないからね！」

祐司はスマートフォンを取り出すと地図のアプリケーションを出す。

「ええと……そこの公園を通れば少し回り道になるけど、あのヤクザ屋敷に近づかずに学校に行けるね」

祐司が指をさした方向には、ブロック塀の代わりに緑の葉が生い茂る木々で囲まれた公園が、住宅街の中にあった。

「よし！　じゃあ明日からここを通って学校に行こう！」

祐司は絶望の淵をのぞき込んだようなさっきまでとは対照的に、希望に満ちあふれた顔をして、気分上々で歩きだす。一方、拓磨は歩きを止めてヤクザ屋敷の方を再び見ていた。

「あれ？　たっくん！　どうしたの？　早く帰ろうよ」

拓磨は真剣な顔をして屋敷の方を見ていたが、ふとため息をつく。

顔には諦めの表情が表れていた。

「悪い、祐司。いきなり新しい通学ルートに挑戦する自信がないから、ちょっと下見に行ってくる。先に帰ってくれ」

「え？　だったら俺もいっ……」

祐司の言葉が途中で途切れ、喉から声が出なくなる。拓磨ごしにその光景がはっきりと分かった。そしてどういう未来が訪れるのかも。

屋敷の方から20代前半の男たち3人が舌なめずりをしながら、こちらに近づいてくる。全員紺色のスーツを着ており、ポケットに手を突っ込んでいる。中にあるものがはっきりと分からないのが余計に恐怖を増長させた。

「あ……ああ……！」

「祐司」

拓磨はパニックになっている祐司に鋭い声をかける。

「な……何？　用件なら……は、早く言って…！」

「先に帰れ」

拓磨は柔らかく命令口調を言う。

「帰りたいけど……む、無理……！」

「どうして？」

拓磨が祐司の方を向くと、家の方からも5人の紺色が歩いてくる。

「なるほどな、挟まれたってやつか」

「た、たっくん！」

祐司が拓磨にすがろうとしたとき、腹に衝撃を受け、祐司の体が一瞬宙に浮いた。

「ふあ？」

『は？』と言いたかった祐司だが言葉にできなかった。次の瞬間、拓磨の背中が目の前にあった。

祐司は状況がようやく理解できた。拓磨が右肩で祐司を担いでいるのだ。拓磨のもう片方の腕にはいつの間にか祐司から離れた荷物が拓磨の分も含めてふたつぶら下がっている。

「さてと、ここは天下の公道だ。争う場所じゃねえ。とりあえず公園に逃げるか？」

「ちょ、ちょっと！　たっく……！　ちょおおああああ!!」

鬼対ヤクザ

拓磨は思いっきり地面を蹴り出し、まるで何も抱えていないように走りだす。男を担いにして笑顔が吹き飛び、罵声混じりの声とともに公園に突入する。

　奇跡的なことに、公園には数組の子供連れしかいなかった。その親子も拓磨たちの突然の登場に驚き、公園から慌てて出ていってしまう。

「た、たっくん!!　逃げきれると思ってるの!?」

「ん？　思ってねえな」

　拓磨は当然のように答える。

「え？　ぎゃあああああ!!」

　拓磨は走りながらスケートのように角度をつけた右足を地面に押し込み、土ぼこりをまき散らせ地面の上を滑走する。さらに体をねじり、ヤクザたちの方に向き直り、左足でドンと地面を蹴り、体を安定させてその場に停止。最後に意味ありげに含み笑いをする。

　何が起こっているのか分からない祐司は、叫び声も出せなくなり背中で目を回していた。

「待てえええ!!　逃げんな！」

　周囲はブランコやシーソーなど小学校に入る前の子供が喜びそうな物が設置してある。そんな子供の楽園に場違いとも言うべきヤクザの皆さんがようやく追いついてきた。あっという間に周囲を囲まれ、これ以上の逃走を封じられる。

「手間かけさせやがって、ガキが！」

　とヤクザその１（とっさに拓磨が命名）が怒鳴った。

「すまねえな？　けど誰だって天下の相良組の方々に追いかけられちゃ逃げたくもなるだろ？　おまけに」

ヤクザの方々はポケットからいろいろな装備を取り出す。

ヤクザの装備

①メリケンサック（拳に着ける鉄の金具。打撃などを強化するための物）２つ。

②折りたたみ式護身用ナイフ（大きさは10センチほどの小さな物だが、刃は研がれて鈍く光っており、急所に当たれば死につながる危険性がある）６つ。

拓磨たちの装備

①1年のときからの通学鞄（拓磨も祐司も財布などの小物しか入っていない。教科書などは学校に置きっぱなしにしている。よって、今の鞄は軽い。鈍器のように扱えない）２つ。

②肩に担がれた祐司（肩に担いだ方がてっとり早く、バラバラに逃げた場合、人質に取られる可能性があるため、荷物扱いでともに行動することにした拓磨のとっさの作戦のため、現在は所持品扱いである）１人。

「ロクに使えるものもねえしな？」

「なあ、学生君？　俺たち、別にお前らに危害加えたいわけじゃねえんだ」

ヤクザその1の隣にいるヤクザその2が答える。

「そうそう！　質問に答えてくれれば逃げたことには目をつぶって見逃してやってもいい

わけよ？」

ヤクザその1が言葉をさらに投げた。

「質問？」

拓磨と祐司を舐めたように見下し、脅し文句をチラつかせ、場の空気をこちら側に傾かせようとするヤクザたちだったが、このとき、普段行う場合と異なる妙な違和感を覚えていた。

ヤクザ達の視線が拓磨の頭から爪先へと移動し、心に疑問が生まれる。

目の前の学生。図体がでかいことと顔が殺人鬼みたいに凶悪なことを除いて、ただの学生である。昨日脅して金をカツアゲした高校生と同じ高校の制服だ。おまけにこちらは8人。武器も持っている。やろうと思えば大怪我をさせることも殺すこともできる。向こうは学校帰りで、どう見ても反撃する手段なんてない。

そう、ないはずなのだ！　なのになぜだ!?

なぜ肩に人間を背負ったまま、俺らを置いていくほどの速さで走れる!?

なぜ今も担いでいないかのように平気に振る舞える!?

なぜこれだけの状況に追い込まれて笑っていられる!?

そして何より、なぜ俺らが追い込まれている気がするんだ!?

「質問は何だ？　さっさと言ってくれ」

拓磨はあくびをしながら、質問を促す。まるで緊張感のない光景だった。

ヤクザたちは疑問を振り切り、冷静さを保った。

「実はな、今朝うちの組で事件があったんだ」

「警察に踏み込まれたか？　叩けばホコリが出てくる身の上だろ？」

拓磨は嘲るように言い放つ。

「てめえ殺されてえのか!!　黙って聞いてろ!!」

ヤクザその1の罵声が響き渡る。

「まあ、落ち着け。俺たちは大人なんだ。未来ある学生を脅すわけがねえだろ？　ましてや傷つけるなんてな？」

拓磨より一回り体が大きな男が暴言を吐いた隣の男を制した。

すぐに拓磨は視線をその男に向けて分析する。

おそらく、このヤクザたちのリーダー格であろう。

服装は他の連中と同じく紺色の上下のスーツ、しかし周りの連中と異なり、どこか特注品のように見えた。使われている素材の違いとも言うべきか、はっきりとはしないが、なんとなくリーダーの風格を感じる。

「言いたいことがあるんなら、早く言ってくれ。面倒事は嫌いだ」

拓磨の恐れを知らない態度が、ヤクザリーダーの自称『大人の理性』を吹き飛ばした。

「じゃあ、単刀直入に言うか！　うちの組の奴らがなあ、40人ほど病院送りにされちまってなあ！　今、犯人を捜しているわけよ！」

「あんたら大人じゃねえのか？　結局、脅してるじゃねえか？　最近の大人はずいぶん気が短いんだな。まるで、母親に欲しい物が買ってもらえないから泣いて駄々こねる赤ん坊みたいだ」

拓磨が呆れたように半笑いで呟く。その言葉についにヤクザリーダーは怒りを通り越し、冷静になってしまった。

「よし、お前、血だるまにしてバラして犬の餌に決定な？　殺れえええ!!」

拓磨に向かって8人のヤクザが各々の武器を持ち、突進する。

拓磨はとっさに持っているふたつの鞄を、ナイフを所持しているヤクザ2人の顔面にぶん投げた。

一瞬だけヤクザが鞄に気を取られる。その瞬間を拓磨は見逃さなかった。

まず背後から迫ってくるメリケンサックの2人に対して体を回転させ、祐司の体を抱えるように持つ。そのまま棒のように扱い、祐司の蹴りを1人の左頬に直撃させる。まさか人間を武器にすると思わなかったヤクザはなすすべもなく吹っ飛ばされ、もう1人のメリケン持ちも巻き込まれ、倒れる。

これでメリケン持ちは全滅。

しかし、安心する間もなくナイフ持ち4人が突っ込んでくる。すると、拓磨はそのまま重力に身を任せ、地面に仰向けで倒れる。祐司は拓磨の体の下敷きになり、「ぐべえ！」という奇声を発する。

突然倒れた拓磨にナイフの軌道を修正しようとしたが、拓磨はナイフ持ち2人の足を払う。人間の首を問答無用で切断するギロチンのような蹴りで払われた2人の足は、骨が折れるような鈍い音を発し、ヤクザ2人は悲鳴とともに地面に倒れる。

しかし、まだナイフ持ちは2人いる。その1人めがけて拓磨は先ほど足を払った際に落としたナイフ持ちのナイフを拾うと肩に向かって投げつける。ナイフ持ち1人の肩にナイフが突き刺さり、血が上着を染めると同時にナイフを地面に落とす。

もう1人は恐怖の表情を浮かべて一瞬動けなくなる。その1人に向かっていこうとしたが、最初に顔面に鞄を当てた2人が回復し、ナイフを突き出し、こちらに向かってくる。

拓磨は先ほど足を粉砕した男の足をつかむと思いっきり引っ張り、その足でナイフを受け止める。

2本のナイフが足に突き刺さり、血があふれた。断末魔の叫びのような声が聞こえる。

拓磨はその声を無視して立ち上がると、ナイフを奪われたヤクザ2人が半分ヤケで殴りかかってくる。

その2人の拳をそれぞれ手でつかんで受け止める。そして一瞬、手を離すとその隙を突いて今度はヤクザ2人の頭をそれぞれ手でつかみ、目の前で蚊を潰すように信じられない剛力で叩き合わせる。あまりの速度と破壊力に一瞬で2人は意識を失う。

そして最後、ナイフを持って震えている男を見る。意外にもリーダー格の男が最後まで残っていた。

先ほどの挑発的な態度はすでになく、もはや人ならざるものを見るかのように拓磨を見る。

「て、てめえは人間か!?」

「よく言われる。あんたはどう思う?」

拓磨は無表情で一歩一歩男に近づいていった。

拓磨と同じくらいの体格のはずなのだが、今は拓磨の存在感が公園全体を占めていてゾウとアリほどの差が現れている。

「てめえは人間じゃねえ!!!」

そう言い放つと、ナイフを捨て、内ポケットからまさにヤクザとも言うべきものを取り出す。スーツの内ポケットに入る大きさではあるが、テレビによく出るその黒い形状、無慈悲な穴が拓磨に向けられていた。

「へ、へへへ……!　形勢逆転だな!?　化け物!!　サツに邪魔されることもあるからな!　護身用が役に立ったぜ!」

「拳銃?　この国は法治国家じゃねえのか?」

拓磨は、ため息をついた。

「うるせえ!　てめえみたいなのに法なんざ生ぬるい!　こいつで仕留めて解体して海に巻いて魚の餌にしてやる!」

「犬の餌から魚の餌に出世か……。まあ、悪くはねえな?」

「死ねえええええええええええええええ！」

リーダーの叫びとともに銃弾が放たれる。銃弾は拓磨の頭に向かって放たれた。螺旋の回転を行い、銃弾は宙を突き進む。拓磨の頭があった場所に向かって一直線に……。

（ん？　頭があった場所？）

拓磨は首を右肩にかしげるようにして弾丸をスルーしていた。弾丸はそのまま直進し、背後のブロック塀に高い音とともにめり込む。

「えええええええええええええええええええ……え？」

あまりの光景に次の引き金を引くのを忘れていたリーダーは、拳銃を右足蹴りで拓磨に蹴り払われた。

さらに拓磨はそのままの勢いで右足を軸足にし、左足の胴回し蹴りをリーダーの腹に叩き込んだ。

そのとき、映画のようなシーンが生まれた。

まるでバットで打ち返された野球のボールのように、リーダーの体が吹き飛び、リーダーの後ろにあったブランコに突っ込んだ。そしてブランコは無情にも突然の乗客が持っていた運動エネルギーを反作用に変換し、乗客を前に放り出す。

そのとき、リーダーの目の前には拓磨が右足を垂直に振り上げているのが見えた。そしてその一瞬で自分が次に何をされるかを知り、全身の皮膚が鳥肌に変わった。

拓磨は何の迷いもなく、天高く上げた右足を振り下ろした。カカトがリーダーの脳天に当たり、リーダーの体はそのまま地面へ……。

こうして公園での死闘は幕を閉じた。被害者はヤクザであると誰もが思う一幕であった。

第二章「拓磨、未知との遭遇」

残業の被害者　南教師

稲歌高校はエリートしか入れない有名な進学校でもなければ、クズが集まるようなどん底高校でもない。

頭の良い人は有名進学校よりも高い能力を兼ね備えた者が多い。一方、頭の悪い人はチンパンジー並みの学力しか持たない人間さえいる。まあ、こういう奴らは自然と辞めていくことが多いが。

つまり、普通の高校だ。

それ故に学校の先生たちの生徒への教え方は単純だ。

『頭の良い奴をより高みへ、悪い奴らは人並みへ、普通の奴らはできるだけ学ばせよう』

アバウトな教育方針ゆえに教師たちにはとても自由度が高く、のびのびと生徒を教える環境が稲歌高校にはあった。

南光一《みなみこういち》もその稲歌高校の教師の1人である。今年で教師歴8年目になる国語の教師は始業式を終え、明日から自分が受け持つクラスのため、授業準備に追われていた。

「明日はどこから教えるかな？」

職員室の自分の机で、南は教科書を手に持つとパラパラとページをめくる。

「最初からやってもいいんだが、さすがに哲学の話を最初の授業からやるのはなあ……。自己紹介も兼ねた内容にするか？」

南が明日の授業の構成に頭を悩ませていると、後ろから誰かが南の肩をポンと叩く。頭のてっぺんが禿げ、カーディガンを羽織った痩せ気味の初老だ。

「南先生」

「ああ、はい？　何ですか、教頭先生」

教頭先生と呼ばれた老人は少し顔を引きつりながら南を見る。

「ちょっと、いいですかな？」

かしこまった声が教頭の威厳をわずかに感じさせる。

「ええと、今すぐですか？　金城先生の件だったら、今度お詫びに行くつもりですけど」

「誰が金城先生のことだと言いましたか？」

「え？」

南は疑問をそのまま口にした。

「南先生が今度受け持つ2年1組のことですよ」

教頭の言葉で南の頭の中に嫌な予感が生まれた。

「まさか……あいつですか？」

「ええ、そのまさかのあいつです。今日も始業式が終わってすぐにやらかしたそうです」

南は右手をパーに広げ、

「5人？」

不安そうに手を広げて教頭をのぞき込む。しかし、教頭は右手の指を南のパーに3本押しつける。南はその瞬間、ガクッと肩を落とす。

「う、嘘でしょ？」

「ええ、嘘だと思いたいですね？　夢ならば覚めてほしい。南先生、私は夢を見ているんでしょうか？」

「ははは……それはないですね……」

自分の頬をつねりながら、南は涙目で答える。

「今、彼の家族に電話しているのですが繋がりません。いずれにしても、私はこれから警察署に行ってきます。先生も来てください」

「俺もですか？」

「あなたは今度、これから迎えに行く問題児の担任をするんです。当然でしょう？」

教頭は、当たり前のようにうなずく。

「教頭先生、俺は拓磨を1年のときも担任したんですよ？」

「だったら、なおさらです。警察はおそらく教育指導についても詳しい話を聞くかもしれません。良い機会ですからはっきりと申し上げてこようではありませんか？」

教頭は踵を返すと、外出用の黒い上着を服の上に重ね、職員室を出ていく。南は慌てて、その後を追い、駐車場へと向かう。

そして1台の軽自動車に近づき、教頭が運転席に乗り込む。

「え？　教頭先生、俺が運転しますよ？」

「いいんです、たまには運転しないと体がナマってしまうものですから」

「は、はあ…、それじゃあ、お願いします」

南は助手席に乗り込むと、軽自動車は勢いよく発進する。

「失礼」

教頭先生は軽く謝罪をする。教頭先生の運転は確かに少しナマっていた。

軽自動車は校門を出ると道なりに走り始める。

「南先生、不動拓磨のことですが……」

運転中、教頭が視線を前方に向けたまま声だけで聞いてきた。

「あ～、教頭先生。おっしゃりたいことは分かります。確かにヤクザと喧嘩をするなんて正気の沙汰じゃない」

南は2人の空間がどことなく息苦しくなり、窓を開けて白いワイシャツの中に空気を送り込む。

「おまけに今日だけで、およそ50人近い構成員を再起不能にまでしています」

「え!?　さ、再起不能？」

「おっと、これは誇張しすぎましたね。正確には『動けるものの通院生活1カ月以上の怪我患者』36人。『しばらく寝たきり生活』12人です」

南は、聞いてはいけないことを聞いてしまったように頭を抱えた。

「あ、頭が痛くなってきました……」

「まさに驚くべき所業《しょぎょう》ですね」

教頭はもはや半笑いで答えていた。

「ええ、ほんとにこれだけ大勢の」

「誰1人死んではいないということが」

南の言葉を切って、教頭が答えた。

「……あ、そっちですか。まあ、運が良かったんでしょう。ほんと死人でも出ていたらシャレになりませんよ。いくら正当防衛でも」

「お？　よく正当防衛だと知ってましたね？」

「あいつは……拓磨は自分からは仕掛けないんですよ。自分からは喧嘩を売らない。その代わり、周りから売られたら完膚なきまでに叩きのめしてしまう。それがあいつです」

南の意見に教頭は興味深そうに耳を傾けた。

「さすがは1年担任していただけのことはある。今回の件も命に関わる緊急上の措置……

まあ、平たく言えば『正当防衛』ということで片づけばいいんですけどね。まあ、どちらが被害者か分からない状況ですからなんとも言えませんが」

風景がいつの間にかコンクリート、鉄筋などがひしめく都市部へと変化していた。

4人ほどで笑いながら歩道を歩いている学生、仕事中で携帯電話を耳に当てながら移動中の教師、対向車線では交通事故のせいで車の誘導を行っている警備員。

他の町と変わらぬ都市部の風景がそこにあった。

「……教頭先生」

「はい？」

「なぜ町はヤクザを野放しにしているんですか？」

突然南の口調が真剣になる。教頭は面白い会話になったとばかりに口角を上げ、微笑を浮かべる。

「不思議ですか？」

「俺は数年前までは他の町で教師をしてました。しかし、その町にはヤクザなんていませんでした」

ヤクザなんていないのが普通。

そう思っていた南が、この町に来たときの最大の疑問がそれだった。

「まあ、それが当然でしょう。普通そんな反社会的組織なんていません。警察によって解体されて終わりです」

「まるでこの町が普通じゃない言い方ですね？」

「ええ、本気でそう思ってますよ？　相良組というヤクザ、ヤクザを野放しにしている行政、そしてヤクザ相手に一騎当千ができる高校生。いろいろ、この町は普通ではない。まさにカオス、関東の混沌地区というわけです」

　南たちの車の隣を猛スピードでバイクが通り抜けていく。そのバイクをパトカーが赤色灯を光らせ、追う。

「いくら相良組が町の収益源となる相良モールを筆頭とする施設を経営しているからといって、相手はヤクザですよ？　目をつぶって野放しにしますか？」

「しませんね、普通は。マスコミによって叩かれ、国や県により対策が施される。町自体は合併や吸収をされる。もちろん残る可能性もあります。けれどヤクザは排除されて終わりですね。まあ、完全に排除することは難しいでしょうが、少なくともここまで表社会に出ることはないでしょう」

　教頭の言葉に南は、窓の外の景色を見ながらうなずいた。

「そうですよねえ」

「だから……普通じゃない理由があるんでしょうね」

　教頭は言葉の奥に謎を含ませた言い方を始める。

「普通じゃない理由？」

「何でも考えられます。例えば、行政決定の重要人物の家族を誘拐、監禁し、相良組の存続を認めさせているとか？」

「ははは、それなら警察が動くでしょう？　すぐ捕まって終わりですよ」

「警察が介入できない領域があるのかもしれませんよ？」

「警察が介入できない領域？」

南は教頭の横顔を見た。腹に一物抱えていそうな、気味の悪い笑顔を浮かべている。

（うわあ、何か聞いてくれみたいな雰囲気出しているよ？　正直聞きたくないな、何か怖いし……）

しかし、立場的に教頭と平教師である。逆らえなかった。

「……教頭先生、何か知っているんですか？」

「ふふふ、冗談ですよ？　気にしないでください。それより……着きましたよ？」

目の前に3階建ての茶色のブロックをいくつも積み上げて建てられたような外観を持つ稲歌町警察署が姿を現した。中の駐車場に車を停め、教頭と南は車を降りる。

「さてと、問題児を迎えに行くか」

そのとき、教頭の携帯の音が鳴る。関西のプロ野球チームが優勝したときの音楽が流れ出し、教頭は胸ポケットに手を入れると、今や化石の存在である折りたたみ携帯を取り出す。

（道頓堀オクトパスが優勝したのか？）

大阪名物たこ焼きのタコをイメージキャラクターとし、4月から7月くらいまでのチーム成績は良いものの、それ以降ズタボロに負け続け、いつも優勝争いを逃す。付いたチームのあだ名が『詰めが甘いどころか何の学習能力もねえ軟弱ダコ』。

しかし、なぜかファンが大勢おり、根強い人気を持つプロ野球チーム。それが『道頓堀オクトパス』である。

そのチームのテーマ曲が流れていた。教頭がその曲を切って電話に出る。

「はい、私です。はい、……それで具合の方は？　……そうですか、それは良かった。あまり無茶をしないように本人にきつく言っておいてください。私はこれから用事が……。え？」

（誰か怪我でもしたのか？）

教頭の会話の内容から南はあれこれと考えを巡らせるが一考にまとまらず、無駄な考えに終わった。

「……はい。はあ……そうですか。ええ、分かりました。今からそちらに向かいます」

教頭はため息交じりに電話を切る。

「何かあったんですか？」

「すいません、南先生。急用が入ってしまったので、不動君のことは先生に任せてもよろしいでしょうか？」

「誰か怪我でもしたんですか？」

南の心配そうな声に、教頭は笑みを浮かべた。

「ええ、私の甥が階段から落ちて大怪我をしたそうなんです」

「ええ!?　それは大変だ、早く行ってあげてください。不動のことは俺がなんとかしますから」

「幸い、病院はこの近くなので歩いていけます。車の鍵はこれです。では、不動君のことは任せましたよ?」

教頭は南に車の鍵を渡すと、早足で警察署を背に歩きだす。その背中がどんどん小さくなり、警察署の入り口の門を曲がった所で見えなくなる。

「病院?　この近くに病院なんてあったか?　……まあ、いいか。それより、怪物の相手をしなきゃならないんだ。急ごう」

南は教頭に背を向ける。そして帽子を被り警棒を持ち、ドラマなどでよく見る青い制服を着た人物2人が立っている建物の中に突入していく。

警察署は今日も賑わっていた。老若男女、市民がカウンターテーブルを挟んで警官に助けを求めに相談に来ており、警察官が丁寧に対応している。

「すいません、不動拓磨という高校生がお世話になっているかと思うんですけれども」

入り口のすぐ右隣にいた受付の女性警察官に、南が話しかける。

「不動さんですか?　あいにく、現在事情聴取の方を受けてますので、もうしばらく時間がかかるかと思われますが?」

女性警官は丁寧に南に返答した。

「事情聴取？　まさか……あいつもう有罪に？」

「あの……だから、その点をはっきりさせるためにお時間をいただいているわけで」

女性警官の困惑したように呟く。

「あ！　そ、そうですよね!?　ははは！」

（心配しすぎだ、俺。そんな早く有罪になるわけねえだろ。寿命が無駄に一年縮んだぜ……）

「南先生？」

南がほっと胸をなで下ろしていると祐司が後ろから顔を出す。今度はさすがに南も驚いた。

「ぎゃあああああ!?　わ、渡里!?　なんでお前がこんな所にいるんだ？」

「ん？　何って、たっくんの無実の証言。もう終わったところだから、あとはたっくんを待っているわけ」

当然のことのように祐司は答えた。

「まさか……お前、現場にいたのか？」

「そう」

「渡里、ちょっとこっち来い」

南は祐司を連れ出すと、警察署の外の駐車場で説教を始める。

「なんでお前がいながら、拓磨を止められなかったんだ!?」

「無茶言わないでよ、先生。俺がたっくん止められるわけないでしょ？」

「お前はあいつの幼なじみだろ!?」

南の筋の通っていない突っ込みに祐司はため息をついた。

「いくら幼なじみだって、できることとできないことがあるよ!?　大体、喧嘩でたっくんに勝てるわけないのにイチャモンつけて殴りかかってくるヤクザに問題大ありでしょ？」

「なあ、渡里。いくらヤクザでもな、半殺しにしていい理由にはならないんだぞ!?」

「正当防衛だよ！　だって、あいつらナイフや拳銃を持ってたんだよ!?　ビビって動けなかったし。たっくんがいなかったら死んでたよ!?　俺」

（ナイフ？　拳銃？　おいおい、学生相手にそいつらは何をしているんだ？）

南は恐怖に襲われながらも、深呼吸をしてなんとか落ち着きを取り戻した。

「その正当防衛だが、本当にそいつらから仕掛けてきたんだな？」

「当然。たっくんが自ら喧嘩ふっかけないこと、先生も1年のとき担任だったから知っているでしょ？」

「俺はあくまで教育の担任であって、生徒の素行の担任ではないんだが……。まあ、あいつの場合そうだろうな」

南は祐司が1年生のときは、彼の担任ではなかった。しかし、不動拓磨という存在を通して渡里祐司の存在も知ることができた。2人が幼なじみであることは1年の夏、拓磨の三者面談で南にもたらされた朗報であった。当時から不良をなぎ倒していた拓磨をなんとか抑えようとして、他クラスの祐司と何度も顔を合わせて拓磨の制御を頼んでいたのだが、返答はいつも決まっていた。

「た、た、た、たくたくたく、たっくんを止める!? だったら俺、核爆発の中に飛び込む方がまだ良いんだけど!?」

このような感じで問題は解決できなかった。そこで当時、南は考えを変えることにした。拓磨が行動を起こすのは主に相手に暴力を振るわれたときだ。ということは、相手が暴力を振るわなければ拓磨は行動しない……いや、する必要がないということになる。

ということで今度は祐司に別の相談を持ちかけた。

「なあ、渡里。拓磨が絡まれる理由って何かあるのか？」

「え？ たっくんが絡まれる理由？」

「例えば、あいつがヤクザの親玉の女を寝取ったとか？」

「たっくんはそんなゲスじゃないよ、先生」

南の仮説に、祐司は目くじらを立てた。

「じゃあ、拓磨が昔、暴走族とかに入っていてイザコザがあって今に至るとか？」

「たっくんが暴走族？ 免許も取ってないのに？」

「例えばだ！ 例えば！ ……何か、そういう不良グループに関わっていたとか？」

祐司は腕を組みながら、唸り声を上げて悩みこんでしまう。

「…………」

「ないか？　まあ、なければいいんだ！　それに越したことはない！　単にあいつがものすごく運が悪いで説明がつく！　うんうん！　きっとそうだ！」

南はそのとき、無理やり自分を納得させていた。世の中には、そんな運がない男もいるのだと。

「……あっ」

ふと、祐司が声を上げた。

「ん？　な、何かあるのか？」

「いや、たっくんってさあ、よく人に頼まれるんだよね？」

「頼まれる？　……何を？」

「例えば、いじめられた人とかあんまり関わりたくないじゃん？　いじめられた人を庇ったりすると自分まで被害を受ける気がして」

祐司の言葉は、問題の的を射ていた。いじめ問題が解決しない理由はそういう背景があり、止める人がいないことも関係している。

「ああ、まあ……確かにそうかもしれないな。生徒たちの中ではなかなか解決しにくい現状だな」

教師として生徒教育の知識を今ここで得ながら南は、現在進行形で一歩一歩成長していった。

「たっくんってさあ、庇っちゃうんだよね。もちろん、誰の目から見ても悪い場合とかだけどさ」

「まさか……それで被害を受けたとか？」

「まあ、被害を受けるのはいつも相手なんだけどさ。たっくんはいつもノーダメージで、傷ひとつつかずに相手をぶちのめして、それでその話が広がって何人もたっくんを潰そうとして挑んで……その繰り返しで高校1年の今に至ると。そういうわけかな」

南光一。教師歴の短い、まだまだ未熟な国語教師。彼はこのとき、初めて無力感を味わい、ついにひとつの答えにたどり着くことができた。

うん、無理。この問題の解決は無理。

そう、終わるわけないのである。拓磨が全国の命知らずの挑戦者どもを全て叩き潰すまで。解決しようと答えを求めた南だったが解決できないという答えを得てしまった。

「しかし……なんで喧嘩をふっかけてくる奴らは途中でやめないんだ。仮に不動に勝てても痛い目に遭うのは分かっているのに？」

「そこが謎なんだよねえ……。普通だったらやめるのになんでだろ？　俺だって相手に『やめといた方がいい』って言っているのに。なんでなんだろ？」

高校1年のときの出来事はこのようになる。

現在、南にとって祐司は不動拓磨という存在を介して出会った学校の生徒であり、良き相談相手となっていた。

南は、拓磨が自ら暴力を振るうような者ではないと彼の雰囲気から薄々感じているのだが……。

(やっぱり事件は事件だよな)

警察署を向きながら、南は頭を抱えた。

いくら、拓磨が被害を受ける立場でも、現実には事件へと発展しているのである。おそらく、この状態は今後も続いていくだろう。

(なんとかできないだろうか？　何か手段は!?　事件に発展しないような手段は!?)

しかし、頭をフル回転させても答えは出なかった。やはり現実は甘くはない。

(とりあえず未来に起こる可能性を考えてもラチがあかない！　まずは現状の問題に対処しないと！)

「渡里、何が起こったのか詳しく話してくれ。教師として事件の概要を知っておきたい」

「うん、いいけど……作り話とかじゃないからね？　全部現実にあったことだからね？　話す前に心の準備完了しておいてね？　先生」

南の不安は祐司の前置きでさらに濃くなっていった。そして、できれば話を聞きたくない気持ちがゆっくりと大きくなっていった。

鬼の心情

その頃、稲歌町警察署『第一取調室』では拓磨に対する事情聴取（というより、もはや尋問）が行われていた。

拓磨は椅子に座らされ、手錠をかけられている。そして拓磨の目の前にはよれよれの茶色のスーツを着た中年、イカツイ顔、チョビ髭刑事が睨みを利かせて拓磨を警戒していた。彼の右後ろには壁際には部下であろう刑事が調書を記録するため、手にボールペンを持ち、2人の会話の記録を取っていた。

拓磨の後ろの格子《こうし》がはまった窓から差し込む日の光が部屋の中を包む。

ドラマや映画で容疑者が自白する夕方のシーンにそっくりだった。

「またやらかしたな!?　不動！」

「またやらかしましたよ、新井《あらい》刑事」

新井と呼ばれた中年刑事は、ヒゲをボリボリと掻きながら怒り半分、呆れ半分で拓磨を見つめる。

「お前という奴は何度同じことを繰り返せば気が済む!?」

「俺だって面倒事はごめんなんです。好きでやっているわけじゃない」

「ほう？　好きでやっているわけじゃないだと？」

「ヤクザに絡まれるのが好きな奴なんていないでしょう?」

拓磨は半笑いで新井に尋ねる。

「その割には嫌がってなさそうに見えるな? お前、この取調室に来るのはもう何回目か分かるか?」

「……覚えてません」

「7回目だ!! 高校1年の春を皮切りにおおよそ2カ月に1回のペースで来ている! おかげでお前が我が警察署、最多訪問者だ!」

新井は祝い事のように叫んでいた。

「喜んでいいんですか?」

「アホオオオ!! むしろ恥じろ! 恥じて、反省して! 普段の生活を改めろ!!」

「具体的にどうやって?」

拓磨は手段を求めようと新井を逆に尋問していた。

「まずは携帯電話を持て! この時代に携帯電話を持っていないなんて、あまりにも場違いすぎる!」

「携帯電話? ……なぜ?」

「携帯電話があれば、チンピラに絡まれたときに通報できる! つまり、我々警察が対処できるきっかけになるわけだ! 小学生でも分かることだぞ!」

新井の言葉が鞭のように拓磨を襲ったが、彼はそれを避けた。

「敵が携帯電話をかける隙を与えてくれない場合はどうしたらいいんですか？」

「逃げるんだよ!!　逃げて逃げて逃げまくるんだ！　そして警察が来るまで隠れるんだよ！『子ども安全の家』がお前の家の近くにもあるはずだ！　あれは不審者などに対して子供が安全を確保できるために協力してくださっている地域の方々の家だ！　お前もそこを利用しろ！」

拓磨は声を荒らげる新井をかわいそうな人間を見るかのように見つめていた。そしてため息を吐く。

「はあ……確かに正論です。新井刑事」

「不動。俺もこんなことは言いたくないんだ。分かるだろ？　お前もいつまでもチンピラなんかに構うな。お前にはお前の将来があるだろ？　それを台なしにしたくはないだろ？」

「俺の将来……。おそらく、パン屋です」

「パン屋？」

まさか目の前の大男から飲食業を表す言葉が出てくるとは思わなかった新井は、若干腰を抜かしてしまう。

「俺の叔父と叔母がパン屋をやっているんで、おそらく高校卒業後、資格を取って、そこを継ぐと思います」

「おお、素晴らしいじゃないか！　立派な人生設計だ！　その将来のためにだな、もっと考えて行動を…」

「新井刑事。さっきの説明ですが、確かに正しい判断だと思います。……しかし」

　拓磨は言葉を濁した。

「ん？　しかし、何だ？」

「それだけです」

「……は？」

「あなたの説明は確かに正しい。けど、ただそれだけです」

　拓磨は新井の目を見て答えた。

「な、何を言っているんだ？」

「仮に俺が逃げて隠れたとします。けれど、もしその近くの人が、俺が逃げ込んだせいで被害を受けたら、俺はどう責任を取ったらいいんですか？」

「……！」

　痛烈な言葉の一撃だった。

「俺だって今までただ絡まれてたわけじゃない。面倒くさくなって、誰かを巻き込んだときもあった。『なんで俺だけこんな目に遭うんだ？』。そんな考えも頭に浮かんで、誰かを巻き込みたくなった。そして、そこで分かった。自分のした行動のせいで多くの人が巻き込まれ、傷ついていくのを」

　拓磨の目はただ新井の目を一直線に見つめていた。答えを求める目。強固な意志を持った目。そしてどこか救いを求める目であった。

「そこで気づいたんだ。『巻き込まれるのは俺だけで十分だ』と。結局、自分のことは自分で対処するしかないんだと」

「だ、だがお前の相手は、もはや一個人が相手にできる領域を超えている！」

「ええ、そうです。でも、じゃあどうしたらいいんですか？」

「俺たちに任せるんだ！　警察に！　今、こちらでも相良組検挙に向けた動きが進んでいる！　詳しくは秘密事項で話せないが、俺たちを信じろ」

拓磨は目をそむけた。

「その検挙の前にまた、襲われた場合は？」

「それは……」

「俺は争いに巻き込まれるのは嫌いだ。だが、俺が争いを避けるせいで、そのとばっちりで他の人が傷つくのは反吐が出るほど大嫌いだ。だから、今後も逃げないでしょう。刑事の立場上、それを認めるのは無理かもしれません。ただ、1人の人間として、そういう考えを持った男がいることを頭の隅にでも置いてもらえませんか？」

新井は返答に困っていた。

同時に目の前の青年の度量に感心していた。

自らの行動が起こす影響を常に考え、咎《とが》められることがあっても戦いを避けることができない男。

ただの喧嘩好きの不良とは明らかに異なっていた。

「……今回のことは過剰防衛に該当するかもしれん。おそらく、今後も可能性はあるだろう。そのことは忘れるな？」

新井は観念したように俯《うつむ》きながら答えた。

拓磨は黙ってうなずいた。そして新井は鍵を取り出すと拓磨の手錠を外した。

「今日は帰れ。親も心配しているだろう。そして今後はさらに注意しろ。いいな？」

「可能な限り頑張ってみますが、なるべく早く対処をお願いします」

「ああ、分かった」

拓磨は新井に頭を下げると、そのまま取調室を後にした。


「やっぱり変ですよね、彼？」

調書を取っていた刑事が手を動かしつつ、声だけで新井に尋ねる。

「まあ、あいつが不良なら、この世の大体の人間は不良だろうな。悪い奴らに目を付けられやすいんだよ、あいつは」

「この事件ですが正当防衛なんですかね？」

「さあな、それは検察が決めることだ。まあ、おそらく正当防衛だろうな。過剰防衛に足を突っ込んでいるが、やっぱり咎められるのはぶちのめされたチンピラだろう」

新井は祈りを込めてそう答えた。はっきりいって自信がないのだ。

「新井刑事。傷害事件は銃刀が絡む場合、武器を持った奴らが加害者になるんですよね？

多くの場合」

「そうだな、まあ相手から武器を奪って逆に傷つけることもあるが、基本的に銃や刃物が焦点になってくる。だが、あいつの場合はそんなもの意味がない。素手で相手をぶちのめしちまう。ったく、厄介な奴だよ」

（素手が一番強いって、映画のキャラクターか何かか？）

新井は今まで見てきた映画で最も当てはまる人物を考えていた。

「彼は相良組に狙われているのでしょうか？」

「もともと、あいつと不良とのトラブルは起きていた。だが、今回のように反社会組織と絡むことはなかった。まあとにかく、今回の件で相良組にも捜査の手が伸びるだろう。不動には悪いが、感謝だな。おそらく、相良組の解体も近いだろう。なんといっても今回は派手に動きすぎた。一般市民に数人がかりで、しかも武器所持で絡んだんだからな。これで組とのつながりが証明されれば芋ヅル式に解決に進む」

「そうですね、そうなると良いですね」

新井は拓磨が座っていた席に座ると、そこから出入り口である扉を眺め、拓磨の視点を体験してみる。

（あいつは何を考えていたのだろうか。

いつも不良に絡まれて恐怖は感じないのだろうか。そもそも、あいつはなぜ困難を自力で脱出できるほど強いのだろうか。

不動拓磨。なんか、また俺が世話をする予感がするんだが……外れてほしいな)
新井は苦笑いをしながら席を立つと取調室を後にした。

拓磨の尋問が終わり10分後、拓磨は祐司と一緒に南の運転する車の中にいた。

空はすっかり夕方になっていた。２人とも後部座席に座っており、拓磨は窓を開け、対向車線から走ってくる車を眺めている。

祐司は、沈黙の空間を打ち破りたいと様々な思案を巡らせ、南にバックミラーごしに目配せをして話題を振るように促す。

「拓磨。どうだった、取り調べは?」

南が口火を切って話し始める。

「あくまで任意の調書です、先生。事件の流れを俺から聞くための。まあ、手錠はかけられましたけど。あれは合法なのかな?」

「そうかあ? 結果から見ると、お前が加害者で妥当に見えるんだが?」

南は不審そうにバックミラーで拓磨に目を送る。

「相手はナイフと拳銃の武装集団。こっちは丸腰２人。どちらに非があるのかは言うまでもないでしょう?」

「だから! その武装集団をやっつけちまうのがおかしいだろ?」

南の言葉に拓磨は、バックミラーで彼の顔を見た。

「わざわざ俺が死ぬのを待てと？」

「それは……ああ、もういい！　その話はお前も言われたろ!?　とにかく、今後は気をつけろよ!?」

「それは絡んでくる奴らに言ってほしいのですが？」

拓磨は吐き捨てるように呟いた。

「まあまあ！　先生もたっくんも落ち着いて。とにかく、俺もたっくんも無事で良かったじゃない？」

祐司が仲裁に入り、２人の会話はそこで終わった。

「悪いな、祐司。巻き込んじまって」

拓磨は祐司を巻き込んだことを謝罪した。

「いいや、気にしてないよ。ただ、俺を武器にするときは、今度は一言言ってからにしてね。あと、俺を衝撃吸収剤に使うのは止めてほしいな」

「拓磨！　お前、何をしたんだ!?」

南は再び拓磨に尋ねた。

「祐司から聞いたでしょう？　説明が面倒なんでしません」

「しろよ！　ったく、お前との会話はどうも話がしづらくて困る」

南がさらに拓磨を問いただそうとすると、拓磨とヤクザが戦いを繰り広げた公園が道路脇に見えてくる。

「あ！　先生、そこで降ろしてください」

祐司の言葉を聞き、チンピラと戦った公園の前で２人を降ろす。

「助かりました」

「先生、送ってくれてありがとね」

拓磨と祐司はそれぞれ南にお礼を述べる。

「いいか!?　二度と巻き込まれるんじゃないぞ!?　それから、拓磨！　お前はいい加減に携帯電話を買え！　もしものとき、ほんとに困るからな!?」

「前向きに考えておきます」

南の激しい注意を拓磨が上の空で適当に返答する。

（この男、全然買う気がない）

遠くの空を見ている雰囲気がまさにそれを物語っていた。

「じゃあな！　明日からしっかり学校来いよ。喧嘩して体が痛くて動けないっていう仮病はなしだからな！」

南は勢いよく車を出すと、そのまま曲がり角を曲がり、見えなくなる。

渡里《わたり》兄妹《きょうだい》

「はあ……さんざんな一日だったね」

祐司はいきなり疲れに襲われたように腰を曲げ、体を前に倒す。

「ま、そうだな。すっかり日も暮れて夕方になっちまった」

拓磨が家に向かって歩きだすと、祐司も拓磨について歩き始める。背後から夕日が2人の背を照らし、体の2倍以上の影を地面に作り出していた。

2人の子供が笑いながら拓磨たちとすれ違い、家に帰っていく。のどかな住宅街のありふれた光景だった。

「しかし通報されていたとはね、驚いたよ」

「当然だろう。あれだけでかい音を出していれば。いくら公園に誰もいなくても近所に聞こえるからな」

「たっくんは公園に誰もいないことを知っていて公園に入っていったの？」

「できるだけ人がいない所で相手をしようとしただけだ。それに、公道より見晴らしが良かったしな。複数を相手にするときには必要な条件だ。場所が狭ければもっと良かったんだけどな」

拓磨は、大人数と戦闘するときの豆知識を祐司に述べた。

「いやあ、何だかアニメみたいだね！　複数の相手に傷ひとつ受けずに勝利だなんて！」

「まあ、それよりも褒める点は近所の住民が巻き込まれなかったことだけどな」

会話も弾み、道を進むと食パンの絵が描かれた屋根が見えてくる。そして食パンの中に書かれた巨大な文字がその場所を明らかに指し示している。

『不動ベーカリー』

拓磨の家である。バターの匂いと、小麦粉が焼けた香ばしい匂いが近隣に広がり、祐司の空の胃袋からあふれる食欲を刺激した。

「たっくん、パン余ってないかな？」

祐司がガラス窓に顔を押しつけながら、中をのぞき込む。

「タダで食う気か？　どうだろうな？　今日は住宅街にパンの売り出しに行っているから、ほとんどないと思うぞ。あそこに行くと大体さばけるからな」

「え〜！」

「普通、パンは金を出して買うもんだろ？　いくら友人でも金はもらわねえとな」

拓磨は意地悪そうな笑みを浮かべて答える。借金を取り立てる極悪人のような表情だった。

「だって、俺、小遣いほとんどないし」

「どうせ、またアニメのＤＶＤを買ったんだろ？　お前はほんとに好きだなあ。今度は何だ？　ロボットアニメか？　萌えアニメか？」

「ふははははは！　たっくん！　甘いぞ！　世界征服が可能と考えている悪の秘密結社並みに甘い!!　今の俺のブームは……！」

突然祐司が左足を一歩引く。そして腰を低くさせ、両手のひらを向かい合わせにして力を溜める動作を行う。そのまま、手にひらを突き出してレーザーとか放ちそうである。

（何だ、この動作は？　気を溜めているのか？　詳しくは知らねえが）

拓磨は、しばらく黙って珍行動を見つめていた。

次に祐司は、左足を前に動かすと同時に、目にも止まらぬ早さで左手を右目前を横切るように鋭角を付けて天に伸ばす。このとき右手は右腰の位置に固定。さらに右手を左眼前を横切るように鋭角を付けて天に伸ばす。

ちょうど目の前で腕を使って×マークを作っているようだ。手の先までピンと伸ばしてある。妙なキレが、そこにはあった。

今度は両手でボールを左右からつかむように胸の前に圧力を加える動作を行う。

（おそらく、力を胸の前に集中して両手でボールの形に圧縮しているのだろう）

拓磨はそのように推測した。実に無駄な推測であると思った。

最後にボール（仮）を右手で空に打ち上げるように下から突き出すと、そのまま握りつぶす動作を行う。

「装おおおおお身!!」

かけ声とともに天に手を突き上げたまま、祐司が停止する。

どうやら、全ての動作が終了したようだ。

拓磨はじっと祐司を見ていた。祐司は顔を天に向けたまま動かない。

沈黙がパン屋の前を支配した。いつもは気にも留めないカラスの鳴く声がまるで耳元で鳴いているかのように聞こえた。

（一体何なんだ、これは？　何かの変身ポーズか？）

拓磨は沈黙を破ろうと言葉を探していた。

（一刻も早くこの正解を見つけ、いつまでもポーズを取り続けている祐司を楽にしてあげなくては）

そういう変な使命感も同時に湧き上がっていた。

祐司の天に突き上げた右手がプルプル震えていた。どうやら精神的に限界が近いようだ。

そこへ、髪の毛を茶色に染め、赤と黄と黒の色が目立つショルダーバッグを肩にかけた20代後半であろう女性と、特撮ヒーローの絵柄が入ったTシャツを着た5歳くらいの少年が近づいてくる。

「ねえ、ママ！　明日の朝ご飯は？」

「そうねえ、ご飯もいいけど、たまにはパンでもいいでしょ？　何がいい？」

「僕、あんパンがいいな！」

「朝から甘いパン？　もう、あなたは甘い物好きね～。あんまり食べ過ぎると虫歯になるわよ」

「僕、きちんと歯磨きをしてるからへーキだよーだ！」

2人は店に近づいていくと異様な光景に少年がすぐ反応する。

「ねえ、ママ。あのお兄ちゃんたち何してるの？」

「え？　あのお兄ちゃ……」

女性はその後の言葉が出なかった。それもそのはずである。

ゴリラみたいな体格をした、人でも喰っているような凶悪な濃い顔の大男が、頭ひとつ低い少年に何かポーズを取らせているように誰もが見える光景であった。

（え、何これ？　イジメ？　それとも新手の変態プレイ？　まさか、ヤクザを怒らせて殺される10秒前？）

女性は、さすがは母だった。あまりにも素早い行動を取った。

「か、帰ろう！　帰るわよ‼」

「え？　だってあんパン……」

「いいから帰るの！　あんパンなんてアニメでたくさん見てるでしょ！　いいから帰るわよ！　一刻も早くここを離れるの！」

少年を引きずるようにして、女性はパン屋を駆け足で離れていく。店の売上がこうして2人分減ったことも露知らず、拓磨は考え、ついに答えを出した。

「分かった。あれだ」

祐司の顔が期待に満ちて輝きだす。

「だが、祐司。お前らしくないな。セリフを間違えている」

「え？」

「正確には『変身』だろ？」

祐司はがっかりしたように手を下ろす。そして恨めしそうに拓磨を見つめた。

「あれ？　違ったか？」

「違う」

「特撮ヒーローのかけ声は『変身』じゃないのか？」

拓磨は特撮やアニメに詳しくなかった。

「たっくん、これを機会にちょっとは特撮を勉強した方がいいよ」

（なんで俺が怒られているんだ？）

拓磨はテストで答えを間違えたような敗北感を味わっていた。

「ちなみに答えは何だ？」

「ん？　俺が作った装身《そうしん》ポーズ」

「……は？『装身』？　何だ？　変身の親戚か？」

「装着変身の略だよ。今まで見た様々な特撮ヒーローのポーズを俺流で合成して作ったんだ。流行っているんだよ、ネットで」

（分かるわけねえだろ、そんなもの。しかも自作のポーズだったとは。特撮ファンはそこまでやるものなのか？）

拓磨はオタクの習性が理解できずにいた。

「そうだ、たっくん。今から俺の家で英知を与えてくれたヒーローたちの活躍を一緒に……」

祐司が言おうとした瞬間、後ろから突然手刀が振り下ろされ、祐司の背中に直撃した。

「ふぎゃああああああああああ！　熱い！　背中が熱いいいいい！」

拓磨は残念なものを見る目で地面をのたうち回っている祐司を眺めていた。拓磨は、祐司の後ろから迫っている影に気がついていたが、祐司に警告することはしなかった。いや、とてもではないができなかった。

その影の持ち主の目が怒りに燃え、『少しでも察知させたら殺す』とでも言わんばかりのオーラを放っていたからだ。

「ったく、どいつもこいつも大ボケ野郎ども！　あんたたち、またチンピラに絡まれたの!?」

右手に竹刀を入れた長い鞄を持ち、髪は腰に後10センチほどで届くくらい長く、闇夜のように漆黒で光沢を放っている。それを束ねてポニーテールでまとめていた。

服装は学校指定の黒を基調とした制服、女性用の白シャツにスカート。拓磨たちが着ている制服と配色はほぼ一緒である。

また、177センチの祐司の身長と同じくらいの背丈。一見スラッとした体つきをしているが、運動しているため、女性らしくも引き締まった風貌。特に胸と尻は服の上からでも分かるほど十分すぎるほど発達していた。むしろ『大きい』と言った方がいい。

（祐司の妹……いや雰囲気的に姉か？　どっちだ？　まあ、どっちでもいいや）

ともあれ葵が、幽霊のように祐司の後ろに姿を現していた。

「ふっ、飛び級で部長になったお方の登場か」

「何？　そのイヤミがこもった言い方は」

葵が整った眉を動かし、不満げに拓磨に突っかかる。

「別にイヤミなんか込めてない。純粋に褒めているんだ。よく部長になれたなあと思ってな？」

「ふ～ん、私は呆れてるわ」

「呆れてる？　ああ、俺が特撮を見ようとしていたことにか？」

「違うわよ!!　あんたがチンピラに絡まれたことに！　1日に二度も絡まれるなんて何か憑いているんじゃない!?」

「有名な霊媒師でもいたら紹介してくれ」

拓磨は笑いながら話題を茶化す。一方、葵は怒り心頭ですでに顔が真っ赤だった。顔立ちが整い、美しいという言葉が当てはまる葵の顔が鬼のように変貌していく。

「ふざけないで！」

その声で拓磨の顔から笑いが消え、真剣な表情が浮き彫りになる。ただでさえ、顔の彫りが深く映画に出てきそうな渋い悪人のような顔立ちをしているため、真剣な表情になると相手の呼吸が止まりそうになるほどの殺気に似た空気を醸し出してしまうのが難点である。

「仕方ねえだろ？　向こうから絡んできたんだ」

「それで、怪我は？」

「ご覧の通り、無傷だ」

「誰があんたのことなんか心配するか！　相手よ！　相手！」

『勘違いも甚だしい』と言わんばかりの罵声である。

「お前は幼い頃から一緒に学校生活を共にしてきた友人の怪我より、どこぞの喧嘩大好きなチンピラのことを心配するのか？」

「あんた、人間じゃないから平気でしょ!?」

「ひ……、ひでぇ言い方……むぎゅ!!」

祐司がボソッと倒れたまま呟くと、その背中を足で葵が踏みつける。

「安心しろ。10分の1くらいの力で叩きのめしておいた」

「50人近く全員病院送りにして、なんでそんなに余裕でいられるの!?」

「一応鍛えているからな？　まあ、練習時間じゃお前には遠く及ばないが」

今度は確実にイヤミを込めて含み笑いをしながら、拓磨は葵に言い放った。

「間接的に馬鹿にするな!!」

拓磨はこらえるように「くっくっく」と笑うと、葵の足を払いのけ、地面に寝ている祐司を起こす。

「ほら、大事な家族だからもっと丁寧に扱えよ。それに俺たちは被害者だ。それを忘れるな」

「そ、そうだぞ！　たっくんがいなかったら俺、死んでたんだからな！」

祐司の言葉も葵には聞こえていなかった。

「武器持っているヤクザもヤクザだけど、それを倒すあんたもあんたよ！　いい!?　あんたがやっているのは過剰防衛なんだからね！」

「意味が分からねえぜ、一体どこからどこまでが過剰なんだ？　相手が殺しにきているんだったら、本来はこっちが殺し返すのが正当防衛だぜ。殺しにきているのに半殺しで済ませたんだから、それはもはや仏の慈悲だろ？」

「ダメなものはダメなの！　ましてや殺しなんて、そんな友人欲しくない！　ねえ、何か部活でもやったらどう!?　それだけ運動神経あるんだったら何か賞でも取れるでしょう？」

葵の提案に拓磨は考えたが、答えは出なかった。

「仮に部活に入ってもヤクザに絡まれることは減らないだろ？　部活帰りにボコって帰る。部活をやる意味がどこにある？」

「むぐぐぐ！　ああ言えばこう言って、この凶悪デカブツは……！　祐司！　帰るわよ！」

祐司の襟首を左手で引っ張りながら、葵は祐司を引きずるように去っていく。

「帰るっていってもお前らの家……」

拓磨がパン屋の目の前の家を指さす。黒い瓦屋根のごく一般的な2階建て。幅が3メートルくらいで左右にスライドする鉄の門がある。その横のブロック塀に『渡里』の表札がある。

不動ベーカリーとの移動時間、わずか5秒である。

「そこだろうが……。まあ、明日、パン用意するから寄っていってくれ」

「明日、私、弁当にするの」

明らかに反抗的な言葉で葵は返した。

「え!? 葵、明日メロンパン買っていくって今朝あんなにウキウキごべぇ!!!」

葵が、今度は右手の手刀を祐司の脳天に叩き込み、口を封じる。

「あ、そうだ。拓磨、言い忘れてたんだけど」

今度は葵がイヤミを込めた笑みを浮かべて拓磨に告げた。

「あ?」

「あんた、自宅学習だって」

「……自宅学習?」

(テストでもやるのだろうか?)

拓磨は、とっさに内容が想像できなかった。

「そう。自宅学習。部活帰りに職員室で聞いたんだけど、あんたのためにしばらく学校に通わせずに家で勉強させようだって」

「俺のため?」

(何の話だ?)

拓磨はさらに疑問を深める。

「いくらなんでもおかしいでしょ？　あんたとヤクザの抗争率の高さ。確か少し前から戦っていたじゃない？　あの～、何だっけ？　あのヤクザの組の名前」

「相良組か？」

拓磨は代わりに答えてやった。

「そう、それ。警察の方も本腰入れて排除に力を入れるみたいだし。とりあえず、あなたがまた巻き込まれると迷惑なんだって」

「迷惑か……。そりゃこっちのセリフだ。誰が好きでヤクザの相手をしなきゃならない」

拓磨は呆れながら、愚痴を呟く。そんな拓磨を、葵は茶化すように笑った。

「良かったじゃない、学校公認のお休みみたいなもんでしょ？　まあ、これに懲りて少しは行動を自重したら？　それじゃ、おやすみ」

祐司を引きずって葵が自宅のドアを開くと、そのまま荷物を投げ入れるように祐司を中に入れて、自分も入っていった。

「はあ……意味が分からん」

「意味が分からないのはこっちのセリフよ」

拓磨は聞き覚えのある声に振り向くと、パン屋の奥からコック帽をかぶり、『不動ベーカリー』という文字が入ったエプロンを着けた40代前半くらいに見える女性が、目くじらを立ててすぐ後ろに立っていた。

拓磨の体格のせいで大人と小学生くらいのように見えてしまう。

「学校はもうとっくに終わっているでしょ？　こんな時間までどこほっつき歩いてたの？」

「叔母さん……。いろいろあったんだ。すまない」

「はあ……、とにかく話は後。お客さんの邪魔になるから奥に行って着替えてきなさい」

「ああ、分かった」

拓磨は女性に謝ると、すぐに奥に消えていった。

この女性、不動喜美子《ふどうきみこ》は、不動拓磨の叔母にあたる女性である。不動ベーカリーを、夫の不動信治《ふどうしんじ》と切り盛りしてほぼ20年。その風格には肝っ玉が据わった『何でもドンと来い！』と言わんばかりの母ちゃんオーラがあった。

人物描写にいささか問題があるので加筆する。
①髪は長けりゃ良いもんじゃない！　短くまとまった清潔感ある黒髪のショートヘア！
②40代になり女性の魅力がさらに増し、胸は豊満、尻は安産型の魅惑の人妻ボディ！
③内気な夫と異常な「息子」を見事に養い、ご近所との関係も非常に良好！　不動ベーカリーを町内でも有名なパン屋に育て上げた人当たりの良さと経営手腕を持ち合わせた才色兼備の女性！
実情はともかく非常に行動的で自分の感情を表に出しまくる女性である。

拓磨がパン作りの白い正装をして、奥から現れた。

「あ！　お、遅いわよ！　拓磨！　さっさとクリームパンとメロンパンを補充しなさい！」

逆ギレ気味に喜美子がまくし立てると、奥のキッチンへと引っ込んでしまう。(相変わらず、暴走機関車のような性格だ)

拓磨は、すでに空っぽになっていたパンのトレイを持ち、奥に引っ込んでいく。

夕暮れの稲歌町。わずかに異常な面もあるが、いつもと同じ風が吹き、いつもと同じように1日が過ぎた春麗らかな4月のとある日。

しかし、どことなく不安な空気が漂い始めていた。だがこのときはまだ、誰も知ることができなかった……。

『RAY・OF・LINER』

同日、18時47分、稲歌町内某所。

男は濃紫色のワインを呑みながら、食事を取っていた。ナイフで分厚い黒毛和牛肉のステーキを切りながら、フォークで肉と同時に白飯も口に掻き込む。

男は1人であった。部屋の天井には、最近変えた高寿命の電球が煌々と光り、それが一定の間隔ごとに設置され、部屋の中を明るく照らしていた。

男はバスローブを着用していた。でっぷりとしたお腹、髪は薄く禿げており、黒いブランド物の眼鏡をかけている。風呂上がりの熱気が冷めないのか、汗が頬を伝い、テーブルに落ちていた。テーブルは4人家族で使用できるほど大きく、高級家具などに用いられる桐を使用していたが、物の価値も分からないようにシミがところどころについていた。

部屋は真四角で、男の背後の壁にかけられた『龍が天空から雲を突き破り地上を見下ろしている絵』、その横には高さ2メートルほどの黒いドアがあった。左右の壁の前には骨董品やら掛け軸やらがある。男の目の前には巨大なガラスの先に庭園が広がり、薄暗い夜の中、満開の桜の木々が電灯の光によって美しく映えている。

すると、男の背後のドアが開き、黒いスーツで正装をした男が頭を下げ、入ってくる。その後ろから同じように正装をした3人の男たちがさらに入る。最初に入ってきた男が緊張した様子で一歩前に出る。

「親父。ただいま、報告に参りました」

親父といわれた男は、何も聞こえていないかのように食事を続ける。

「さ、相良の親父？」

「いいから、とっとと用件を話せ」

相良と呼ばれた男は食事を邪魔されて腹が立ったのか、脅すように促す。

「は、はい！　その、親父が言っていた『探しもの』のことなんですが」

「おう。見つかったのか？」

相良は満足そうに悦に浸った様子でワインを喉に流し込む。そしてゆっくりとテーブルにグラスを置いた。

「で、結果は？」

「それが……」

男は報告をしたくないのか口ごもる。

「どうした？　早く言わねえか？」

「送り込んだ奴らは全員病院送りに……」

「あぁっ!?　どういうことだ!?」

相良は怒鳴り声を上げ、急に立ち上がる。その衝撃で、テーブル上の料理が床のカーペットに落ち、ワインの瓶が転がり、大きな赤黒いシミを作る。相良はそのまま報告の男に詰め寄ると、スーツの胸ぐらをつかみ上げる。

相良と呼ばれた男の方が身長は低かったが、あまりの剣幕で、どちらが上の立場なのか疑問を投げる者はその場に1人もいなかった。

「お前ら、そこら辺の雑魚を送り込んだんじゃねえだろうな!?」

「え、選んだのは組の中でも精鋭です！」

「それで全員ぶっ殺されたってのか!?」

「は、はいいいい！」

「ちっ！」

相良は恐怖ですくんだ男を放すと、先ほど食事をしていた席に座り直す。そして、床に落ちたワインの瓶を拾い上げるとラッパ飲みを始め、荒々しくテーブルに叩きつける。テーブルが壊れるのではないかというその音に、報告の男を含め、他の3人が息を呑み、次の言葉を待っている。

「わしが何て言ったか、覚えているか？」

「はい…。『高校生のガキを締め上げろ』と」

　相良はうなずいた。

「そうだ。『そいつを締め上げて携帯電話を取り上げろ』って言ったんだ。どんな携帯かも言ったよな？」

「はい。……昔使われていた折りたたみ式の携帯だと」

　相良はまたうなずいた。

「よく覚えているじゃないか？　そうだ！　高校生のガキを締め上げて、そいつの持っている携帯電話を取り上げればいい！　ただそれだけのことだ！　それで……一体、何人やられたんだ？」

「午前中におよそ40人、午後8人です……」

「たった1人のガキ相手に50人近くの組の連中が叩きのめされたのか!?」

「そ、それが化け物みたいに強い奴らしくて……」

「化け物？」

　相良はしばらく沈黙した。

（たった1人でチンピラを叩きのめしたガキ。一体何者だ？　少なくともあいつの言葉ではそんな奴のことは一言もなかったな）

相良の沈黙のせいで部下の黒服たちはさらに恐怖を感じた。

「それで、今後の予定ですが……」

「ああ、そうだな。今後の予定はな…」

相良は、バスローブのポケットからよく見慣れた黒い物を取り出すと男の頭に向け、引き金を引く。

途端に、報告していた男の額に穴が開き、血が流れ出す。血は壁にまでかかり、何人かの黒服のスーツを染めた。男はそのまま糸の切れた操り人形のように床に倒れ、動かなくなった。

静寂がさらに深くなり、部屋の隅での小言さえも聞き取れるまでになっていた。

「お前はクビだ」

相良の言葉に、背後の男たちに動揺が走り、顔を見合わせる。

「何している？　部屋が汚くなる、片づけておけ」

背後の男たちは動揺しながらも死亡した男を部屋の外に運び出していった。

そして、相良はまるで何事もなかったかのように胸ポケットからスマートフォンを取り出すと、電話番号を入力する。

「……ああ、わしだ。これはどういうことだ？　あんたの調査とまるで違うことになっているんだが？」

「そうか？　我々はきちんと相手の情報を教えたはずだが？」

電話の奥から機械で加工されたような男の声が響き渡る。

「組の連中50人を病院送りにできる奴がただの高校生？　ふざけるな！　おかげで、今日組員を1人殺してしまったじゃないか！　どうしてくれる？」

「ふふふ、また殺したのか？　もう一度くらいチャンスを与えてやればいいのに」

電話の奥の声は、不気味に笑っていた。

「与えたとも。午前中に30人以上送り込んでやられたのに、午後は8人しか送らなかったという底抜けの大馬鹿野郎の顔なんぞ見たくなかったんでな！」

「ともかく、目的の携帯電話が手に入らなければ今後の援助はなしだ」

「ま、待て！」

「『待て』？　どの口が言っているんだ？　うん？　極道というものは礼やしきたりに厳しいものではないのかね？　目上の者に頼むときは……どう言うんだったかな？」

電話の声の主が、意味ありげに最後の言葉を強調する。相良の顔に汗が流れる。風呂上がりの汗とは別の意味の汗だった。

「ま、待っていただきたい……！　か、必ず目的の物は手に入れる！　も、もう一度チャンスを……！」

「…………」

電話の奥の主は黙ったままだった。相良の顔の汗の量がさらに増え、心臓をつかまれたような緊迫感が徐々にのしかかってきた。

「素晴らしい。やればできるではないか？　てっきり、礼もしきたりも忘れ、金と地位におぼれるだけのクズになってしまったのかと思ったよ。ははは！」

電話の奥の声は大笑いを始めた。相良は侮辱された怒りをなんとか心の内に押し込め、黙り続ける。

「よろしい。実は我々もこれからちょっとした実験を行うのだ。お前はその混乱に乗じて計画を進めるといい」

「実験？」

「ああ、人智を超えた禁断のエネルギーの実験だよ。これがあれば不老不死にも、世界最高の頭脳の持ち主にもなれる」

電話の奥の人物は意気揚々と答えていた。楽しみを前にはしゃぐ子供のように。

「不老不死……？」

相良は、普段ならば嘲笑うその迷信のような話に不思議と耳を傾けていた。

相良は奥のガラスに映った自分の姿に目を向けた。年を取った老人の姿。昔は泣く子も黙る極道としてブイブイ言わせていた自分も、すっかり老人になってしまった。昔は素手でよく相手をぶっ飛ばし、己自身の力というものを相手に見せつけていたが、今は拳銃がなければ示すこともできない。

（年には勝てない老いぼれの醜き姿。このまま朽ち果ててしまうのだろうか。もし、過去の栄光が再び手に入るのならば、ぜひとも手に入れたいではないか！）

「そ、その不老不死というのは本気で言っているのか？」

「ん？　ああ、お前も興味があるのか？　もちろん、本気だとも。我々はお前に町での権威と財力を与えたが、そんなものはっきりいって意味がない。だってそうだろう？　死んでしまえば、全て終わりだ」

「そ、その通りだ！　もし、不老不死になれるのだというのならば……！」

「欲しいかね？」

相良は、相手が普通の連中ではないことは気づいていた。そもそも奴らとの出会いは異常だった。

いきなり口座に数百億も振り込まれており、それを元に相良モールを建てることができた。普通の組織ならば、そのような真似は不可能である。おそらく、日本の中でもかなり影響力を持つ地位の組織であることは確か……いや、そもそものような組織がこの日本に存在するのか？

それ以来、彼らの思うように行動していれば、自然と繁栄を謳歌することができたわけである。彼らが口だけの妄言を吐くとは思えなかった。

「ああ、ぜひとも！」

「よろしい。では、今から言うホームページにアクセスしてくれ」

相良にとって予想外の答えが返ってきた。

「そ、それだけか？」

「それだけだとも。何かおかしいかね？」

相手は上機嫌そうだったので、あまりのトンチンカンなやり取りでも、相良はそれ以上口を挟まなかった。

（ホームページにアクセス？　それだけで不老不死に？　まさか……いくらなんでもそんなことがあるのか？）

「『RAY《レイ》　OF《オブ》　LINER《ライナー》』だ。英語で入力してくれ。R・A・Y・O・F・L・I・N・E・Rだ。それでは、新たな生命体の誕生に乾杯」

電話の奥でチンというグラスを叩いた音が聞こえ、電話が切られる。

相良は詐欺師に引っかかる人間の気持ちがこのとき、初めて分かったような気がした。

（そうか、これほど腹が立つものなのか!?）

「ふははは!!　わしを馬鹿にしやがって!!　いくらなんでもそのような世迷いごと聞いてられるか！」

相良は激しく怒りながらもスマートフォンをいじり、冗談半分でインターネットにアクセスしていた。

（このわしとあろうものが、いくらなんでも舐められすぎだ！　どうせ、作り話に決まっている！）

初めは薬を使って不老不死になると思っていた相良だったが、あまりにも突飛な話だ。

激しい怒りのおかげで冷静さなど微塵もなくなっていた。こうなると誰も止めることができない。

相良は携帯電話でキーワードを打ち込んだ。

初めはインチキだと思われていたが、驚いたことに検索エンジンの一番上にその名前があった。

『RAY・OF・LINER』

（直訳するとライナーの波？　ライナー波？　いや、ライナー線か？　レントゲンとかに使うX線みたいなものか？）

相良は謎の言葉に疑問を持ちながらそのホームページを指でクリックした。

相良の記憶にあるのは、ここまでだった。

午後7時57分。料理を下げにきた黒服が、バスローブと拳銃が落ちているのを発見した。

しかし相良組長、相良宗二郎《さがらそうじろう》はいなかった。

屋敷にも稲歌町にも、地球上のどこにもいなかった。

不動ベーカリーの店主

同時刻、不動ベーカリーの裏にある不動家。

「何ですって!?　チンピラに絡まれた!?　おまけにナイフで切られて銃も撃たれた!?」

喜美子の大声が食卓上にこだまする。４人掛けのテーブルに拓磨と喜美子、そして喜美子の夫である信治がパンの販売から戻ってきており、３人で夕食を食べていた。喜美子の隣には信治が座っており、対面の拓磨に向かって大声を上げたのである。拓磨は何も聞いてないかのように、黙々と本日のメインディッシュであるハンバーグを食べやすい大きさに箸で切っている。

「それで、警察署に行ったたってわけだ」

拓磨は今日遭ったことを全て２人に話していた。隠し事はよくない、隠すと災いが起きることをよく知っている。特に目の前の喜美子によって。

「まったく、信じられない！」

喜美子の音量は収まるどころか常に大声をキープし続けている。すっかり夕食のことも忘れているようだ。

「ま、まあとにかくだ……。拓磨が怪我もなく無事で良かったじゃないか？　な？」

結婚以来、妻の尻に敷かれ続けて約20年。気弱で気さくで見事に草食系な信治は妻の顔色を窺いつつ、コンソメとバターの味が利いたオニオンスープを飲みながら答えた。

「悪い。おじさん」

「ん？　ああ、まあお前はいつも巻き込まれているじゃないか。店の迷惑になるかもしれんが、それはもうしょうがない……」

「ハイ!?　何を言っているの、あなた!?　拓磨に何の非があるっていうの!?　店の迷惑!?　あんなヤクザをのさばらせた方がよっぽど店の迷惑よ！　あいつらのせいで隣町に引っ越す人が増えて、売上がガタ落ちしたの忘れたの!?」

金の恨みは人すら殺す。喜美子の掟のひとつである。

これを喜美子流に解釈すると『金を取られたら取ったやつが死んでも仕方ない』という恐ろしい訳ができあがる。

「い、いやしかしなあ…。相手は反社会勢力だ。うかつに手を出せば、我々も被害を受けることは目に見えている。ここは警察や町が彼らを社会的に弱体化させ、解体するのを待つのがいいのかと……」

信治は喜美子の機嫌を損ねないように、非常に理にかなった発言をした。

法治国家日本に住む者らしい、法による解決である。誰も文句の言いようがない立派な解決方法だ。

「そうだな、おじさんの言う通りだ。警察にも言われたよ。やはり、できるだけ揉め事は避けるべきだな」

拓磨も同意する。

なぜなら、それが当然だからだ。それ以外に一般人にはやりようがない。

警察に任せる。なんと楽で簡単な方法だった。

しかし、喜美子は楽な道なんて望んでいなかった。

「あなたがそんな弱気でどうするのよ!? いい？　拓磨！　これは育ての親である私の命令よ！　今度奴らが絡んできたら屍山血河《しざんけつが》を作って、奴らに生き地獄を見せてやりなさい！　生まれてきたことを後悔させるのよ！　分かった!?」

屍山血河とはその名の通り、死体を山のようにして血の河を作ることである。

つまり、あらゆる人としての倫理道徳を捨て、完膚なきまでに相手をぶち殺すこと。

喜美子は「息子」に手を出した者に制裁を下そうと声を大にして命令していた。

しかも実行するのは被害を受けた「息子」本人である。

拓磨の強さを熟知した親だからこその見事な命令だった。

(恐ろしい女だ、さすがは叔母さん。不動家のタカ派にして最大の武闘派。そもそも、それを行った後の俺の人生はどうなるんだ？　永遠に刑務所、あるいは死刑だ)

いくら命令でも、やれば独房間違いなしだった。二度と稲歌町の空気は吸えないだろう。

拓磨は全くやる気が起きないでいた。

「そ、それはいかんぞ！　いくらなんでもそんなことをしたら拓磨の将来が危なくなる！」

信治が反論する。

(さしずめ、叔父は平和の象徴のハト派だな。まあ、どちらも言いたいことは分かるんだが)

オニオンスープをすすりながら、拓磨は2人の会話を黙って聞いている。

「ただでさえ殺されかけているのよ！　やり返すくらいしなきゃダメよ！」

「に、日本は一応法治国家だ。そんな『目には目を、暴力には暴力を』のような考えではいけないのだよ。喜美子」

「そんなことといって、私たちの拓磨が殺されでもしたらどうするのよ!? 私、死刑になってもいいから、あいつら全員処刑用に巨大電子レンジを作って人間ポップコーンを再現してやるから！」

人を電子レンジに入れるとポップコーンみたいに体が爆発するらしい。

最近喜美子が仕入れた情報のひとつだった。

ここまでの会話で拓磨が改めて知ったこと。

(叔母さんは敵に回したくないな)

ただ、その一言だった。

拓磨はハンバーグとご飯を交互に口の中に入れる。

「俺、明日から自宅学習になるらしい」

いい加減に血なまぐさい話を終わりにしようと、拓磨は話を無理やり変えた。

拓磨の言葉に喜美子は眉間にしわを寄せ不満顔、信治はほっとしたように安堵の表情を浮かべている。

「これから担任の南先生に確認を取る。葵の言葉によると、おそらく相良組の騒動が一段落するまで家に待機だ」

「待機って……授業はどうするの？」

喜美子の問いに拓磨は答えられなかった。

「……それもそうだな？　今、電話で聞く」

拓磨は食事を中断し、キッチンを後にすると廊下を進み、廊下の途中にあるテーブルに置かれた電話機を取り、南の電話番号を押す。

しばらく、相手を呼び出す音がした後、南の声が聞こえた。

「夜遅くすいません、不動です」

「お？　拓磨か。ちょうどいい、お前と話が」

「自宅学習のことですか？」

電話の奥で息が止まるような声がする。

相手が知らないはずの情報をいきなり言われたのだから驚いたのだろう。

「……なんでお前、知っている？」

「俺の周りにはめんどくさい奴らばかりいるので。まあ、気にしないでください。風の噂ってやつです」

独特の言い回しで、拓磨は会話を茶化す。

「はあ……、まあどこで知ったのかは知らないが、知っているなら話が早い。お前はしばらく自宅で学習してもらう。これから毎日、1日の授業の様子を事務の職員の方に動画を撮ってもらって、お前はそれを見て授業を受けるんだ」

「俺のためにわざわざすいません」

「まあ、お前のためというより学校のためだな。行政や学校のお偉いさんは、お前が学校に来ることでヤクザが学校で暴れることをなんとしても防ぎたいらしい。早い話、お前は

『隔離』というわけだ」

　非情な現実に拓磨はうなだれた。

「先生、俺はいつになったら学校に通えるんですか？」

「もしかしたら卒業まで無理かもしれないな」

（どうやら、俺の高校生活はすでに終わったようだ）

　ヤクザひとつ巻き込んだ今回の騒動。なんとなくただじゃ済まないと思っていたが、やはりただじゃ済まなかった。

「まあ仕方ないかもしれませんね」

「悪いな、拓磨。お前らの話は信頼しているんだが、やっぱり暴力というものはそれだけで嫌な目で見られるからな。いくらお前が被害者だとしても、お前が相手に怪我をさせている以上、どうしても普通に学校通学というわけにはいかない。おまけに相手がヤクザだからな。余計にダメだ」

　南の声は、謝罪とともに教師として拓磨に現実を教えていた。

「俺は自宅で授業の映像を見て、それで授業を受けるわけですよね？　予備校の衛星授業のようなものですか？」

「ああ、基本的にそうなる。詳しい話は明日にでも教師の間で決定する。お前はとりあえず、明日は欠席だ」

「車での『学校で会おう』宣言が、まさか一生の別れになるとは思いませんでしたよ」

拓磨は半笑いで南に話を返した。

もはや笑うしかなかった。

「まだ学校に来られないと決まったわけじゃないぞ。とりあえず、ご両親にも近々話に行くから伝えておいてくれ」

「叔母さんはヤクザとの戦争を望んでますが」

「おい、言っていい冗談と悪い冗談があるぞ」

冗談ではない。本気である。しかし、事を荒立てるわけにはいかないので、拓磨は真面目に返答した。

「はい、すいませんでした」

「あ、そうだ。言い忘れていた。一番難しい授業があったんだ」

「一番難しい授業？　音楽とか、美術とかですか？」

座学以外のものをとりあえず拓磨は並べた。

「それも大変だが、違う。体育だ」

「……体育？」

「さすがにあれはある程度広い場所に出ないと行えないだろ？　まあ、そこら辺は金城先生とよく話し合わないといけないからな」

拓磨の脳裏に学校で、頭に雷を落とされるような衝撃を受けた教師が頭に浮かぶ。

「昼間、あの先生と騒動を起こしたばかりなんですが」

「だからといって、彼がお前の授業の担任なんだから仕方ないだろ？」

「はあ……大体ヤクザに狙われている身で、どうやって体育をやるんですか？」

「外で行うと、もちろん、遭遇する可能性が高くなる。よって、やるとしたら屋内だな。体育館を使って体育を行うのが基本だろうな」

（おいおい、結局外に出るのか？）

拓磨はいっそのこと体育を諦めた方が良いのではないかと思った。

「それで、金城先生がタクシー運転手をやってくれると？」

「まあ、いつ行うかは職員会議次第だが、とにかくお前もうちの生徒である以上、きちんと卒業させてやるから安心しろ。それじゃあ、くれぐれも出歩くなよ？」

「身に染みるありがたいお言葉です。それじゃあ」

拓磨はそう言葉を残し、電話を切った。

面倒なことになってきた。そして本当に面倒なことが起こってしまった。

拓磨は電話を置くと、キッチンに戻り、親２人が見守る中、椅子に座ると両ひざに手を置き、頭を下げる。

「２人とも悪い。自宅学習になった」

「え、嘘じゃないのか!?」

信治が驚く。

「学校にもう行けないってこと？」

喜美子も尋ねる。

「ヤクザとの事態が収束するまでは。俺が出歩いて他の関係ない奴らが巻き込まれたら、一巻の終わりだろ？」

「ふむ……。まあ、ともかく退学にならずに済んで良かった」

信治は、最悪の事態は回避したことに胸をなで下ろしていた。

「ほんとよねえ、ずいぶん理解のある先生に恵まれているんじゃない？」

「まあ、1年のときから俺の担任をしているから、ある程度事情は知っているからな」

「え!?　もしかして、また南先生!?」

喜美子がついに自分にも春が来たとばかりに満開の笑顔を見せる。

「あの人、良い先生よ～！　若いくせにしっかりしてるし、おまけに顔もチャーミング！なんで結婚してないのかしら!?　お嫁さんがいなかったら私が立候補しようかな？」

「この国では重婚は禁じられているんだぞ？」

信治が目くじらを立てて、喜美子の浮かれ姿を戒める。拓磨はそんな夫婦の姿を見ていると笑いがこみ上げてきて、顔がほころぶ。

（良い親だ、本当に）

「じゃあ、今日はもう寝る。本当に迷惑をかける」

「何よ、他人行儀ねえ～。いいから、早くお風呂にでも入って寝なさい。いくら自宅学習だからってちゃんと勉強をしてもらうからね」

笑いを抑えつつ、拓磨は食べ終わった皿を洗い場に戻すと、着替えを取りに先ほどの電話とは逆方向、すなわち玄関とは逆方向にある階段を上がっていく。

2人は拓磨が階段を上がっていく音を黙って聞いてた。そして音が聞こえなくなると、喜美子が呟く。

「行ったわね？」

「ああ」

喜美子がガクッと肩を落としてテーブルに顔を突っ伏す。あと少しでハンバーグに顔を突っ込みそうになるところだった。

「いやあ、しかし今回ばかりはダメかと思ったな？」

九死に一生を得たとばかりに、信治が天井を向いて喜美子に尋ねる。

「本当よ。南先生や他の職員のおかげでなんとか首の皮一枚つながったわ」

喜美子は精根尽き果てたように声だけで信治に返す。

「相良組か……。また嫌な奴らに目を付けられたものだな」

「あいつら、ほんと全員死ねばいいのに」

喜美子の目が怒りに満ちていた。

一点の曇りなき、本心からのセリフだった。

「喜美子。君は本当に過激だな」

「だって、あいつらがいなかったら拓磨は祐司や葵ちゃんたちと一緒に普通の高校生活を送れたのよ」

信治は腕を組みながら難しそうに唸る。

「拓磨には悪いが今回の騒動、拓磨だから良かったのかもしれないな」

「何!? 拓磨が襲われたのが良かったっていうの!?」

予想外の信治の答えに、喜美子は怒鳴り声を上げた。

「もし、巻き込まれたのが拓磨じゃなかったら、おそらく死者が出ていた。そうは思わないか？」

冷静な信治の言葉が喜美子の熱を冷ました。

(言われてみれば、確かにそうかもしれない)

「……まあ、それはそうかもしれないけど。私は、あの子に普通の生活を送ってほしいのよ！」

喜美子は怒りに目を燃やす姿から一転、今にも泣き出しそうである。訴えかけるような目で隣の信治を見つめた。信治は、ふと顔を和らげると喜美子の左肩に手を置く。

「それは、私もだ。拓磨は、普通では考えられない生活を送っていたみたいだからな。いつまでもそんな世界にいてはいけない。だからこそ、あいつを引き取ったんだ」

「でも、やっぱり……無駄だったのかもね？」

今までなんとか社会の中で暮らせるように拓磨を育て上げてきた。

しかし、いつも喧嘩の噂が絶えなかった。おまけに今はヤクザに狙われる始末。

喜美子は自分の無力さに肩を落とすしかなかった。

「無駄なんかじゃないさ。いつかきっと平穏に暮らせる日々が来る。私たちはそれまで彼に付き合わなければいけない。たとえ、あいつの身に何が起きてもだ。それが親の役目だからな」

平和の象徴ハトの、ヘタレらしからぬ頼もしい言葉と姿をタカは見た。

（やはり、いざというときこの男は頼りになる。私の結婚は間違っていなかったようだ）

喜美子は嬉しさで口角をつり上げ、笑いながら、好きな子をいじめるように棘のある言葉を放ち始める。

「珍しく良いこと言うわね。1年に1回くらい出る奇跡をもう使っちゃって大丈夫？」

「君は……私に格好良く締めさせてくれないのか？」

「あなたに格好良いのなんて似合わないわよ。せいぜいヘタレがいいところね」

信治は妻の容赦のないド直球の言葉に心をやられ、俯いてしまった。喜美子はそんな信治を笑いながら、食器洗いを始める。

拓磨、変な夢を見る

午後9時1分、不動家2階、拓磨の部屋。

階段を上がると、長い廊下が目の前に続いており、一番奥に窓がある。廊下の右側には扉が3つ。手前から拓磨の部屋、信治と喜美子の部屋、『物置部屋』である。

『物置部屋』とは、喜美子が友人から買ったフリーマーケットの商品（信治曰《いわ》く『ただのゴミ』）、信治が地域の仲間と行っている草野球の道具、有名になった野球選手のプレミアユニフォーム（喜美子曰く『服なのに飾っているだけなんて馬鹿でしょ』）、これら様々な物が通学・通勤時間帯の満員電車のように押し合いへし合いしている魔境であった。

拓磨の所有物は自分の部屋に収まってしまうほど少ないため、この魔境に埋もれてはいない。

拓磨の部屋は至ってシンプルである。

入ると、奥に窓があり、そこから隣の民家を含む稲歌町の時価10円ほどの夜景が見える。その窓の下に机が置いてある。これは、もともとは叔父が野球仲間から粗大ゴミとして出す物をもらったものだが、まだまだ使えたため引き取った。

入って左側の壁には、カレンダー付きポスターが貼ってあったが、日本神話の神々の姿が月ごとに載っている。オカルト教団にありそうなものだった。

実は拓磨が中学のとき、不動ベーカリーにオカルト系の教団の勧誘が来たときがあった。もちろん、信治や喜美子は断った。しかし、教団の勧誘はしつこく、次第にエスカレート。2人の「息子」である拓磨にまで手が伸びることになり、拓磨は誘拐された。

当初の計画では拓磨を誘拐し、身の引き替えとして不動家を勧誘し財産を根こそぎ奪い取る計画だった。警察への連絡は禁止されており、途方に暮れていたとき、信治の野球仲間だったご近所の住人がピンチに駆けつけ、ご近所の完全バックアップの下、取り引き現場の教団本部に信治たちは向かった。

しかしそこで見た光景は、全身の骨を砕かれ、身動きひとつできずに悲鳴やうめき声を上げていた、プロボクサー3人と教団関係者58人であった。

そして彼らの前で、酒のお供である鱈のすり身チーズを（どこから入手したのかは不明だが）食べつつ、警察に子機を使って電話している拓磨の姿があった。

これはそのとき、教団本部の布教用のカレンダーを迷惑料としてもらったものである。なぜか10年分ほど刷っており、しばらくカレンダーに困ることはない。これ以外にも背中にお経などが書かれた『布教ジャージ』などを手に入れた。今も着ることができる代物である。

部屋に入って右側には、拓磨の体格の良い体でさえも余裕のあるベッドが置かれている。長さ縦2・5メートル、横1・2メートル、高さ30センチの大型ベッド。これにも物語がある。

喜美子の友達にアメリカ人の男性と結婚した女性がいた。しかし、そのアメリカ人の男性はバイセクシャルであることを隠しており、それが妻である喜美子の友達に知られる。

知ってからもその女性は彼を理解し、結婚生活を続けようと努めたが、寝室に隠してあったゲイ向けのアダルト本を見て頭の中の何かがプッツンと切れた。

その後、一切の迷いなく役場に飛び込み、離婚届をもらい、まるで考えることを止めたように一切感情のない顔で役場を後にしたという。

その後、離婚は確定。いらなくなった新婚ベッドはアメリカ人の夫の体格に合わせて作った物だが、置く場所がなくなり友人の喜美子が引き取り、拓磨のベッドとなったわけである。

拓磨は、机に向かうと祐司から借りた漫画『早くロリコンになりたい！』を読み始める。登場人物が巨乳好きから貧乳好きへと進化していく少年漫画で、週刊誌の中で毎週トップ人気という時代を１００年ほど先取った『巨乳好き撲滅感動ドラマ』らしい。

（何が面白いのか俺にはさっぱり分からない）

拓磨は漫画を机に置き、稲歌町の夜を見つめる。すでに寝間着であるジャージ姿に着替えていた。

そう、あの『布教ジャージ』である。背中には『私は新世界の神になる』という教祖が言いそうな、変な電波を受信した感じが満載の言葉が書かれている。しかし、着るには十分なので拓磨は気にしなかった。

拓磨は立ち上がると机の奥の窓を開ける。頬を撫でるような春の風が胸の奥のざわつきをさらに揺らす。

（これからどうなるのだろうか？　確かに俺が家から出なければ、少なくとも俺がヤクザと関わることは少なくなる。だが、もし奴らが他の人を襲い始めたら？　学校はどうだ？　安全と言えるのか？　そもそもなぜ相良組は俺を襲う？

俺がたまたまターゲットにされているだけなのか？　確かに組員を病院送りにしたから報復として俺を襲うのは当然かもしれない。

だが、朝の場合はどうだ？　いきなり40人近くが俺を襲ってきた。中学時代からいろいろと不良とごたごたはあったが、いくらなんでも今回は異常だ。一体なぜだ？）

拓磨は今朝起きたこと、そして昼間の相良組の連中の襲撃を頭の中で思考する。しかし、心当たりが全くないことに気づく。

拓磨はさらに記憶をたどり、思考を深めていく。

（そういえば、登校中に襲ってきた奴らは携帯がどうとか言っていたな。俺は携帯電話を持っていないから全く関係のないことだと聞き流していたが）

考えすぎて煮詰まり気味の拓磨は、頭を数回掻きむしると、部屋の入り口のドア付近にある電気を消し、そのままベッドに横になる。

いつもの天井がそこにあった。

しかし、今日だけはなぜか、いつもの天井が拓磨をほっとさせた。その理由がなぜなのかは、眠りにつく拓磨には答えを出せそうもなかった。

その夜、拓磨は不思議な夢を見た。

その場所は一瞬砂漠かと思うような場所だった。どこまでも続く大地。空は青く澄み、風が顔に吹き付けてくる。しかし、何もない。大地と空以外には何もない。その中、拓磨は1人たたずんでいる。

そのとき、拓磨の視界が暗闇に沈んだ。太陽が闇に飲み込まれたようにも感じたが、すぐにそれは間違いだと気づく。

それは影だった。あまりにも大きく、自分がいかに小さな存在であるかを認めさせるような影。

ゆっくりと拓磨が後ろを振り向くと、そこに「それ」はいた。天まで届くような、大木のような2本の柱。突然の登場に圧倒されたが、よく見るとそれは足だった。その上に金属特有の光沢がある銀色と紫色を基調とした鎧を装着した巨人が立っていた。

全身に血管のような紫色の線が描かれており、頭は兜で覆われている。まるで仏像のような顔であり、目元が鋭い窪みとなっていて紫色に輝いている。兜のてっぺんに刃のような半月状の装飾品が施されている。三日月が兜に突き刺さったように見える。両腕は太腿《ふともも》までの長さで、足と同じくらいの太さをしている。

(何だこれは? 夢? しかも巨人の夢? こういう夢は祐司が見るものだと思うんだが?)

すると、突然巨人の兜が動き出し、ゆっくりと向きを変え、拓磨を見下ろした。

拓磨も騎士の目を見上げ、しばらく両者ともじっと互いを見つめ、動かなくなる。

あまりにも巨人が大きすぎるため拓磨は首が痛くなった。

(祐司に毒されたな。ついにこういうSFの夢を見るようになったか?)

拓磨は、祐司と同じアニメ好きの道を歩き始めたことを少し後悔し始める。しかし、不思議と夢であることを自覚していた。あまりにも目の前の光景がとんでもないからであろう。

　すると突然、巨人の鎧の関節部分の隙間から虹色の光があふれだしてくる。その光が頭から、腕から巨人の体全体からあふれだし、巨人の姿が確認できなくなる。そして光がどんどん小さくなり、拓磨の体がちょうど入るような大きさになり、目の前の空中にとどまっている。

「光の穴？」

　そのときだった。中から声が聞こえ始める。

「……シテ……くれ」

「ん？」

「……わた……しを……たの……む。さ……がし……て……」

(幻聴か？　ますます祐司の影響を受けてきたな？　俺にとっては専門外だ。意味が分からねえぜ、本当に。夢ならとっとと覚めてくれ)

　拓磨は半笑いをしながら、じっと目の前の光を観察するように見つめる。そしてため息を吐くと、声に向かって尋ねる。

「そっちに行けばいいのか？」

「たの……む……わた……しを……」

「じゃあ、とっとと夢から覚めさせてもらうか」

拓磨は自分に言い聞かせるように呟くと、ゆっくりと足を進め、光の中に入っていく。光に体を通した瞬間、電気ショックを受けたように体が痙攣し、立っていられなくなる。

「グヌググ……！　何だ……!?　これは……!?」

拓磨は満身の力を込め、光を突き破るように踏み出す。すると、突然痙攣が止まり、勢い余って地面に前のめりに突っ伏してしまう。

「……くっ！　一体……何が……？」

拓磨は地面に手をつき、立ち上がろうとした。すると、そこには見慣れない黒い生地が見えた。驚いて立ち上がると、さっきまでジャージの姿だったはずの自分が黒い外套を羽織り、内側には紫色を基調とした硬い素材でできた戦闘服を着用し、靴も黒と紫のコーディネートとなっていた。手も戦闘服の延長線上で、黒をベースに紫色のラインが入ったカーレーサーなどが装着するドライビンググローブを着用している。靴も脛《すね》ほどの高さで、重量感がある。黒を下地にした紫色の紋章が輝くガッシリとしたブーツだ。

見事なまでにコーディネートされた自分に感想を一言。

「……あの光はコスプレ機能が付いていたのか？」

拓磨は自分の手をじっくり眺め、先ほどの光を振り返るが、そこにはすでに光はなかった。いたのは1人の青年だった。

頭はアジサイの花のような紫色、体は先ほどの巨人と同じ色の白衣を着ている。

（もう何が出てきても驚かんぞ？）

拓磨は心の中で深く決意していた。

青年は口角を上げ、にこりと拓磨を見て笑うと、全身から光を放ち、姿を消した。光はどんどん強くなり、拓磨は目の前が見えなくなる。

次に目が見えたとき、そこにあったのは見慣れた白い天井だった。いつの間にか夜が明けていた。

服はいつもと同じジャージ姿である。不思議なことに、全身が急激に運動をしたかのように疲労していた。

眠って疲労するなんて経験は拓磨にとって初めてである。

（変な夢だった、本当に変な夢だった）

額から流れた汗を手でぬぐい、体を起こすと、そのままベッドから下り、窓の外を見た。鳥の鳴き声が朝を告げ、陽光が朝を祝福するかのように稲歌町を照らしていた。雲も空にひとつもない。これぞまさに快晴である。

その陽気に誘われ拓磨が背伸びをしたそのときだった。どこからともなく電話の鳴る音が聞こえた。

拓磨は机の上の時計を見た。まだ、5時16分である。

（こんな朝早くから電話？）

疑問に首をかしげつつ、部屋を出るとそのまま1階へと向かった。不動家には、1階の廊下にしか電話はない。信治と喜美子は携帯電話を持っているが、あいにく拓磨は携帯電話を持っていなかった。

しかし、鳴っていたのは不動家の電話ではなかった。不思議なことに玄関の外から音が聞こえていた。

（新聞配達員が落としていったか？）

そんな見当をつけると、サンダルを履いてドアを開いた。目の前にパン屋へと続くドアがあり、細い路地が左右に伸びている。

不動家はパン屋の店舗と自宅の2軒で構成されている。信治がサラリーマンを辞めて念願のパン屋を始めるときに、自宅の庭部分であった所にパン屋を建てた。パン屋が面した道からは細い路地を経由することで自宅にたどり着ける。しかし、最近では路地を利用するのは新聞配りの青年くらいになっていた。パン屋を突っ切った方が早いからである。

おまけにこの路地は行き止まりである。そのまま進むと不動家のブラックホール、『物置』がドンと立ちはだかり、あらゆる者はここまで着くことなく道を引き返してしまう。

（携帯電話は……ないな）

足下を探してみたが、どこにも携帯電話らしき影は見当たらなかった。すると、細道の奥に陣取っている不動家のブラックホールからまさかの音が鳴り響く。

（なぜだ？　なぜ物置から音が？）

不信感がどんどん湧いてくる。さすがの拓磨も気味の悪い錯覚にとらわれている気分になった。

（もしかして、これは夢ではなかろうか？）

だが、今は確かに現実であり、ブラックホールが拓磨を飲み込もうと誘っていた。

一歩ずつ足を踏み出し、物置に近づいていき、ついに目の前に立った。

（もしかしたら、泥棒でも中にいるのかもしれない）

しかし、あっという間にその予想は自分で却下した。

（なんでこの時間まで物置にいる？　もう夜も明ける。いくらなんでも家に侵入するのが遅いんじゃねえか？）

さらに拓磨は想像を膨らませる。

（もしかしたら、常識を知らない新米の泥棒であることも考えられる。だとしたらその泥棒はとんでもない馬鹿だな）

様々な妄想が膨らむのを抑え、拓磨はゆっくり物置の戸を横にスライドさせる。幸いなことに泥棒はいないようだった。

一気に携帯電話の音が大きくなる。

（間違いない、ここに電話がある）

物置はホコリを被った廃棄物によって汚染されていた。そのほとんどが粗大ゴミ回収に出すはずなのに、いつも忘れてしまい、結局溜まっていってしまう惨めなゴミの末路だった。

（これは金を払ってでも整理した方がいいな。いくらなんでも汚すぎる）

拓磨は物置に入ると音の鳴る方を見た。粗大ゴミの間に箱が置いてある。虹色の直方体の箱で少年漫画８冊くらいの高さだった。音はその中から聞こえた。

(怪しすぎるな、いくらなんでも)

拓磨は恐る恐る箱に近づくと、足で軽く蹴る。

箱の中身をホコリまみれの床にばらまく。

中からは、一昔前の折りたたみ式携帯がコロンと床に転がった。紫色の携帯電話で、いつから箱に入れられていたのかは分からないが新品である。

「ぬ……ぬぐぐぐ」

先ほどまで鳴っていた電話の鳴る音が消え、今度は人の声が聞こえている。

拓磨は動きもせずに床の携帯電話を見つめている。すると突然、携帯電話がパカッと開き、中から光が漏れる。突然の光に拓磨は手をかざし、光を見ないように目をつぶった。

目の前には闇が広がり、光がかすかにちらついている。ゆっくり目を開けると、携帯電話が開いた状態でこちらを見ていた。

そう、実際に見ていたのだ。誰か……いや、何かが。

「い、いきなり蹴りを入れるとは失礼ではないか!?　電子機器は丁寧に扱うものだぞ！」

携帯電話の液晶画面には人が映っていた。

(夢で見た者にそっくり……いや、もう本人じゃねえのか？　信じたくはねえが)

紫色の髪で白衣を身に着けた青年は、怒り半分、驚き半分で拓磨を見上げていた。

沈黙。果てしない沈黙。

（えっ？　何か話すべきなのか？　いや、話したら俺の中の大切な何かが崩れる気がする。最も崩壊してはいけない『まとも』という部分が）

すでに50人近くのチンピラを叩きのめした拓磨ですら『まとも』という言葉は、非常に価値のあるものだった。

「青年」

携帯電話の何かは拓磨に向かって話しかけてきた。拓磨は誰もいないのに後ろを振り向いてしまう。

（青年？　俺は学生だから青年じゃないな？　一体誰のことを話しているんだ、この何かは？　さてと、朝飯を食いに戻るか）

拓磨が現実を忘れて立ち去ろうとする。

「ま、待て！　待ってくれ！　悪人面の青年！」

（……ここは『誰が悪人面だ！』と突っ込むところなのだろう。しかし、残念なことにこの町に悪人面で、しかもこの家の敷地内にいるのは俺しかいない。間違いない。この何かが聞いているのは間違いなく俺だ）

拓磨が立ち去ることをやめて諦めたような顔で、床の携帯電話を再び見下ろす。

「……あなたはどなた？」

慎重な発言だった。

「私は惑星フォインの科学者『ゼロア』。電脳将ウェブライナーのライナーコアガーディアンであり、リベリオス打倒のため地球にきた異星人だ」

拓磨は生まれてこのかた、ここまで長いカタカナ文章を聞いたことがなかった。

「なるほど。日本語がしゃべれるみたいだな。最初の『私は』までは理解した。一人称は『私』か。よく分かった。あばよ『私』、二度と会うこともねえだろ」

（戻ろう、朝飯を食べに……）

拓磨は再び去ろうとする。

「ま、待ってくれ！」

（まずいな、幻聴だ。そもそも携帯電話と話していること自体がおかしなことなんだ。どうやら俺はヤバい病気にかかったようだ。叔母さんの知り合いの病院を予約しておくか？）

「は、話を最後まで聞いてくれないか？　青年！」

「聞く気がない。聞くと断れなくなるから聞かない」

（あれ？　何を反応しているんだ、俺は？　いかん、幻聴に反応するなんてますますおかしくなっている）

拓磨は自分が壊れていく感覚にとらわれた。

「日本に危機が迫っているんだ！」

拓磨はその言葉に足を止め、再び床に落ちた携帯電話に振り向きながら目を向ける。

「日本の危機？」

「そうだ！　リベリオスが日本を……」

携帯電話が点滅するように光りだす。まるで喜んでいるようだった。

「ま、待て待て！　訳のわからん専門的な言葉を使うな！」

拓磨はついに観念してしまった。目の前の光景を受け入れてしまった。

（もうだめだ…。俺も立派な中二病だ。しかし、最近の携帯電話はすごいな。携帯の中に人の姿をした奴が使用者を案内してくれるのか。確か、祐司が話していたな。こんな携帯電話が出てくるアニメかゲームを。名前は忘れたが）

拓磨は、目の前の出来事を『技術の進歩』という便利な言葉によってなんとか受け入れていた。

（こいつは『日本の危機』だとか言っていた。仮に人型の案内プログラムが可能だとして、『日本の危機』とは何だ？　安全上の何かか？　警察で使われている物が物置にまぎれていた？　なんでそんなことが起こったんだ？）

「あ、あの良いだろうか？　青年」

携帯電話を無視して1人で想像の世界で解釈を見つけようとしている拓磨に、携帯電話の中の「何か」は尋ねた。

すると、拓磨は逆に切り出す。

「……お前は警察で使われている商品なのか？」

「ん？　商品？　わ、私は売り物ではないぞ!?」

(売り物ではない？　……ああ、なるほど支給品か。警察の拳銃みたいに支給されている特別な物なのだろう。どうりで見たことがないわけだ。待てよ、だったら話が早い)

拓磨は床にある携帯電話を拾い上げると、そそくさと物置を出て歩きだす。

「おお、分かってくれたか!?　青年！」

「ああ、よく分かった。とりあえず、お前は俺の手に負える物じゃねえ」

「え!?」

「昔からよく言うだろう？『道に変な物が落ちていたらどうするか？』答えは簡単だ。『落とし物は警察に届けましょう』だ」

拓磨は細い路地裏を曲がり、不動ベーカリー前の大通りに出る。

「ちょ、ちょっと待つんだ！　君は外出してはいけないのではないのか!?　交番まで行くまでにあくどい奴らに遭遇する危険があるぞ！」

「その通り。だから、今回は特別ルートで行く」

拓磨は店の前に置いてあるゴミ箱をじっと見る。

「ゴミは捨てよう、ゴミ箱へ」

「ま、待て待て!!　君は本当にそれでいいのか!?　私がいなくなれば日本は大変なことに」

「……あ、やはりダメか。携帯電話は携帯ショップでリサイクルに回さないとな。分別はしなければ」

「やめてくれえええ!!」

「……まあ、とりあえず部屋に置いておくか」

（後で携帯ショップに廃品回収として持っていけばいい。あとは向こうがなんとかしてくれる。素人はこういうのにむやみに手を出すべきではないのだ）

携帯電話の言葉に少しも耳を貸さず、拓磨は電話を持ってきた道を戻り、自分の部屋へと階段を上がっていった。

そして、机の上に携帯電話を置くと、そのままベッドに戻り、横になる。

（二度寝をしよう。全て忘れるんだ）

拓磨は心に誓った。

「よくぞ思いとどまった、青年！　やはり君を選んだことは間違いではないようだ！」

「やかましいぞ？　携帯電話は会話を届けるものであって、勝手に話すものじゃない」

（誰がこんな変なプログラムを作ったんだ？　意味が分からん。技術の無駄使いだ）

拓磨は布団を手に取ると、机に背を向けて本格的に二度寝を始めようとした。

（今日は金城先生と相談しよう、体育の授業について。朝から、面倒なことになったなあ）

拓磨が出来事を反芻していると、妙な疑問が湧いた。

（そういえば、なんであの携帯、俺が外出禁止だと知っていたんだ？　……まあいい、考えていたらおかしくなる）

拓磨は疑問を持ちつつも、不可解な現実から逃げるようにそのまま、再び夢の中に落ちていった。

普段通りの日常に現れた突然のしゃべる携帯電話。この突然の来訪者が巻き起こす騒動を、このときの拓磨は、微塵も感じられるわけがなかった。

第三章「忍び寄る世界」

どんちゃん騒ぎ

同日、7時37分、不動家のキッチン。

喜美子はフライパンを片手に卵焼きを焼いていた。信治は椅子に座りながら、朝刊新聞を片手にコーヒーを飲んでいる。本来ならばこの時間、パンの調理に忙しいはずなのだが、拓磨の騒動の一件もあり、本日、『不動ベーカリー』は休業ということになった。

玄関から物音がして、しばらく廊下を歩く音がしたと思うと拓磨の体がキッチンに現れる。

「貼ってきたぞ、臨時休業の紙」

「ご苦労さん。拓磨、朝から一体何やってたんだ？」

キッチンに現れた拓磨に信治が尋ねる。

拓磨が席に座ると同時に、すでにテーブルに置かれていた丸皿に喜美子がフライパンの卵焼きをフライ返しで器用に置く。

「叔父さん、壊れた携帯電話、なんで処分しないんだ？」

「ん？　何の話だ？　壊れた携帯電話なんて家にあるわけないだろ？　あったとしても全部回収に出すさ」

信治は何も知らないようだった。

「物置にあったんだが？」

「え？　物置に携帯電話？　携帯電話っていつも持っている物じゃないの？　なんで物置にあるのよ？」

喜美子も会話に混ざってくる。

「ああ、その通りだ」

(なんであったのだろうか？　あの携帯電話)

拓磨は悩む。

「もしかしたら、もらい物の中にまぎれていたのかもしれないな」

信治は仮説を説く。

「携帯電話なんて、あればすぐに気がつくと思うけど」

喜美子は常識を説いた。彼女には不似合いの光景だった。

喜美子も席に座ると、不動家勢ぞろいで「いただきます」と合掌し、それぞれ朝食を取り始める。

本日の朝食はたっぷりのチーズとピクルス、玉ねぎが乗っかったピザトースト、昨日の残りのスープ、そして砂糖が入った、先ほどの甘い卵焼きである。そして、栄養バランスを配慮して市販の野菜ジュースがそれぞれコップに注がれていた。

信治と喜美子は、早々とトーストと飲み物を交互に口に押し込み流していく。

「バッテリーが切れていたのかもしれないぞ？　それなら気がつかないだろ？」

信治は別の仮説を説く。

「ああ、なるほどねえ！　そうかもしれないって、拓磨」

喜美子はさらに促した。

「バッテリー？」

（そういえば、あの携帯電話、バッテリーが切れていなかったな？　充電し終わったあと、物置に置かれて日が浅かったから？　そもそも、なぜ携帯電話を物置に置かなきゃいけないんだ？）

拓磨の疑問はますます膨れ上がる。

「まあ、後で廃品回収に持っていくから物置にでも置いておきなさい」

信治はトーストにかじりつきながら答えた。

「物置に清掃業者を呼んだ方がいいと思うぞ？　ホコリまみれでどうしようもない」

拓磨が不満を口にする。

「拓磨、なんで物置なんかに行ったの？」

喜美子が疑問を口に出した。

「電話が鳴っていたんだ、物置から。行ったら携帯電話を見つけたんだ」

「ははは！　あの物置、1年近く開けてないのよ？　携帯電話があったとしてもバッテリー切れで鳴るわけないでしょ？　も～、夢でも見てたんじゃないの？」

（夢？　そんなわけない。携帯電話はちゃんと俺の机の上にある）

現実は喜美子の考えと反していた。

「いや、俺は確かに……」

「それはそうと、今日は、私たち高校に行くんだ」

拓磨の話を打ち切り、信治が話題を変える。

「俺のことか？」

「そう。先生方からお話を聞きに行こうと思ってね。さすがに高校入ったのに行けないんじゃ意味ないでしょ？　今後の学業とかどうするのか、相談しに行くのよ」

拓磨は、申し訳ない気持ちでいっぱいになった。

「そう……か」

「と、いうわけで留守番よろしく！」

喜美子は無邪気に拓磨に家の全警備責任を預けた。

「ああ、どうせ外出厳禁だから出ることもないからな」

「たっく～ん！　迎えに来たぞ！」

玄関の方から祐司の声が聞こえる。どうやらいつもと同じように拓磨と学校に行けると勘違いしているらしい。

「あら？　祐司には伝えてなかったの？　学校行けないこと」

「俺からは伝えてない。葵が言っていると思ったが、どうやら伝え損ねたみたいだな」

喜美子の疑問に、拓磨が続けて答える。

「さてと、じゃあ私たちはそろそろ行くか」

信治のセリフに拓磨は時計を見る。まだ8時にもなっていない。

「こんなに早くか？　まだ、8時だが」

「いろいろ話さなきゃいけないことが山ほどあるもの。今日はたぶん、帰ってくるのは夜遅くになっちゃうから勝手に作って食べてね」

2人は席を立つと、片づけを始める。

（いつもより朝食を食べるスピードが速かったのは、そういう理由があったからか）

2人の片づけが終わり、それぞれ着替えをしに部屋に戻る。拓磨は一足遅く片づけを終えると玄関に行き、早朝にも関わらず眠気ひとつ見せない祐司と会っていた。

「ん？　たっくん、学校は休み？」

「『謹慎』だな。ずっと家で自宅学習だ」

「ええっ!?　まさか、ヤクザがらみで？」

「葵に聞いてないのか？」

「いやあ、あの後、葵と喧嘩しちゃって。昨日は口もきかなかったんだ」

「喧嘩?」

祐司と葵はとことん馬が合わない。いつも喧嘩になり、いつも祐司が負ける。一種のギャグみたいなものだった。

「聞いてよ、たっくん! あのムダチチ、特撮を全く理解していない!!!」

いきなり突飛な話が始まった。

(そもそも俺は特撮に詳しくない。それにムダチチって誰だ?)

「もしかして葵のことを言っているのか?」

「体しか取り柄がないからね? 葵は」

(これは一緒の家に住んでいるから言えるセリフなのか? それとも、単に祐司がおかしいからなのか? ところどころ祐司の発言にキレが見える)

拓磨は口を挟もうとしたが思いとどまった。

「初めに言っておきます! もう俺はあの体にばかり栄養がいって脳が錆びついて動かない機械のような女と金輪際一緒に住みたくありません!」

祐司は右手を挙げ、運動会などで行われる宣誓のポーズを取った。祐司の声が家中に響き渡る。近所迷惑など微塵も考えていなかった。

「はあ……、面倒な奴らだな。お前ら、兄妹だろ? 仲良くしたらどうだ? 家族なんて、いる間が華だぞ?」

さりげなく、拓磨がフォローに回る。

「趣味が合わないのです！　仕方がないんです！」

拓磨のフォローは一瞬で玉砕された。

（そもそもなんで喧嘩が始まったのか？　まさか、すごいくだらないことではないだろうか？）

拓磨は理由を推測し、尋ねてみた。

「もしかして喧嘩の原因って『お互いの趣味の違い』か？」

「それ以外に何があるの!?　俺が葵の部屋に忍び込むとか!?　風呂場で葵の裸を見ちゃうとか？　吐き気がするね！」

祐司はますますエスカレートしていた。悪口を言い放つエンジンが暖まってきたらしい。徐々に口が回ってくる。

「ちなみに、趣味が合わないって何の趣味だ？」

「テレビ」

祐司は簡単に答えた。

「テレビ？　お前の家、自分の部屋にもテレビがあるだろ？　テレビの取り合いとかないはずだ」

「いいかい、たっくん。アニメ好き、まだまだオタクと呼ばれる領域には入っていない駆け出しにわかオタクの俺だけど、自分の持っているＤＶＤには誇りを持っているわけですよ？　ここまでわかる？」

（オタクに『にわか』とかあるのか？　自分をにわかと分かっている時点でかなり冷静だ。どうやらまだ暴走していないようだ）

長年の付き合いで祐司の状態が拓磨には理解できていた、それが良いか悪いかはともかく。

「まさかと思うが葵にＤＶＤについて何か言われたのか？」

後から思えば、これはあまりにも聞いてはいけない質問だった。

「まったく、あのアニメ嫌いが！　そんなにアニメが嫌いか!?　今の日本を支えている文化的基盤を侮辱するとは、何様のつもりだ!!『そんなもん見てるから彼女の１人もできない』ってさ！　お前に言われたくはねえよ！　だったらそんな体持っているのに男の１人も誘惑できないあなたの存在価値はゼロではないんですか!?　人の神経を逆なでするようなアバズレ性格をちょっとは直そうと努力した方がいいんじゃないですか!?」

『烈火の如く』とはまさにこのことである。祐司は口から火を吐くように必死に腹に溜め込んだ暴言をまき散らしながら、止めることなくしゃべり続ける。

「祐司、落ち着け。俺の後ろを見てみろ」

拓磨が親指で廊下の奥の方を指さす。

そこは残念そうなものを見るような、珍獣を見るような、自分の「息子」でなくて良かったというような目で、信治と喜美子が祐司を見ている。

「あ、おじさん、おばさん、おはようございます。良い朝ですね？」

二重人格を疑うほど速い切り替えで祐司は元に戻った。

(今のは一体何だったんだ？)

信治と喜美子は、目の前の情緒不安定なアニオタを危険視するとともに警戒する。

冷静さを取り戻した祐司は不気味さを漂わせていた。

「えっと、とにかく学校には行けないんだね？」

「悪いな。まあ、相良組が一刻も早く撲滅される日を願っていてくれ」

「俺、先生に頼んでこようか？　たっくんが来られるように」

「祐司。気持ちはありがたいが、俺が学校に行くことで学校の生徒が標的にされることも考えられるだろ？　何か起こってからじゃ遅いんだ」

「でも、いくらなんでも……」

拓磨は、いつまで経っても学校に行きそうにない祐司に手を焼いていた。

この2人、幼い頃に知り合い、今まで喧嘩もなく仲良く友人としてやってきた。幼少の頃から拓磨は桁外れに喧嘩が強かったわけだが、彼の立場や行動理由を一番理解しているのはおそらく叔父や叔母よりも、むしろ祐司であろう。それは単なる友人関係よりも拓磨への憧れの気持ちが入った、いわば兄弟関係に近いものがある。拓磨のようになりたいと祐司は心の中でずっと思ってきていた。

そう思わせるだけの何かが拓磨にはあった。

拓磨はため息を吐くと笑いを浮かべながら祐司の肩をポンと叩いた。

「よし、じゃあ学校で習ってきたことを俺に教えてくれ。テレビ授業だけじゃ面白みに欠けるからな。あと、学校で起きたこととかも話してくれ」

「つまり、学校生活の報告プラス勉強会ってこと？」

「アニメとかを見るのもいいが、友人と一緒に勉強するのもいいもんだろ？　まあ、それで勉強がはかどるかは別問題だが」

「そうだね……。オーケー！　じゃあ、またあとでね」

祐司は親指を立て『了解』と意思表示をすると、そのまま信治と喜美子に一礼し、玄関から風のように出ていった。

「相変わらず、ころころ性格の変わる子だな」

信治の警戒はまだ緩んでいない。

「なんか宗教の過激派のような発言も飛び出してたけど、祐司って大丈夫？」

(不動家のタカ派である叔母さんには、言う資格のないセリフだな)

拓磨の内心の突っ込みも知ることもなく、２人は出ていった。

途端に家の中が静まりかえった。今までは聞こえることもなかったのに、廊下を歩いたときに木が軋む音が、今では道路工事の音のように嫌でも耳に入る。

いつも叔母のおかげで賑やかな家庭しか知らないだけに、この空気は少し戸惑うものがあった。

拓磨は2人を見送った後、2階に上がっていき、自分の部屋に戻る。

校外授業

日の光が窓際の机を照らしており、紫色の携帯が『取ってくれ』とばかりに存在感を放っている。

部屋に入った後、勉強机の前の丸い背もたれ付き回転椅子に座る。そして机の上に置かれた携帯電話を見つめる。

（やはり夢ではない。全て現実だ）

そして携帯をつかむと開いて液晶を見る。

やはり、奴がそこにいた。現実にはとても似つかわしくない紫頭の自称科学者だ。

「せ、青年！　日本の…」

「危機か？　お前はその言葉しか言えないのか？」

拓磨はすでに発言を読んでいた。

そのまま、携帯電話を机の上に置くと、2人は向かい合う。

「ひとつ、聞きたいことがある」

（通話もせず、何の機能も使わず、携帯に話しかける行為自体おかしいのだが、突っ込みを入れては切りがないので止めよう）

拓磨は口を開いて、尋ねた。

「何でも聞いてくれ！　私には協力者が必要なんだ！」

液晶の中の男は喜んで耳を傾けた。

「まずこの携帯だ。叔母さんが言うには1年近く、物置は開けてないらしい。仮に1年前に入れられたとして、なんで電池が切れていない？」

「ああ、なるほど！　確かに人間にはオーバーテクノロジーだったね！　我々は」

この携帯電話の中の人物、時々カタカナをしゃべる。しかも分かる言葉ならいいが、拓磨には全く分からないカタカナだった。

「日本語を話せ。分かりやすく、小学生にも説明できるようにだ。カタカナを説明文に極力入れるな」

専門用語は知っている人には分かりやすいが、知らない人間には全く分からない。話を行う上での基礎を、拓磨は言い放つ。

「つまり……、君たち人間の技術をはるかに上回った技術ということだ」

「この携帯が？」

拓磨は信じられないように聞き返す。

「その通り」

（この携帯電話が人間の技術を超えた代物？　まるで人間が作った物じゃないような言い方だ。もしかしてこのコスプレは、本当に宇宙人？　いかん、単なる時間つぶしのつもり

がいつの間にか会話に引き込まれている)

「ライナー・レイ」

電波発言が突然飛び出した。

「意味の分からない言葉は止めろ」

すかさず拓磨は制止にかかる。

「悪いね。しかし、これがこの携帯を動かしている動力なんだよ」

「嘘を吐くな、お前は電気をかっこよく若者言葉で言っているに過ぎない」

(何がライナー・レイだ。おそらく、ネット用語か何かだろう)

「ほ、本当だ！　試しに携帯を調べてみてくれ。電気を使っていないことが分かる！」

拓磨は言葉に従い、携帯に手を伸ばしたそのとき、1階から電話の鳴る音がする。

「悪いな、プログラム。話はまた今度だ」

「え!?　ちょっ！　青年！」

拓磨は携帯を閉じると足早に1階に下りていく。1階の廊下に下りると、電話の鳴る音が、静かな家の中でより一層大きくなった気がした。

(南先生か？　おそらく授業のことだろう)

拓磨は受話器に手を伸ばすと、そのまま耳に当てる。

「はい、不動ベーカリー……」

「おう！　問題児、金城だ！」

金城のどでかい声が響き、拓磨は耳から受話器を離すと一瞬考え込んでしまった。

「金城先生、わざわざ自分を『問題児』って自虐しなくてもいいんですよ？」

「うるさい！　勝手に変な風に解釈するな！　誰が好きでお前の授業をやらなければならない！　しかもマンツーマンで！」

「おっしゃっている意味が分からないんですが？」

「いいか!?　これから迎えに行く！　すぐに運動をできる支度をして家で待ってろ！　いいな!?」

一方的に電話が切られる。拓磨はローンが残っている家を一瞬で嵐に壊されたサラリーマンのように、呆然と電話を持ったまま動かないでいた。そしてゆっくりと受話器を置く。

(つまり……今日の授業は体育だな。しかもこれからすぐにだ。

南先生曰く、今日は『休み』じゃなかったのか？　授業を決めるスピードが異常に速い。先生たちの朝会議で決まったのだろうか？)

疑問は多々あるが、拓磨はそのまま2階に上がっていき、自分の部屋で早々に青ジャージに着替える。

これは学校から支給された無地の青ジャージだった。はっきり言って『宗教ジャージ』は外出向きではない。

机の上で携帯電話が唸っていたが、無視して1階に下りていく。

そしてちょうど玄関に着いたとき、『ピンポーン』と耳に響く高音が鳴る。

（早い。恐ろしく早い。家の近くから電話したのか？　いくらなんでも来るのが早すぎるぞ？）

拓磨はドアを開けると金城がそこに立っていた。

全身赤いスポーツジャージであり、昔のアニメに出てきそうな鬼教官そっくりだった。拓磨より20センチほど身長が低いせいで、いくらか迫力には欠けている。手にチラシのようなものを持っている。

「到着が早すぎませんか？　電話が来てから5分も経ってないですよ」

「不動、俺だってお前の相手なんかしたくないんだ！　この後、学校で他のクラスの授業が控えている！　わざわざ来てやったんだ！　感謝してもらいたいものだな」

「はあ……。それで、何をやるんですか？」

（もう何も言うまい。言うだけ無駄だ。この先生には）

拓磨はいろいろ諦めた。

「俺の1学期の初めの授業は決まっている！」

金城は手に持っていた紙を、拓磨の顔に張り付けるかのように見せる。拓磨はうっとうしそうにその紙を手に取り眺める。

それはよく見ると、6つほどの項目が書かれていたスポーツテストの計画表だった。

「スポーツテストですか？」

「そうだ！　まずはこれを行い、生徒の身体機能を見る。生徒の誰しもが必ず受けなければならない行事だ」

「先生、お忘れかもしれませんが俺は外で……」

「黙って聞け！　お前のために体育館の予約を取った。いくらヤクザでもわざわざ町の所有する体育館で騒動を起こそうとは思わないだろう！」

（一般市民の俺に奴らは銃を向けたんだぞ？　そんな奴らが常識的な行動をするだろうか？）

「先生、俺は武器を持った奴らに襲われたんです。俺の友人の祐司もそうだ。警察が相良組を捜索して証拠を挙げて、組を解体するまでうかつに外を歩かない方がいいんじゃないですかね？」

「ん？　誰が襲われたって？　いいから来い」

金城は拓磨の話を聞きもせず、歩いていく。拓磨は慌てて家の鍵をかけると、その後を追う。

「……冗談を言わないでください。俺たちが武器を持ったヤクザに事件に巻き込まれたって南先生から聞きませんでしたか？」

「武器を使った事件？　……何のことだ？　俺はお前が無抵抗のヤクザに暴力を振るって警察に捕まったという話ししか聞いていないぞ」

「え？」

拓磨は足を止める。明らかに自分の知っている事件と異なった内容に違和感があった。

「相手も武器を使ってきたんですよ」

「ああ、なるほど。そうやって作り話をして正当防衛に見せたいわけか？　まったく、やはりお前は不良だな！　いいからさっさと来い！」

路地裏を出ると『不動ベーカリー』の前には白い車が停めてあった。そして、金城は運転席に乗り込む。

（俺の気のせいか？　それともどこかで話が間違って伝わったのか？）

腑《ふ》に落ちない感覚に陥りながらも、拓磨は助手席に乗り込み、シートベルトを着ける。

車はゆっくりと発進し、すぐに信号に当たると、そこの交差点を右に曲がった。

しばらく車内は無言だった。話を切り出したのは金城からだった。

「不動」

「はい？」

「お前は携帯電話を持たないのか？」

「携帯電話……ですか？　いえ、俺はああいうのは苦手で」

（携帯電話を使うほど生活で不便はしていない。友達は少ないが大した問題じゃない）

拓磨は現状に満足していた。

「そんなことじゃ今の時代じゃ取り残されるぞ。安い携帯でもいいから買ってもらえ」

「はあ……。何かお勧めはありませんか？」

「お勧め？」

金城は聞き返した。

「俺よりも先生の方がそういうのは詳しいと思うんで、参考までに聞きたくて」

「ははは！　いくらおだててもダメだぞ？　俺の中でお前の評価はどん底の不良生徒だ」

(俺は何かこの先生に悪いことをしたんだろうか？　嫌われすぎている気がする)

「そうだな、はっきりいって機種は何でもいい。問題は使うアプリだな」

「アプリ？」

(パプリカなら知っている。黄色や赤色の野菜だ。あえて食べたいものではない)

拓磨はとっさに頭に野菜を思い浮かべていた。

「まさか、お前アプリも知らんのか？」

「まあ、少しくらいなら知ってます」

金城は、拓磨のあまりの時代錯誤にため息を吐く。

「いいか？　アプリとは音楽プレーヤーの中に入っている音楽のようなものだ。簡単に言えば中身だ」

「ものすごい極論に聞こえるんですが」

拓磨には、『日本に住んでいるのは日本人である』ほどおおざっぱな例えに聞こえた。

「黙って聞け。お前も音楽は聴くだろ？　そのためには音楽を入れる機械が必要だ。これが音楽プレーヤー。だが、いくら機械があっても中身がなければ意味がないだろ？　聴きたい音楽を聴かなければ意味がない。この音楽がアプリだ」

「先生はアプリをやりたいために携帯電話を買ったんですか？」

「まあ、俺も最初は電話やメールができれば良いと思っていたんだがな。やってみるとこれが面白い。いつの間にかアプリの方が優先になっているな」

拓磨は黙ってしまった。

金城がいう言葉には、なんとなく納得ができる。

今の時代、アプリケーションの数は億をはるかに超え、これが年々数万単位で増加していた。その中では厳しい競争が繰り広げられており、面白いアプリが生き残る世の中になっている。まさにアプリケーション戦国時代である。

競争を勝ち抜いたアプリは、それは面白いものだろう。それを目当てで買う客は多かった。

（まあ、本人が楽しければそれでいい）

拓磨は「これが今の世の中なんだ」と無理やり自分を納得させた。

（だが、何かが違う）

言葉にはうまく表せないが、何かが変だ。そんな気持ちが確かに拓磨の中に存在し、ふたつの相反する感情がしばしば激突していた。

窓の外の景色が、住宅街から田と畑により縁取られた田園風景に変わる。どこまでも続く畑の中に亀の甲羅のような建物が見えてきた。

市民の健康に対する関心の向上を目的に、悪天候であっても利用可能な公共施設。その提案により実現された建物、稲歌町総合体育館である。

　上から見ると卵のような形をしている。亀の甲羅に見えなくもない。

　拓磨たちを乗せた車は、体育館のそばにある駐車場に停止し、２人は車を降りると中に入っていく。ガラス張りの玄関と敷き詰められた大理石の床、奥にある木製の床ホールが２人を出迎えた。金城はポケットから鍵を取り出すと、鍵を開け、扉を引き、中に入る。拓磨もそれに続く。

　２人は、玄関から入って右側にある下駄箱に靴を入れると靴下のまま、目の前にある木目状のドアを開ける。空気の流れる感覚が拓磨の全身を覆い、周囲を2階、３階からの観客席で囲まれた巨大な空間が目の前に現れた。

　おそらく、室内競技の大会が開かれてもおかしくないほど上等な体育館だ。

　こんな体育館に教師と生徒、２人だけ。

(町のスポーツ団体が使っていると思ったんだが、平日だから使われてないのか？)

　拓磨は、周りを見回して疑問を心で呟いた。

「よし、不動。とりあえず、まずは１００メートル走からだ」

「先生、本当に体育館でやるんですか？　体育館シューズを持ってきていません」

「つべこべ言うな！　自分の立場を理解しろ！」

(もはや何を言っても無駄か。とりあえず、付き合ってもらっている以上、さっさと済ますか)

拓磨は金城に案内され、スタート地点に立つ。

「よし！　そこからここまでが１００メートルだ！　準備はいいか!?」

「靴下は脱いでいいんですか？」

（体育館の床は靴下だと滑る。はだしの方が圧倒的に走りやすい。足を痛める危険はあるが。やはりシューズがほしい）

「お前が後で掃除をするんだったら別にそれでもいいぞ」

（掃除なんて面倒だ。履いたままでいい）

拓磨は諦めた。

「準備大丈夫です」

拓磨は靴下のままスタート地点に立つ。遠くの方に金城の姿が見え、手にストップウォッチを持っている。

せめて体育館シューズを持ってくれば良かったと拓磨は改めて後悔した。

「用意！　……スタート!!」

拓磨は、かけ声と同時に走りだす。そのままスピードに乗るとグングン加速していく。

拓磨のがっしりした体格からはかけ離れた不釣り合いな速度に金城は呆気に取られていたが、目の前を通過した瞬間ストップウォッチを止める。

「………」

「先生、タイムは？」

息ひとつ切らさず、金城の所に拓磨は戻ってくる。

「10秒50……」

「お、なかなかですね」

「なかなか!? お前、きちんと靴を履いて練習を積めば日本新記録に届くタイムだぞ！」

「へえ、そうなんですか？」

拓磨は上の空で会話を聞いていた。全く興味がないのである。

「やはり、お前は普通とは違うな。そのデカブツの体からまさかこれだけ速いタイムが出るとは思ってもみなかった……！」

金城は次に握力測定を行うと言ってきた。体育館の入り口の所に、あらかじめ体育館の職員にでも頼んで準備をしてもらったのであろう測定器を拓磨に渡す。

しかし拓磨は使うことなくじっと測定器を眺めていた。

「ん？ どうした？ まさか使い方が分からないのか？ ただ、握るだけだぞ？ 小学生でもできる」

「先生、これダメです」

諦めたように拓磨は測定器を金城に返す。

「あ？ だ、ダメとはどういうことだ？ まさか、壊れて……いないな？ どういうことだ？」

「それ２００キログラムまで測れるものでしょう？」

確かに計測器の限界値は「握力200キログラムまで」と書いてある。

「ああ、そうだが？」

「前に一度同じ型で測ったことがあるんですがメーター振り切ってしまって正確な値が出なかったんです」

「はあああ⁉　お前、握力200キロだぞ⁉　露骨な人外アピールはいらん！　とにかくやってみろ！」

拓磨は、金城から無理やり計測器を渡される。

拓磨はため息を吐くと左手の握力を測定するため、計測器を握りしめる。すると、計測器の針が200キログラムをオーバーしていた。

「は⁉」

結果、左手握力計測不能。

次に拓磨が右手の握力を測定する。そこで拓磨の言葉が偽りでないことを金城は改めて実感した。針は再び200キロオーバーを示していた。

「…………」

「どうします？　結果が測定不能じゃまずいでしょう？」

そこで金城が取った行動は現実を見ないことだった。

「い、一応200キログラムにしておく」

「え？　先生、いくらなんでも嘘の記録は……」

「うるせえええええ!!　文句あるか!?　お前に合う測定器なんか探していたら経費と時間の無駄だ！」

拓磨は改めて確信した。

（俺はどうもこの先生とは馬が合わない。全く、全然、ちっとも仲良くなれそうにはない）

拓磨が冷めた目で金城を見つめる。金城は、あまりの拓磨の身体能力の異常さに頭を抱えて掻きむしっていた。ただでさえ少ない髪の毛がさらに少なくなっていく。

そこで拓磨は小さい復讐を行うことにした。

「先生」

「なんだ!?　次は持久走だぞ」

「誕生日いつですか？」

「誕生日？　急に何を聞くんだ？」

「プレゼントに育毛剤でも差し上げましょうか？」

拓磨は薄ら笑いを浮かべながらおどけて金城を見下ろす。

「このヤロオオオオオ!!　いいから準備をしろ！」

拓磨は今度も靴下のまま体育館で持久走を走らされることになった。距離は１５００メートル。体育館２階を何周かすれば計測できる距離である。

拓磨は窓の外の景色を眺めながら、右手にストップウォッチを持ち、２階でランニングを始める。体育館シューズを履いていないため、足が地味に痛くなってくる。たまに１階を見下ろすと、そこに金城の姿はなかった。

おそらく次の種目の準備だろう。

そして体育館の至る所に設置されている時計のひとつに目を向ける。すでに体育館に到着をしてから1時間近くが経とうとしていた。計測よりも先生との会話に時間を割かれた感じである。

しばらくして持久走が終了する。拓磨はストップウォッチを押すとそのまま1階に下りていく。

（こういうのは普通、先生が測定するのではないのか？　それを生徒に押しつけるとは。よほど嫌われているな。やはり、育毛剤発言がいけなかったか？）

1階への階段を下りながら、拓磨は先ほどの金城への行動を振り返る。

（やっぱりカツラにしておけばよかったな？　サラサラ金髪ストレートヘアの）

拓磨は、反省など微塵もしていなかった。

1階に下りると、100メートル走や握力測定を行った体育館1階コートへと足を踏み入れる。しかし、そこに金城の姿はなかった。

（やはりいない。どこ行った？　種目の準備をしていたとしたら……やはり測定器が置かれている倉庫か？）

拓磨は直感を頼りに倉庫に向かう。コート内に、「倉庫」と書かれた表札が張られた扉があった。

すると突然、中からガタンと何かが落ちるような音がする。

「先生、持久走は終わりましたよ？」

拓磨は、ドアを引くとゆっくりと中に入る。中は薄暗く、ホコリのおかげで汚れていた。バスケットボールの入った移動用の籠、コートを掃除するためのモップ、コートへの搬入物を解体するための工具など体育館の倉庫を象徴する物が置かれ、その奥に小学生用の5段跳び箱があった。

そして、その床にはスマートフォン型の携帯電話が落ちていた。明るく液晶画面が光っており、小刻みに振動を重ねていた。

「携帯……」

拓磨は次の言葉が継げなかった。先ほどから探していた金城が携帯電話のすぐ隣に倒れていたのだ。

「先生!?」

拓磨はすぐさま金城に駆け寄ると、抱えるように金城の体をゆっくりと起こす。すると、ポタポタと何かが地面に落ちる音がしていた。

「……血？」

金城の顔はまるで歌舞伎役者の顔の模様のように血で染められていた。顔はうつぶせになっていたせいであちこち血まみれだが、どうやら両目から流れ出しているように見える。

「とりあえず、救急車を……！」

拓磨は金城の携帯電話を手に取り、１１９を押そうとしたそのときだった。

「ん？　んんん……」

拓磨は突然動いた金城に驚いた。見ると、まるで眠りから覚めたように金城が起き出し、部屋をぐるっと見渡し、拓磨を見つけた。

「ん？　不動。お前、何やっているんだ？」

すると、拓磨の持っている自分の携帯電話に目が留まる。

「おい！　それは俺の携帯電話だ！　返せ！」

金城は、拓磨から無理やり携帯電話を取り返す。

「ったく！　今度は他人の携帯電話を泥棒か!?　全く、今までは他の先生に免じて我慢してきたが、今回ばかりは我慢ならん！　今回のことはきちんと報告させてもらうからな！」

「先生、顔」

拓磨は右手で自分の顔を指さし、金城にアピールする。

「顔？　お前の顔がどうした？」

「違います。先生の顔です」

「俺の？　……うわっ!!　何じゃこりゃあぁ!!　血が流れているじゃないか！」

金城は慌てて拭くものを探し始めた。

「どうしたんですか？　その顔？」

「俺が聞きたいわ!!」

「大体、先生は倉庫で何やってたんですか？」

「あ!? 俺は、次の種目の準備を……」

拓磨は呆れた顔で金城の携帯電話を指さす。

「携帯電話で何かしながら？」

「な、何のことだ!?」

拓磨は携帯電話が床に落ちていたとき、すでに電源が入っていたことから推理した。

拓磨はため息をついて呆れると、くるりと向きを変え、倉庫を出ていく。

（大した先生だな。悪い意味でだが）

「ま、待て！　不動！　誤解だ！　俺は授業中に携帯電話をいじるようなそんな教師じゃ……！」

「まずは床を拭きましょう。それから顔も洗った方がいいと思います。あと、念のため病院に行ってください。ここで何か起こされたら、俺の学生生活も危ないんで」

拓磨は、後ろで先ほどまでとはうって変わってオドオドしている金城にアドバイスを行いながら、ズンズン歩いていく。２人はそのままトイレに行く。金城は手洗いで顔の血を流すように洗う。

拓磨は、トイレットペーパーや保管されていたタオルを持ちながら先ほどの倉庫に戻り、しゃがんで掃除を始める。

「不動。俺は別に怠けていたわけでは……。普段から行っているから物の弾みでだな。ほら、よくあるだろ？　いつも行っていることを自然と繰り返してしまうことが！　あれをだな……」

（先ほどの上から目線はどうしたんだ？　人間とは弱みを握られるとこうなってしまうのだろうか？）

拓磨は床を拭き終わると、先ほどから後ろで言い訳のオンパレードを繰り返している金城の方を、立ち上がりながら向き直った。拓磨の方が身長が高いせいもあって、ものすごい圧迫感を金城は感じ取っていた。

まさに大人と子供である。

「他言はしませんから、早く病院に行ってください」

これは金城にとって予想外の言葉だった。

「な、何？」

「誰にでも気を抜きたいときはある。これを機に次につなげていただければ、俺は何も言いません」

「ふ、不動……」

金城は、拓磨の言動に言葉を出せないでいた。教師生活をしてきて、様々な不良生徒を見てきたが、不良行為をした生徒に身を案じられるのは初めての経験だったからである。

「とにかく、早く病院に行ってください。目元が切れてたんでしょう？」

「ん？　い、いや別にどこも怪我をしてはいないが？」

「え？　じゃあなんで血が？」

「分からん。たぶん、涙のように流れたんじゃないか？　目から」

（血の涙？　ますます病気じゃないのか？）

　拓磨は不安になってしまう。

「タクシー呼びましょうか？　それじゃ危なくて運転できませんよね？」

「不動！」

　急に大声を上げた金城に拓磨は沈黙してしまう。

「……はい？　急にどうしました？」

「俺はお前を勘違いしていた！　てっきり、喧嘩することしか能のない、図体のデカイ無礼なウドの大木だと思っていた」

（図体のデカイとウドの大木で2回強調する必要はないと思うんだが？　というか、やはりこの先生は喧嘩を売っているようにしか思えない）

　拓磨の冷めた目をよそに、金城は感動のポエムを続ける。

「しかし！　先ほどの人を敬う態度は、他の生徒の模範となるべきものだった！　どうやら、私はお前を誤解していたらしい！　本当にすまなかった！」

　金城は拓磨に向かって思いっきり頭を下げる。自慢の禿げ頭がこれ見よがしとばかりに拓磨の方に向けられる。

（やはりカツラが必要だな、この先生には）

拓磨は金城の言葉をあまり聞いていなかった。

「先生、気持ちは分かりましたから早く病院に行きましょう」

「俺はお前という生徒と同じ学校で本当に嬉しく思う！」

拓磨の言葉に触発されたのか、それとも自分勝手にスイッチが入ってしまったのかは不明だが、金城はついには男泣きを始めてしまった。

(頼むから早く病院に行ってくれ、先生)

拓磨の思いは、血の涙を流す金城の男泣きには全く届かなかった。

金城先生との距離

同日、午前11時2分、稲歌町都市部を走るタクシー内。

結局、その日のスポーツテストは中断することになった。来るときに使用した車は金城の安全面も考え、学校に連絡し、他の職員が取りにくることになった。

拓磨はその後、タクシーを呼び、挙げ句の果てに病院まで同行することとなった。

「お前は基本外出禁止だろ？　歩いて帰る間に絡まれたらどうする？」

きっかけはこの金城の言葉である。非常に的を射ていて、さすがの拓磨もぐうの音も出ずに付き合うことになった。

(テストが終わったらすぐに帰れると思ったが考えが甘かった。まあ、交通費は先生持ち

で、病院から家までタクシー代出してくれるんだから良しとするか)

金城はいつも怒鳴っているように拓磨からは見えたが、どうやら面倒見の良い性格らしい。

いわゆる「リーダーシップがある」ということなのだろう。学校でも去年1年過ごした中では、特に悪い噂は聞かなかった。

むしろ、「不器用な面はあるが、真剣に話を聞いてくれる」「うるさい部分もあるが、休日を返上してまで運動の苦手な生徒の体育指導に付き合ってくれる」など昔ながらの先生という評価が耳に入ってきた。

(もしかしたら、本当は思いやりのある人なのかもしれない。俺の前ではその部分があまり出ていないが、一度見てみたいものだ)

畑の中に存在した体育館から離れ、タクシーは鉄筋コンクリートのビルと、騒音を流す乗用車があふれる稲歌町の中心部へと進んでいた。

先ほどの緑色が目立つ風景が、今はすでに灰色が目立つ風景へと変わっている。地区によって町並みに差があるのはよく言われることだが、稲歌町は急に景色が変わるため、初めて訪れた人は驚くことが多い。

しかし、それでも他の町から見れば、この町は田舎と呼ばれることが多い。市街地や住宅地の面積が拡大し、農村部が減少してきているからこそ、田んぼや畑が多い所はそれだけで「田舎」と表されるのかもしれない。

拓磨はふと外の景色から目を離し、後部座席に一緒に座っている金城に目を向けた。先ほど目から血を流していたのが嘘のように、スマートフォンに目を向け、指で画面を弾くように動かしている。拓磨もこの行為には呆れてしまった。

風邪を引いたにも関わらず、素っ裸でクーラーをガンガンに点けて寝るようなものである。自殺行為であった。

「はあ……先生」

「………」

「先生！」

「………」

拓磨が語気を強めても金城は全く反応しない。

拓磨が金城の体を揺するために体を金城の方に向けたときだった。

金城の黒目に直径2ミリくらいの小さな青い光のようなものが走った……ように拓磨には見えた。

(何だ？　今の青い光は？)

突然のことに戸惑ったが、光はすぐに消え、普通の黒い瞳に戻っていた。

「お客さん」

「……ん？」

「生徒さんが呼んでいるのに携帯電話ばかりいじって……無視はないんじゃないです

か？」

運転手がバックミラーごしに金城の先ほどの行動をたしなめる。

「あ……」

金城は手元の携帯電話をサッと自分のジャージの尻ポケットに入れる。

「あ、すまない。つい、夢中になってだな……」

(俺の目の錯覚か？　確かに目に青い光が)

拓磨がじっと金城の目を見ていると、金城が露骨に嫌そうな顔をしながら、

「何だ？　気持ち悪い。俺の顔なんかじっと見て。男にでも興味あるのか？」

「目から血を流していたのに、目を酷使するような行為をする人に言われたくはないです」

拓磨は鼻で笑いながら再び窓の外を向き直ってしまう。

「先生、いい加減に止めたらどうですか？」

「携帯電話か？」

「いくらなんでもやり過ぎだと思います」

「そうか……。だがな、やめられないんだ。もうすでに生活の一部だからな。分かっているのにやめられないんだ」

禁煙しようとしているのにやめられない人が言いそうなセリフを金城は吐いた。分かっているのにやめられない。いわゆる依存症に近いものだと拓磨は察した。外部からは何を言っても本人がやめようとしなければ直らない。

「……前から気になっていたのですが、言っていいですか？」

「ん？」

「先生は俺が嫌いですよね？」

「ああ、嫌いだった」

即答。一切の躊躇もない。わずか1秒の返答。

（これじゃあ俺が何を言っても無駄なわけだ）

拓磨の心には、もはや諦めの気持ちしかなかった。

そして、どんな表情をしているのかと目だけ金城の方を向けると、拓磨は意外な光景に驚いた。

金城は先ほど携帯電話をいじっていたときの無機質なロボットのような顔ではなく、血の通った人間の表情を取り戻したように朗らかな笑みを浮かべていた。

それは、昨日の拓磨との一室での対峙から今まで一度も見せたことのないような表情だった。その表情のまま、逆側の窓の外を見ている。

「俺は不良が嫌いでな」

（誰だって嫌いだろうな、不良は）

拓磨も心で同調する。

「お前が高校に入ってくる以前から、お前の噂は聞いていた。えらく喧嘩の強い生徒だとな。当然警戒するだろ？　そういう生徒が問題行動に走ったら、通常の不良以上に大規模な問題になるからな」

「別に俺は喧嘩したくてしているわけじゃないですよ。周りの奴らに迷惑をかけるのは極力避けたいですからね」

「それだ。俺が腑に落ちなかったのはそこだよ」

拓磨は、金城のブツ切れの会話を解読しようと必死になって頭を動かしていた。

「あの、何が言いたいんですか？　はっきりしゃべってくれるとありがたいんですが」

「実はな……俺はある意味、不良に将来を潰されたんだ」

話がいきなり昔話になった。拓磨は必死に会話を合わせる。

「え？」

「俺は高校生の頃、ボクサーになりたくてな。毎日ボクシングジムに通っていて、ちょっとは将来期待される人材だったんだ」

（なるほど、高校時代からこの人の武勇伝は始まっていたわけか）

「じゃあ、なぜボクサーにならなかったんですか？　なんで教師に？　家庭の金銭面とかそういう問題で？」

「いや。両親は俺にもっと安定した職に就くように言っていたが、ボクサーになることを否定はしてなかった。ちゃんと金も出してくれたし、時には応援に来てくれたしな」

「それと不良嫌いがどう関係してくるんですか？」

「大学生のときだ。付き合っている女性がいてな。まあ、これがなかなかの美人で……」

（また話が飛んだ。この先生、もういい加減にしてほしい。しかも今度聞かされるのは自慢話だ。この世で自慢話ほど眠っていたいと思う話はない。これが勝ち組というやつなのだろう。聞いていて苦痛だ）

拓磨は、心構えとして半分以上会話を聞き流しに入っていた。

「彼女と付き合っている最中に不良に絡まれた」

拓磨は急に話に引き戻される。

「まさか……その女性が怪我を？」

「いや。俺がとっさに守ったんだが、守るときに拳を痛めてな。結局、それが元でボクサーを諦めることにしたんだ」

「しかし、先生は大学時代、ボクシングをやっていたのでは？」

「ボクシングができなくなったわけじゃない。当然怪我も治ったし、大学時代も続けることができた。ただ……それで食べていく自信がなくなっちまってな。襲われたときの恐怖ってやつだ。それ以来、動きが鈍くなってしまった。とてもプロじゃやっていけない」

金城は苦い顔をしながら、思い出を語っていた。

「それで教師に？」

「結局、親の言う通りになったわけだ。安定した職業、安定した収入、正直教師という職業には満足している」

今まで外の風景を見ていた金城が急に拓磨の方を向くと、先ほどの笑みが嘘のような真剣な目になる。

「だが、それで許したわけじゃない。あのとき、襲ってきたあいつらの目は今でも忘れない。まるで人ではなくて、血に飢えた獣のような目だ」

「まあ面倒事を起こしている俺も……そいつらと同じようなものです」

「いや、少なくとも今日の行動で、お前が違うというのは分かった」

「人として当たり前のことをしただけですよ」

拓磨はあっさりと答える。

「だからそれだよ、不動。お前は確かに口も悪いし、暴力を振るうのかもしれん。だが、お前の中には、社会で生活しようとする心配りと、それを実行する意志があると見た。俺は不良を今まで差別的な目で見てきた。しかしお前のような奴もいるのだと知っただけでも十分な収穫だ」

「先生は俺のことが嫌いなのでは？」

「嫌いだったと言ったはずだ。先ほどの行動で普通に格上げだ」

どうやらこの先生、案外話が分かる先生のようだ。拓磨の評価がコロコロ変わった。

「ふふっ、結局『自慢の生徒』にはならないんですか？」

拓磨は茶化しながら話を振る。

「当たり前だ。お前がトラブルを起こさなければ、そうしてやってもいいぞ」

「それは絡んでくる奴らに言ってくださいよ」

2人の間には、いつの間にか笑いが飛び交う空間が作られていた。お互いを理解したとまでは言えないが、少なくとも2人は昨日では為し得なかった『相手を受け入れる』ことができるようになっていた。

お互いに立場も何もかも違う2人だったが、拓磨にとっては金城がトラブルを嫌う理由が判明し、金城にとってはトラブルばかりを起こしていると思っていた拓磨の人間らしい良い面を見られたことが、2人の関係を『まあ、とりあえず悪い奴ではない』レベルにまで引き上げていた。

2人にとって、これは大きな進歩であった。

病院での怪

「先生、良い話のところ悪いんですが、そろそろ着きますよ」

運転手が金城に目的地への到着を告げる。

拓磨が窓の外を見ると、灰色のコンクリートジャングルの中に白く塗られた直方体を4つ重ねたような4階建ての建物が見えてきた。

御神《みかみ》総合病院。稲歌町にある大病院で、最新医療設備と技術が集められている……という噂だ。

内科、外科、皮膚科、整形外科など想像つくものは一通り入っているのが特徴。まさに万能病院である。

創立してまだ1年も経っていないにも関わらず、1年365日大混雑しているのは、それだけ病院の医療技術に対する信頼性が高いのだろう。

（ただ単に、でかくて新しいからここに来ようという患者もいるのかもしれないが）

拓磨は心の中で病院に対して釘を刺す。

とりあえず、拓磨は人が診察の順番待ちでごちゃごちゃしている1階のロビーで金城を待つことになった。

金城は現在、眼科の予約を取り、2階の廊下で順番が来るのを待っている。

拓磨は壁に寄りかかりながら人を眺めていた。

杖をついたお年寄りを助ける薄桃色の服の女性看護師、母親を探して大声で泣いている5歳くらいの子供をなだめているパーマをかけた中年の女性、彼女同伴で一緒に病院に来て、順番が呼ばれているのにイチャイチャして聞いていない大学生くらいの若者カップルなど、様々な人が拓磨の目の前を往来していた。

しかし、まさか先日お世話になった方々がいるとは思わなかった。

「ん？」

ロビーの受付でワイシャツと紺のネクタイ、シワシワのスーツズボンを着用した、イカツイ顔のチョビ髭刑事を筆頭に、複数の私服警官らしき人物が固まっていた。

「新井刑事か？」

拓磨は面倒事に巻き込まれるのは嫌なのでロビーを離れようとしたが、拓磨の体格は人混みの中でも目立つ。新井の連れの警官が拓磨のことを知っていたようで、あっという間に発見、同時に新井に報告、新井が拓磨を発見という見事なテンポの流れができてしまった。

「不動！」

拓磨はため息を吐きながら立ち止まると、近寄ってきた新井の方を振り向く。

「新井刑事。ここは病院ですよ？　お静かに」

「何言っているんだ？　それよりお前、ここで何をしている？」

「俺の先生が怪我をしたみたいで一緒に来たんです。新井刑事こそ、どうしてこちらに？」

「悪いな、一般市民に何もしゃべることはできない」

「そうですか。それでは失礼」

拓磨はくるりと向きを変えると新井から離れようとする。

「あ、おい！　待て！」

拓磨は立ち止まり、うっとうしいと言わんばかりの表情を見せ、振り返る。

「善良な一般市民に話すことができないってことは何かの事件ですよね？　だったら、俺は関係ありません。全く」

「お前、例の連中にまた絡まれたか？」

「例？　失礼ですが、ちゃんと主語を話してください。何を言っているのか分かりません」

新井は舌打ちすると、小さな声で周囲に聞こえないように呟く。

「相良組の連中にまた絡まれたか、と聞いているんだ」

「……昨日以降、遭遇してませんが？」

「そうか。ご協力感謝します。それでは失礼」

「新井さん。早く署に」

部下の警官の1人が新井を急がすように言葉を告げる。

「分かってる。じゃあな、早く帰れよ」

皮肉を込めて感謝の言葉を言うと新井が慌ただしく去っていく。

(『相良組に遭遇したか』だと？　また、奴らの関係で何か起こったのか？　でもなんで新井刑事が病院に？　病院……誰かが入院でもしているのか？　それを見舞いに来たとか？　でもなぜ他の警官を連れている？　私用だったら1人で来ればいいはずだ。

私用ではない。つまり仕事の一環。入院。そして相良組。

最後に新井刑事は俺に確認をした。つまり、俺に少しは関係のあること)

拓磨は今までにあったことを頭の中で整理する。

するとこのタイミングで皮肉にもやかましい隣人の声が頭に響く。

〈50人近く全員病院送りにして、なんでそんなに余裕でいられるの!?〉

昨日の葵の言葉が頭に甦ってきた。

(よりにもよって、あいつのセリフが浮かんでくるとはな……。そういえば、俺が病院送りにしたヤクザはどこに入院しているんだ？）

　そこまで考えると、拓磨の中で推理がつながった。

（そうか！　もしかしたらこの病院にヤクザが入院しているのかもしれないな。それなら新井刑事が来たことも納得できる。おそらく事情聴取か何かで来たのだろう。相良組解体のための準備というやつだ）

　昨日、取調室で新井に言われたことを拓磨は記憶していた。

（新井刑事が帰ったということは、もう聴取は終わったのか？）

　拓磨は現状を整理すると、先ほどのロビーに向かって歩き出し、受付の隣にある病院内の案内掲示板を見る。１階から４階まですみずみまで表示される、迷子には神様のような代物だ。

（入院病棟はどうやら別棟のようだ。この病院は外来患者用の建物と入院患者用の建物が別だ。それだけ医者も多いということだろう）

　拓磨は受付の真上に配置されている丸い時計を見た。時間はすでに正午を過ぎていた。振り返り、ロビーを見渡したが金城の姿はどこにもない。

（先生はまだ診察が終わってないようだ。まあ、少しの間ならこの場を離れても良いだろう。俺を襲った理由をあいつらに聞くのを忘れていたしな。ここら辺ですっきりさせてもいい頃だ。理由が分かれば俺が今後狙われずに済むかもしれない）

　拓磨はジャージ姿のままロビーを離れると、そのまま患者の波をかき分け奥に進んでいく。T字路が現れたため、右折し、案内板に従い直進していく。すると、いきなり視界が開け、横からどこまでも続く青空と、様々な色を輝かせ、帯のように空間を包む日光が廊下を照らした。

外来棟と入院棟をつなぐ廊下に出たのだ。上を見ると、2階と3階にもぼやけて分からないが同じように廊下がある。周囲はガラス張りの廊下で、いつの間にか足下に「動く歩道」が存在している。それは入院用の建物の中へと続いている。

(まるで空港だな。まさか「動く歩道」にこんな近くで出会うとは思わなかった)

拓磨は立ったまま入院用の建物へと流されていく。すると、奥の廊下から慌ただしくこちらに来る2人の医者の姿が確認できた。

「おい、どこに消えたんだ？」

「分からない。とにかく、外来に行っているのかもしれない。君は2階のスタッフに…」

何かを言い出そうとしたらしいが、部外者である拓磨の姿を見た瞬間、黙って頭を下げ、「動く歩道」の上をさらに早歩きで外来の建物へと戻っていった。

(何だ、さっきのは？　何かが『消えた』？)

拓磨が考えている間に、入院用の建物に到達した。先ほどの外来用の建物と同じようにロビーが目の前にあり、外来患者の代わりに入院患者が椅子に座ったり、会話を楽しんだりしている。

ただ、入院患者とは裏腹に看護師や医師はとても忙しそうに働いていた。患者の1人が看護師に挨拶をしても、挨拶は返されるが、顔は無理やり取り繕った不自然な顔で、すぐにその場を立ち去ってしまう。

（何かあったというのは本当のようだ。さっきのロビーと雰囲気がまるで違う）

拓磨は入院棟の案内掲示板を確認した後、ロビーを離れ、手始めに同じフロアにある入院患者の部屋に向かおうとした。そのときだった。

「あの、失礼ですが？」

声の方を振り向くと、受付の若い女性が、恐る恐る拓磨を呼び止めている。

「えっ？　俺ですか？」

「はい。誠に申し訳ありませんが本日、1階の各部屋の皆さんには面会できませんのでご了承願いますか？」

「面会できない？」

拓磨は病院に来て初めて言われた言葉に、最初は面食らったが、徐々に確信を持ち始めていた。

（間違いなく何かあったようだ）

そこで拓磨は情報を引き出すために、嘘をでっちあげることにした。

「私の友人が不慮の事故でこちらの病院に搬送されまして、電話で『会いたい』という言葉通りにこちらまで来たんです。近々手術のようで元気づけてやりたいのですが、それでも無理でしょうか？」

拓磨は丁寧語と嘘を織り交ぜたハッタリで、受付の食いつきを見ることにした。

(さて、どんな反応を見せることやら?)

女性は少し顔をしかめたが、再び職務に携わる者の表情に戻った。

「お気持ちは重々承知していますが、警察の方からの要請なので。大変申し訳ありません」

(『警察からの要請』。警察が絡んでいるのか? もしかしたら、さっきの新井刑事の用事とはこのことでは?)

拓磨はさらに聞き出そうとする。

「何か起こったんですか?」

「申し訳ありません。確認が取れるまでお伝えすることはできません」

まるで紙に書いた文章をそのまま言っているような口ぶりだった。

当然といえば当然だが、情報規制がかかっている。高校生がこれ以上聞いても無駄だろう。

「分かりました。出直します」

拓磨は軽くお辞儀をすると、受付の反対側にある自動販売機コーナーに向かい、ジャージの内側ポケットから小銭を取り出すと、自販機の飲み物を選びながら考え始める。

(さて、これからどうするか? 大人しく戻るか? もう少し聞いて回るか?)

拓磨が考え事をしていたそのときだった。

「あれ? 友人には会わずに帰ってしまうのか?」

突然、隣から声がする。見ると、青色の服を身にまとった白髪のじいさんが、隣の自動販売機で拓磨と同じように、小銭を片手に飲み物を選んでいる。

身長は拓磨より格段に低く、じいさんのそばには点滴のパックがぶら下がった移動用のキャスターも置いてある。よく見ると右手の腕に点滴が打たれている。

どうやら、この老人は病院の患者らしい。

よく見れば、青色の服も入院患者がドラマで着用するものと似ている。

「さっき、受付の姉ちゃんに病室のこと聞いてたろ？　運が悪かったなあ、今日は無理だ」

どこの病院でも気さくに話しかけてくる人はいる。おそらく、この人もそうなのだろう。

「ええ、まあ。でも、警察の要請がかかっているんじゃ仕方がないので諦めますよ」

拓磨は老人の話に乗るように会話を合わせた。

「本当に会わなくて良いのかい？　手術なんだろ？　……ああ、ちくしょう！　足りねえ！」

老人は手元の小銭と自動販売機の缶やペットボトルの値段を何度も確認しながら、愚痴を放っている。

どうやら、手元の小銭が足りなくて飲み物が買えないようである。

「どれがいいんですか？」

「えっ？　何？」

「10円玉ならあるんであげますよ」

拓磨は茶色い10円玉を取り出した。

「い、いやいや！　別に俺は我慢すればいいから！　兄ちゃんが気を遣う必要はねぇよ！」

「どこの誰と分からない俺に気を遣って言葉をかけてくれたんだ。少ないですが、恩を返させてもらいますよ？」

拓磨は、自分の10円玉を1枚老人の方の自動販売機に入れる。すると、先ほどまで反応がなかったボタンに青いランプが灯る。

「す、すまないなあ……」

老人はコーヒーのボタンを押し、拓磨は水（５００ミリリットル）を選んだ。２人は自販機の隣にある椅子に腰掛けると、互いに飲み物を飲み始める。

「いやあ、大した兄ちゃんだなあ！」

老人は拓磨に向かってまずは賛辞を送った。

「大したことはしてませんよ」

「いいや、小さなことでも恩を感じてきちんと返そうとするなんて、なかなかできるようでできないことだ！　久しぶりに気分が良くなったよ！　なにせいつも病室で缶詰めだからな。おまけに隣部屋の奴らがヤーサンでなあ……」

「ヤーサン？」

「いわゆるヤクザだよ」

妙なところでヤクザが会話に現れた。拓磨はすかさず会話に食いつく。

「ヤクザ？　もしかして相良組の？」

「まあ、詳しくは知らないんだけどよ。なんでも化け物にヤクザの連中が半殺しにされて、まとめて病院に担ぎ込まれてきたとかなんとか……。あー、あれほど賑やかな病院も久しぶりだったなあ。こっちは見ていて気分が良かったが。ハハハハハ!!」

老人は上機嫌で、世間話とばかりに身近な題材を話し始める。

(俺が化け物か。噂はいろんなふうに形を変えるな)

「けど、全員失踪なんてなあ……。ほんと、どうやったんだか」

「失踪？　失踪ってヤクザの連中が？」

老人は周りを見渡して、誰も自分たちを見ていないことを確認する。

「あ、そうか。兄ちゃん、詳しく理由を聞けずに追い返されたんだったよな？　いいか？　他言無用だぞ？　警察に外部の人間に言わないように口止めされているからな。昨日の夜に部屋の確認をした看護師が、今朝もう一度部屋に行ってみたら誰もいなくてもぬけの殻だったんだと」

「ヤクザが病院を抜け出したってことですか？」

「ははは！　そんなに病院は簡単に作られちゃいないよ！　廊下には監視カメラ、窓は空気の循環のために開けられるようになっているが子供でも出られる隙間はなし。おまけに防犯用で頑丈ときたもんだ。緊急用の避難口も各部屋にあるが、こちらは緊急時以外は開かない代物だ」

老人は妙に胸を張って病院を誇らしく語った。

「まさか、誰も部屋を出ていないんですか？」

「だから警察も困っているんだろうよ。さんざんカメラやセキュリティ関係を調べたが、昨日部屋を出た人間はなし。なのに部屋には誰もいない。ふふふ、さあ、名探偵兄ちゃんはどう推理する？」

老人は、無理難題を出して人の困った顔を見ることが趣味の人間のように、意地悪い顔をして拓磨に微笑みかける。

「さあ？　想像もできませんが」

「ギブアップかい？　こいつは俺の勘だけどな、病院もグルになっているんだな、今回の件は」

「……何のために？」

「よくドラマとかで出てくるだろ？『病院で間違って死傷者を出すのを誤魔化すためにわざと事件をでっちあげちまう』ってやつだよ」

（そんな病院に入院しているこの人は不安を感じないのだろうか？）

拓磨は、自分の推理に酔っている老人を、現実を踏まえた冷たい目で見つめる。そして老人はコーヒーを最後に一気に飲み干すと、ゆっくりと立ち上がる。

「ははは、すまなかったなあ兄ちゃん。飲み物おごってもらって」

「気にしないでください、ほんの少しのことですから」

「まあなんだ、しばらくしたらこの騒動も収まると思うからよ。そのときにでも友人の手術の件で来たらいいさ」

(思いつきで吐いた嘘は思ったより効果があったようだ。今度から病院関係はこのネタを使うか。もう来ないと思うが)

拓磨は自分の嘘が成功したことに満足する。

「それじゃあな、兄ちゃん！」

老人はコーヒーの缶を自販機の隣のゴミ箱に捨てると、にこやかな笑顔で帰っていく。どうやら、話す内容よりも話すこと自体が嬉しいようで、10メートルほど歩くと、誰かを見舞いに来たであろう20代前半の大学生の男に話しかけていた。

大学生は戸惑い、適当に話をまとめ一刻も早くその場を去りたいとばかりに、ジリジリと老人から離れていく。

拓磨は座ったままペットボトルの水を飲みながら、先ほどの情報を元に考えをまとめ始める。

(さっきの老人の話が本当だとして、どうやら俺が病院送りにした相良組の連中が失踪したようだ。新井刑事はその事件の処理のためにここに来たと考えるのが妥当だろう。さっき俺に聞いたのも、俺なら何か知っているかと思ったからだろうが、あいにく外れだったようだな。

ここで疑問がふたつ。俺の方が聞きたいくらいだ。

なんで入院した患者がいきなり失踪する？　そして監視体制がしっかりしている病院からどうやって抜け出せた？　それも1人や2人じゃない、50人近くが一斉にだ。一体、何がどうなっている？）

拓磨は水を飲み終えると、老人がコーヒーの缶を入れたゴミ箱の隣にあるペットボトル専用のゴミ箱に入れる。

その後、外来患者の棟へと先ほど通った道を歩き始める。

（結局、俺を襲撃した理由は聞けなかったが面白い話は聞けたな。『ヤクザ、病院から謎の失踪事件』。怪奇現象としては十分に面白い内容だ。現実的には全く笑えないが）

先ほどの廊下を通り、外来患者の棟のロビーに着いた。すぐに金城を発見することができた。

受付の近くの椅子に腰をかけて右手で顔を覆って、悩んでいる姿をしていた。見覚えのある薄毛の頭が何よりの本人の識別ポイントだった。

「先生、すいません。お待たせしました。ちょっと入院患者の建物に用があって……」

金城は顔を覆ったまま、何も答えなかった。

拓磨の後ろでは、受診予約を入れた患者が看護師と会話をしている。誰も2人には気をとめず、各々の目的のために動き回っている。

「金城先生？　大丈夫ですか？」

反応がないので、拓磨はさらに声をかける。

するとと、金城の体がビクッと震え、拓磨の方を見る。顔を覆っていた手が離れたそのとき、再び拓磨は見た。タクシーの車内であの目に灯る青い光を。

「なっ!?」

さすがの拓磨も、今度ばかりは声を上げて驚いた。

「お、おお！　どこに行っていたんだ、お前は！　集合場所からいなくなる奴がどこにいる!?」

金城の目に光っていた青い光は、車内よりも3〜4秒ほど長い時間輝いていたが、再び消えてしまった。

（また、あの光……？　コンタクトレンズじゃないよな？　もしかして、何かの持病か？目が光る病気とか？　聞いたことはないが）

「ほら、さっさと帰るぞ！　家までのタクシー代は俺が出すんだからな！」

金城はいらつき、すぐに立ち上がると病院の入り口の自動ドアを通り、外に出る。拓磨もすぐにその後を追いかけ、2人はタクシー乗り場まで歩き始める。

タクシー乗り場には幸運なことに誰もいなかった。

「おお、ラッキー、ラッキー！　これで待たずに済むな」

「……先生、診断の結果は？」

拓磨は青い目の光のことも気になり、何気なく尋ねた。

「ん？　特に異常はないが」

「え？　異常なし？」

（そんな馬鹿な、医者が見落とした？　いや、そもそも俺の見間違いかもしれない。本当に目が変なのは俺という可能性もある）

拓磨は誤診と自分の錯覚、両方を疑う。

「まあ、携帯電話のやり過ぎで目がドライアイになり始めていたから、点眼薬をもらったが。他には特に異常なしだ。いやあ、血を流したから目の血管でも切れたのかと思ったが、大事に至らなくて良かったな。これも日頃の行いが良いからだろうな！　はっはっはっはっはっは！」

（やはり、見間違いなのか？　さっきの目の光は。医者にかかった方がいいのは俺の方かもな）

不思議現象に悩んでいる拓磨の右肩を金城はポンと叩く。

「おい、何を悩んでる？　タクシーが来たぞ」

金城は、目の前に止まったタクシーの後部座席に早々と乗り込む。

拓磨は再び金城の目を見る。自分と同じ黒い瞳だった。

（異常はなさそうだな。やはり見間違いだろう）

「おい、何ぼんやりしている？　さっさと乗れ」

拓磨は疑問点を残しつつも、金城の隣の後部座席に乗る。車のドアが自動で閉まると、そのまま病院内の駐車場を道なりに進み、町中へと移動していく。

「先生、念のため他の病院にも行った方が良いのでは？」

タクシーが病院を出て最初の信号に止まったとき、拓磨は金城に提案した。

「不動、俺は異常なしと言われたんだぞ」

「うるさい」と言わんばかりに金城は顔をしかめて、拓磨とは反対方向の対向車の流れを見ている。

「目から血を流して倒れていたんですよ。いくらなんでもそれで異常なしはないと思いませんか？」

「くどいぞ！　本人が大丈夫と言っているんだからそれでいいだろうが！」

金城の顔が歪み、怒鳴り声がタクシー内に響き渡る。その後、静寂がタクシー内を支配した。

「お、お客さん。そう興奮しないで……」

まだ新入りであろう20代くらいの運転手は恐る恐る金城に話しかける。

金城は突然我に返り、拓磨とバックミラーごしの運転手を交互に見つめる。

「す、すいません。つい、怒鳴り声を」

「怒ることもないでしょうに。先生の身を心配してくれる良い生徒さんじゃないですか」

再びタクシーの中に沈黙が居座ってしまう。場面の切り返しのために拓磨は口を開いた。

「出過ぎたことを言いました、すいません」

「……いや、謝るのはこっちの方だ。最近な、妙にイライラしていてな。自分でも抑えられないときがあるんだ」

「教師の業務は大変でしょうから、それも当然でしょう」

「ふははは、お前は本当、高校生らしくない生徒だな。まるで社会人を相手にしているようだ」

金城は大笑いしながらにこやかな笑顔に戻る。

「あ〜、不動。お前にひとつ言っておきたいことがあるんだ」

「何ですか?」

「俺はな、体育館で携帯電話を使って遊んでいたわけじゃないんだ。最近頻繁に携帯電話が鳴って、電話でもなければメールでもない。イタズラだと思うんだが、それが体育館でもかかってきてな……」

金城は困ったように言い始める。言い方からしてどうやら嘘ではないみたいだ。

「着信拒否とかしないんですか?」

「しているんだが、なぜか分からないがかかってくるんだ」

「分かりました。先生は遊んでいたわけじゃないということですね」

(言い訳に聞こえるがとりあえず、信じておこう)

拓磨は半信半疑のまま、とりあえず体裁上了解した。

「分かってくれたか?　それは良かった」

金城はほっとして再び、窓の外を見る。

「俺も先生に言っておきたいことがあります」

「ん？　何だ？」

「俺はこちらからチンピラたちに喧嘩を売っていません。向こうから絡んできたんです。

今朝、先生が誤解していたようなので言いそびれましたが、これだけは確かなことです」

今朝の違和感のある金城の発言を、拓磨は鮮明に覚えていた。

「そんなこと言ったか？」

金城はまるで身に覚えがないとばかりに拓磨に問う。

「言いました。先生は俺がチンピラに喧嘩ふっかけて暴行しているように言っていましたが、事実は全く逆です。南先生から聞かなかったんですか？」

「いや、俺は昨日南先生から電話でお前のことを聞いた……はずだ」

「『はず』？　なんで曖昧なんですか？」

「ははは、すまんな！　もう俺も40代半ばだ。この年になるとどうも物忘れが激しくなってきてな！　いやあ、すまんすまん！　気を悪くしたなら謝る」

（やはり、完全には信じられないな、この先生は）

拓磨は諦めたように外の風景に目を移す。いつの間にか見慣れた住宅街が目に入ってきた。

金城の体調も考慮して、まずは金城の家からタクシーで回ることになった。

金城の家は、稲歌高校から500メートルほど離れた木造アパートだ。築30年近くの使い古した感じがする2階建てで、家賃は1万円と格安らしい。

タクシーはアパートに面した道路に一時停止すると、金城はポケットから財布を出し、1万円札を取り出す。

「運転手さん、こいつを不動ベーカリーまで乗せていってください。これで足りますよね？」

「ええと、稲歌町内ですよね？　確かに足りますけど、おつりは？」

「ああ、おつりはいらないから。チップとしてもらっておいてください」

「あ、ありがとうございます」

あまりにも予想外で太っ腹なサービスだった。

「先生、俺は歩いて帰りますよ」

拓磨は慌てて金城に言う。

「何言っているんだ？　お前は狙われている身だぞ？　のこのこ歩いていたら『絡んでくれ』と言っているようなもんだろ？」

金城は先にタクシーから降りる。

「狙われている理由がハッキリしない以上、できる限り外出は控えろ。あと、スポーツテストの残りの科目はまた後日行うからな。家で筋トレでもして体をなまらせないこと！　いいな？」

「すいません、いろいろと」

拓磨の言葉に金城は微笑みを浮かべ、答える。

「不動、教師は生徒の人生を手伝うためにいるんだ。それが一生懸命頑張ろうとしている生徒なら、なおさら手伝わなくてはいけない。まあ、今は普通の高校生とは違って特殊な環境だが、決して明日を諦めるんじゃないぞ」

金城が語った教師の心得に拓磨は素直に感動してしまった。

拓磨はこのとき、初めて金城勇という教師を理解したように感じだ。

性格にクセがあり、困ったときはしどろもどろにもなるが立派な教師である。そのことを信じるに足りる一言であった。

「すいません、世話になります」

「よし、じゃあ運転手さん。お願いします」

運転手はうなずくと、自動ドアを閉め、タクシーは勢いよく発進する。

タクシーを見送っていた金城の姿がどんどん遠くなっていく。拓磨は振り返り、小さくなる金城の姿を見ていた。タクシーが角を曲がり、金城の姿が見えなくなるとき、見送りを終えてアパートに向かおうとした金城の姿がどことなく小さく見えた。遠近の問題ではなく、近くで見ているときは気がつかなかったが全体的に痩せこけているように見えた。

拓磨に妙な不安感がよぎったのは、ちょうどこのときであった。

アリ

同日、??時??分、場所は不明。

男はゆっくりと目を開けた。体中が針で刺されたように痛く、声を上げようとした。しかし、声を出そうとしても出すことができない。

男はゆっくりと目を動かし、周りを見た。目の前には誰かの背中があった。横たわっているようで、病院の入院患者がよく着る服装をしている。男は自分の体を確認した。体を折り曲げて胸を見てみると目の前の人間と同じ服装をしていた。

（俺は……何を？　ここはどこだ？）

男は、痛みが走る体を必死の思いで起こすと、周りを見渡した。どこまでも続く何もない世界。あるのは自分たちを支えている白い砂の大地と、自分たちを見下ろす青く澄み渡った空のみ。

男の周りには複数の男が倒れていた。数は軽く10人は超えている。全員気絶しているようで、全員が同じ服装をしていた。

（そうだ。俺は確か病院にいたんだ……。それで……それからどうしたんだっけ？）

男の記憶が徐々に整理され、自分の置かれた状況が記憶に合わないことに、ただ呆然としていた。

すると突然、風が背後から男の背中を押した。何事かと首を曲げて見てみると、50メートルほど離れた場所に同じ服装をした男たちが倒れていた。10人ほど地面に寝ている。

その中に1人若者が立っていた。

男は上半身が裸で、下半身にはバスローブのようなものを巻いていた。肌は小麦色に焼けていて、身長は180センチくらい、健康そうな体で、背中は筋骨が盛り上がっている。スポーツをやっている人間なのかと男は推測した。その若者が男に背を向けて倒れている病院患者の中に1人立っている。手にはサッカーボールのようなものを持っている。

(誰だ、あいつ？　まあいい。とりあえず、ここがどこか聞いて、使えなくなったら捨てちまえばいいか)

自分本位の生存本能が男の頭を活性化させた。

ヤクザの世界に入ったときから、初めに覚えたこと。

『他人を利用する』ことと、『相手を見極める』ことである。

誰と手を組むかで自分の生き死にが決定する。自分の力を高めるよりも、力の強い奴のそばで恩恵を受ける方が利口なのである。もし、いらなくなったら、そいつが破滅する前に捨てて他の奴に寄生する。基本的な世渡りの方法である。

男はこの現実的、効率的な考えの下で行動を開始した。

「お、お～い！　ちょっと助けてくれ～」

男はようやく喉から出るようになった言葉で若者に呼びかけた。

若者の体は声に反応するようにピクッと震えた。

「…………」

しかし、若者は黙ったままである。

「お～い、助けてくれよ～。ここはどこなんだよ～？」

すると、若者は何かを投げ捨てた。黒い髪がボサボサと宙を舞い、目玉が片方しか付いていない、顔中の肉が歯で食いちぎられ、血はすでに糊のようにこびりついていて、骨がところどころ剥き出しになっている頭が宙を舞った後、ボールのように転がった。その目玉が、上半身だけ起こしている男を見た。その瞬間、目玉が外れ、地面を転がる。


（え……頭？）


男は目の前の光景を理解するのに少し時間がかかった。その間、若者はこちらを向き直った。よく見るとどこか見覚えのある顔であった。背後からは分からなかったが、腹筋が割れていて体を鍛えた者が得る肉体をしている。

しかし、見覚えのある人の顔は、もっと脂肪で厚くなり、丸かったはずだ。こんなにアゴの骨がはっきりと浮き出ていない。こんなに角張っていない。

髪の毛はもっと白髪交じりだったはずだ。こんなに黒く長くなかった。まるで6カ月ほど髪の毛を切らずに放置していたような長髪をしている。

「わしの組に入ったときの言葉を覚えているか？」

その若者は、老人が使いそうな「わし」という言葉を使ってゆっくりと倒れている男の方に歩いてくる。

（相良の親父……？）

不思議とそんな言葉が若者の中に湧いてきた。

「生きていくには3つだけ覚えれば良い。他人を利用すること。手を組む相手を見極めること。そして……使えなくなったら捨てること。覚えているか？」

男は、その時目の前の男が相良だと心の中で確信した。しかし、その確信を認めたくなかった。

相良が男の前に立つ。

すると、相良の右手の爪が時間を早送りした木の枝のように伸び、刃物に似た光沢を放ち始める。

相良は、満面の笑みで自分の爪をうっとりと見つめる。見つめていたその目は、太陽のような輝きを放っていた。

男は目の前の光景をついに理解した。そして悲鳴を上げようとしたとき、若者の親指の爪が男の頭を貫通、人差し指と中指が男の喉笛ごと喉を貫通、そして薬指と小指の爪が心臓を貫いていた。まるで狩りのように的確、残酷に男の命は奪われた。

爪が勢いよく引き抜かれた途端、噴水のように胸から血があふれだし、若者の体を赤く染める。

「お前らはもう使えない。わしの食料で十分だ」

すると突然、相良の頭の中に電撃のようなものが走る。続けて、機械で加工された男の声が脳内に直接響き渡る。

「お〜お〜、早速殺しか？　えげつないやり方だな？」

「あんたには感謝するぞ？　この通り、若かりし頃の姿を取り戻すことができた」

相良は、感謝の言葉と共に今まであったことを振り返る。

家から消えたあのとき、いきなり目の前が真っ白になった。

気がつくとこの殺風景な世界に立っていた、この若い頃の姿で。

初めは幻覚かと思い、触ってみたが間違いなく本物だった。

そして、足下には転がっているかつての部下。

部下を見た瞬間、自分の腹が減っていることに気づいた。

その後、しばらく記憶がない。

記憶が戻ったときには辺り一面、血の海で、食い散らかされた人間の臓物や肉片で汚れていた。

そのときである。携帯電話から聞こえてきた声が今度は頭の中に直接響いてきた。まるで頭の中にスピーカーを埋め込まれたように。

「おめでとう、ライナー波の恩恵を受けた超人、ミスター相良」

その一言で自分が今何をしたのか、何が自分に起きたのか知るには十分だった。

家からこの世界に来る間に自分は人ではなくなったのである。

感覚も超人になったから変化したのだろう。

後から考えてみれば、人を食べた時点で変な感覚がしていたが、不思議なことに今はそれが普通のことに思える。

再び、相良は現実に視点を戻した。

相良の頭に響く声は満足そうに笑っていた。

「こちらは変化を望む者にそのチャンスを与えた。これでお前は人を超えた。もちろん、不老だ」

「不死ではないのか？　約束が違うぞ？」

「ははは！　安心しろ、お前はまだ成長途中だ。このまま人間をこの世界で食らい続ければ不死にもなれる。食事と同じだ。どの生物も必要だろう？」

謎の言葉に相良は首をかしげる。

「この世界で？　なぜだ？」

「お前はもう人ではない。現実の世界で人を食ってもそれは栄養にはならん。この世界でライナー波の処理を受けた者を食らって初めて力となるのだ」

「あのホームページのタイトルか？　一体あれは何なんだ？」

「お前を人を超える存在にしてくれたものだ。なあに、しばらくしたらもっと詳しく教えてやる。それよりも、次はこちらの望みを叶えてもらおうか」

「携帯電話を高校生から取り戻すことか？　この姿ならそんなのすぐ可能だ。今すぐそちらの望みを叶えてやる。そして、さっさと教えてもらうぞ」

相良は余裕の表情で語ったが、それを戒めるように頭の中の声が軽く釘を刺す。

「油断をするな？　お前が取り戻すものは案外、手強いものかもしれないぞ」

「ただの高校生のガキに今のわしが負けると？」

「違う。高校生なんぞお前だけで十分だ。問題は携帯電話の中に入っているものだ。奴はちょっと厄介だ。そこで、お前に部下をくれてやろう」

相良の前に突然雷が落ち、相良はとっさに目を塞いだ。目を開けたとき、黒いオルゴール箱が地面に置いてあった。

「転送完了だな。さあ、その中身を取り出してくれ」

脳内の加工音声に従い、相良は地面の箱を屈んで拾い上げると箱を開ける。すると、中には10粒ほどの黒い錠剤が入っていた。

「何だ？　下痢止めの薬か？」

「くくく、間違って飲むなよ？　その薬をお前の部下の口の中に入れろ」

「どうなる？」

「さあ？　それは見てのお楽しみだ」

相良は苦笑すると、先ほど貫いて殺した男の口の中に黒い錠剤を1粒ねじ込む。

すると、男の体が赤く点滅し、震えだすと全身の筋肉が風船のように膨れ上がり、巨大化し始める。そして筋肉の中に顔が埋もれて見えなくなる。筋肉の膨張は3メートルほどの大きな球体ほどに膨れ上がり、それから徐々にしぼんでいき、相良と同じ大きさになる。

「風船か？」

「ふふふ、いや、風船というよりびっくり箱だな」

「びっくり箱？」

すると、突然球体から蟻の手足のような両腕、両足が筋肉を突き破り生える。足に至っては地面を貫いている。そして最後に顔があった場所から2本の触覚が姿を現し、その下から巨大な赤い目とハサミによく似た口を持つ、アリのような巨大な顔が出現する。

実際のアリの6本足に対してこちらは両手両足があり2足歩行である。

まるで人間がアリのマスクと腕と足を着けてコスプレをしたような姿の生き物が相良の前に現れ、空に向けて唸り声を放つ。

「ウオオオオオオ!!」

「なるほど、確かにこれはびっくり箱だ」

「『ライナー・モンスター・アリ』の完成だ」

ネームセンスのなさに相良は呆れた。

「そのまんまじゃないか！　もっと洒落た名前を付けられないのか？」

「難しい名前を付けるよりも分かりやすくした方がいいと思ってな」

「ふん、まあ、どっちでも良い。それで、これだけか？」

「いや、まだ見せてないものがある。そいつは獲物を見つけると、そのまま捕食する」

アリの化け物は、近くに倒れていた患者姿の男たちをハサミのような口で食らい始める。

「一定量に達するとコピーする」

「コピー？　何をだ？」

「自分をだよ」

するとアリの全身に光が走り、アリのうめき声とともに50センチほど隣に、同じ体を持った個体が足からゆっくりと頭へとコピーされていく。

「増殖か？」

「その通り、便利だろ？」

「確かに便利だが、わしの食い物がなくなった。どうすればいい？」

「ははは、増殖したアリを食えばいいじゃないか？　増殖はすればするほど早くなるからな。おまけに作り主であるお前には攻撃しない性質になっている。まさにお前の使い勝手の良い人形だな」

「そうか、確かに使える奴だな」

相良は一体のアリの腕を爪で切り裂いて落とす。アリは何の反応もせず、突っ立っている。

相良は落とした腕を拾うと、丸かじりで食べ始める。不思議なことに味に変わりはなかった。まるでビーフステーキを生で食べているような味わいが口の中に広がる。

「さてと、そこにいるお前の部下を全員作り替えたら、そこで待機していてくれ」

「待機？　高校生はどうする？　いずれにしても殺した方が早い。さっさと殺ってきてもいいんだが」

「ああ、そっちなら手は出さないでくれ。面白い実験体を見つけてね。そちらに始末してもらうとしよう」

「実験体？」

「そう、面白い実験体だ」

笑いを必死にこらえている加工音声が、相良の頭の中に不気味に響き渡る。

選ばれた男

翌日、午前1時22分。某アパート。

気分がとても悪かった。帰宅後、何度も嘔吐を繰り返し、キッチンから動くことができない。

こんな姿を妻や娘が見たらどう思うだろうか？

もう2人と離れて数年になる。娘は何度も会いに来てくれるが、妻の方はさっぱりだ。

愛し合った時間は長かったが、離れるときは一瞬だ。

離婚の原因？

知るか、そんなこと。特に喧嘩をしたわけじゃない。今まで通り変わらない毎日を送っていた。

娘は思春期になっても３人一緒に食事してくれた。これは珍しいことらしい。同僚の家庭持ちの人も言っていた。一度も顔を合わさずに１日を終えてしまう親子もいる中、俺は幸せだったのだろう。

当たり前のように過ごし、当たり前のように過ぎていく当たり前の生活。

そんな中、別れを切り出されたのは突然だった。

「お願いだから、私たちに新しい人生をください」

それが印象に残った別れゼリフ。

俺が何をしたっていうんだ？　いつも通り働いていただろう？

パチンコもタバコもやらなかった。

家族の仲も決して悪くなかった……はずだ。

娘が欲しい物だって買ってあげた。それほど悪くない父親だったと思う。

いや、絶対にそうだったはずだ。

一番娘が喜んだプレゼントは何だったか？

ああ、そうだ。携帯電話だ。今じゃ誰もが必ず持っているスマートフォン。

あれを買ったときの娘のはしゃいだ姿は今でも頭に残っている。

その後、俺も携帯電話を買ったんだ。さすがに同じ機種は娘に「嫌だ」と言われて、他の機種にしたが。

それでも娘と携帯電話を使って会話の回数は増えるようになった。

朝起きたときに。朝食のときに。

通勤のときに。昼休みに。

自宅へ帰るときに。

夕食を食べるときに。寝る前に。

よく会話したもんだ。コミュニケーションは格段に充実した。聞くこともできない悩みも聞けるようになったし、どこでも会話ができる。

最高じゃないか。

なんであいつは携帯電話を持たないんだろうか？

今時、携帯電話を持たないなんて時代遅れも甚だしい。何かポリシーでもあるんだろうか。

おかげで今日は久々に話すはめになった。仕事ではよく同僚たちと話すことはあるが、それはあくまで仕事上の会話だ。

仕事を通してしかしゃべる機会がないのに、あいつとはよくしゃべったなあ。

あいつは聞くのがうまいのだろうか。それとも、ただ単純に気が合っただけだろうか。

話せば分かる奴で良かったなあ。短かったが直接接してみてあいつの良さが少し分かった気がする。

あれ？　そういえば娘とまともにしゃべったことなんてあったか？　妻ともしゃべった記憶があまりないなあ。

携帯電話を使って話すことは増えたはずだ。

なのになんでしゃべってないなんて思うんだ？

たくさん話したはずだ。

いつもそばにいる感覚だったはずだ。

いつも。そばに。

イツモ……。ソバニ……。

そうか、面と向かって話してなかったからだな。携帯電話でも話す機会は増えた。だが、直接会話する機会は減ったなあ……。

ひょっとしたら妻との離婚も、そういう原因からなのだろうか？

あれ、おかしい。頭が何だかぼんやりとしてきた。

とりあえず、娘と今度会おう。今度来てもらって、たまには飯でもおごってやるか。

……あれ？　娘が会いに来てくれたことなんてあったか？　いや、何回もあったはずだ。何回もこうして電話……。

そうか、確かに会いに来てくれたな。

携帯電話を使って。

電話だ。とにかく電話だ。電話がないと何もできない。俺を支えているのは電話だ。

早くつながりたい。早く話をしたい。

早く。早く。早く。早く。はやく。はやく。ハヤク。ハヤク。ハヤク。ハ……ヤク。ハ……ヤ…ク。ハ……ヤ……ク。ハ…………ヤ…………ク。

その男は意識がなくなる間際、ある声を聞いた。

とても冷たく、闇をのぞき込んだような不安を感じる声だった。

「ふふふ、おめでとう。お前はライナー波に選ばれた。晴れて我々の仲間だ。金城勇……元先生？」

第四章「破滅の引き金」

惑星フォイン

同日、午前8時46分、不動家のキッチン。

(結局、あのポンコツ携帯がうるさくてロクに眠れなかったぜ)

拓磨は睡眠不足のせいで鉛のように重い目を擦りながら、ゆっくりキッチンに入ってくる。

「こら！　拓磨！　いくら学校に行けないと言っても寝坊は許さないわよ!!」

喜美子は「息子」の乱れた生活を諌める。

「アクシデントだ。叔母さん」

喜美子が先ほどまで野菜を炒めていたフライパンをそのまま拓磨の方に向ける。当然、中の油と野菜の一部が飛び散り、信治が読んでいた新聞に直撃する。

「喜美子……！　料理をするときはいつも注意をしろとあれほど……！」

「アクシデント？　あの携帯みたいな音のこと？」

喜美子は信治を無視した。

「人の話を聞きなさい!!」

「拾ってきた携帯だが、どうも変なんだ。処分に出そうと考えているんだが」

信治を無視して、拓磨は会話を続ける。

「そうですかそうですか。私はのけ者ですね？　どうぞご自由に」

信治はすねてしまい、新聞の内容を暗記してやろうと気合いを入れて新聞を読み始める。

「私が出しにいこうか？　拓磨は外出禁止でしょう？」

「昨日の金城先生のスポーツテストがまだ終わってないから、今日も続きになると思う。その帰りにでも行こうかと考えている」

「ってことはスポーツテストが終了したら、携帯ショップに行くってこと？　大丈夫？」

「まあ、先生に頼んでなんとかやってもらうから大丈夫だ」

さすがに教師がそこまでしてくれるとは、喜美子も信じていなかった。

「へえ、その金城先生って良い人？」

「初めは合わない人かと思ったら、話しているうちに共感できる面も尊敬できる面もある良い先生だって分かった」

「じゃあ今度パンでも持ってお礼に行きましょうかね？」

２人の会話が弾む様子に、信治は水を差した。

「あの、喜美子君？　料理はどうしたんだね？」

　ついに信治の堪忍袋の緒が切れる。

「え？」

「パンの仕込みが終わって、合間の休憩時間だ。朝は通学客や通勤客が店の前を通る大事な時間帯！　これからすぐに店の方でパンを売らなくてはならないというのに……！」

　喜美子は蠅を追い払うように手を動かし、信治の発言を嫌々ながら聞いているアピールをし始める。

「はあ～、うるさい旦那。ダメよ、拓磨。こういうふうに口うるさくなったら。あなたは渋く生きなさい。渋くね」

（高校生に渋く生きろってずいぶん無茶な注文だな）

　拓磨は心の声を出さないようにして信治の向かいの席に座ると、すでにテーブルの上に置かれているコップに牛乳を注ぐ。

「口うるさいとは何だ。ったく、世の中常に動いているというのに」

　拓磨はコップを持つと牛乳を飲み始める。信治は流し読みのように目を動かし、新聞を読み進めている。そして、とある一点で目が留まった。

「ん？　これは……稲歌町だな？」

「え？　何？　この何もない町に事件でも起こったの？」

「ああ、稲歌町にある暴力団組織の連中が御神総合病院から失踪したらしい」

喜美子の疑問に信治は新聞の内容を読み取り、説明した。

（どうやら昨日の俺の推理は正しかったらしい。だがニュースになっているのか。まあ、反社会勢力の突然の失踪はマスコミの格好のネタだ。別に不思議なことでもない）

拓磨は納得して、再び視線を牛乳に向ける。

「え？　失踪って？　なんで？」

喜美子は気になってさらに尋ねた。

「そもそも失踪すら疑わしい。現代の病院で50人近くが一気にいなくなるなんてありえないだろう？　おまけに誰も見ていないんだ」

（おじさんの言う通り。そんなことは不可能だ）

拓磨はさらに牛乳を飲む。

「ねえ、もしかしたら病院が何か隠蔽しようとして流したデマだったりして。ほら、推理ドラマとかでよくあるじゃない？　医療ミスを隠すためにわざと偽の患者をでっちあげて、その人を死なせたことにするとか」

どこかで聞いたような推理を喜美子が説く。

「現実的には無理だけどな」

拓磨がボソッと呟く。

「え？　無理ってどういうこと？　拓磨」

「単純な話。『日本の警察は優秀だ』ってこと。それに尽きる。そもそも警察が捜査を始めた段階で、あらゆる可能性も視野に入れたはずだ。ドラマとかだとうまく警察を騙せたりするかもしれないが、現実で騙すのはとても難しい。科学捜査とかで目に見えない証拠も挙がったりするし、病院関係者への聞き込みの際に関係者全員の口裏を合わせて隠蔽するなんてとても無理だ。必ずどこかでほころびが見つかる。昔ならありえたかもしれないが捜査技術が発達して、様々な事件のケースを想定した現代の警察を出し抜くのは相当難しいと思う」

「おお、なかなか面白いことを言うじゃないか、拓磨！　私に似てきたな？」

信治は上機嫌に拓磨の推理を聞いていた。

「拓磨、あんたパン屋じゃなくて探偵にでもなる気？」

「いや、俺はパン屋でいい。普通にパンを売って生活していきたい。普通の生活が一番だ」

拓磨は『現状が一番』とばかりに答える。

何事もなく過ぎていく日々が一番大切。

これが拓磨の心に深く刻み込まれている。

「大丈夫よ！　いつかちゃんと学校に行けるようになるから！　それでちゃんと高校卒業して資格を取って、うちのパン屋を継ぎなさい！　ね!?」

喜美子は、満面の笑みで拓磨の肩をポンポンと二度叩く。喜美子の笑顔は、無邪気な子供と頼りになる母親を足したようで不思議と安心してしまう効果がある。

「喜美子君。それより、ご飯はまだかね？」

信治、二度目の催促。

「あ〜、もう時間だし先に店に行ったら？」

「何？」

喜美子の言葉に信治は壁に掛かった時計に目を向けた瞬間、まるで稲妻に体を打たれたように硬直し、飯も食わず廊下へと飛び出していく。

「はい、拓磨。食べ終わったら南先生に連絡取りなさいよ。宿題も出てるでしょ？」

「まだ、新学期が始まって3日しか経っていないんだ。宿題なんてまだ配られてない。昨日夜中に祐司に確認したが、ないそうだ」

「へえ〜。じゃあ、今日もスポーツテストじゃない？　……あ、そうだ！」

喜美子は廊下とは逆の方向にある居間に入っていくと、10秒後には自分の財布を持ってきていた。食パンをイメージして作られた真っ白なオーダーメイド財布である。ふたつ折りにできるようになっていて、縁の所が食パンの焦げに似せて茶色になっている。その中から1万円札を取り出し、拓磨に渡す。

「これは？」

「昨日、タクシーで帰ってきたでしょ？　たぶん金城先生に送ってもらったんでしょ？　私、お金の貸し借りはきっちりしたいの。これはそのお金。ちゃんと先生に返しなさい」

「……そうだな。恩は返すべきだな。助かる、叔母さん」

「どういたしまして。あ、もし受け取りを断られたら私に全額返すこと。いいわね？」

（きっちりしているな、最後まで）

実にしっかりした喜美子の言い分だった。

「ああ、分かってる」

拓磨は1万円札を受け取ると、信治に変わって朝食を取り始める。本日の朝食は「白米、野菜炒め、牛乳」と微妙にアンバランスな朝食であった。

「ねえ、拓磨」

「ん？」

喜美子が朝食を取り始めている拓磨の前の席に座りながら言葉をかける。

「昨日、叔父さんと一緒に先生から聞いてきたんだけど、暴力団に標的にされているって本当？」

「たぶん嘘だ」

拓磨は野菜炒めとご飯を交互に食べながら言う。

「え？　でも実際に絡まれたりしたんでしょ？　あんただから大丈夫だったみたいだけど」

「偶然だよ。そもそも俺が組に狙われる理由がない」

そもそもの発端は一昨日の朝。

いきなり40人近い組員に襲撃されたことだ。さらに放課後、祐司と一緒に絡まれた。

放課後の戦闘は朝の仕返しということで納得できる。

（じゃあ、朝襲われた理由は何だ？　それを聞こうにも病院送りにした組員は失踪。警察

に聞いても捜査の情報だから無理だろう。万事休す。どうしようもない）

「あなたのことだから大丈夫だと思うけど、あまり無理しないようにね」

喜美子は、我が子を心配する母親の目をして拓磨に訴えた。目に涙が浮かんでいるのか少し揺れているように見える。

喜美子は過激なイメージはあるが、やはりこういうところは女性なのだ。拓磨の身を第一に考えるのは、まさに母親だ。

（俺を人間扱いしてくれない隣の家の剣道部の女部長Ａ《あおい》・Ｗ《わたり》さんは、少しはこういうところを見習ってほしい）

「心配かけてすまない、叔母さん。叔父さんにも感謝してもしきれない。大丈夫。学校の先生も協力してくれているし、もう巻き込まれたりしない」

喜美子はその言葉を聞いて安心したようで、笑いながら拓磨の食事を見守っている。

結局、朝からご飯３杯もおかわりすることになった。

朝食を取り終わると、拓磨は１万円を片手に２階へと上がっていく。

（とりあえず金を財布に入れたら南先生に電話だ。そして今日の内容を聞く。まあ、おそらく昨日のスポーツテストの続きだな）

今日の予定を頭の中で整理していると、部屋の中からあの声が……。

「せいねえええええええええん!!」

拓磨が部屋に入るなり、携帯の音量全開で拡大された奴の声が部屋中に反響する。

「……こいつをすっかり忘れてたな。ついさっきまで」

拓磨はうっとうしいような目で、相変わらず勉強机の上に置かれている紫色の携帯電話を見つめる。

「え!? 拓磨。今、何の声？ ラジオ!?」

1階から喜美子の驚きが混じり、すっとんきょうな声を出して2階へと叫んでくる。

「悪い、叔母さん。間違えて頭が壊れたニュースキャスターが、飛び道具が大好きな北の大王に宣戦布告している番組が流れてたんだ。音量を消すから問題ない」

意味の分からない作り話を拓磨は流した。

「何だか分からないけど近所迷惑にならないようにね!? 気をつけてよ？」

拓磨は2階の廊下から1階へと通達すると、改めて部屋に入り今度は入り口の鍵を閉め、完全に密室にする。

「俺の生活をぶち壊す気か？ 自称『日本の危機』」

「その生活がすぐ壊されようとしているのに君はなぜ耳を貸そうとしない!? 昨日も私がいくら君に伝えようとしても、すぐに眠ってしまい、話す間もなかっただろ!?」

昨日の夜、拓磨がスポーツテストから帰ったときは、夕食を取り、風呂に入り、そのまま就寝した。

それから、部屋に戻ってきたとき、何度も携帯電話が叫んでいたが、全て無視した。

そして今も、話が聞こえていないように、拓磨は部屋を横切ると自分のベッドに腰をかける。

（とにかく、これを早く処分に出さなければな。睡眠不足でおかしくなる。『日本の危機』ではない、『俺の日常生活崩壊の危機』だ）

「君が私をおかしいと思うのも分かる。では、どうすれば信じてもらえる？」

「信じる？　何をだ？　意味不明な言葉が飛び交う流行りの『異世界』を俺に理解しろと？　無理を言うな。理解したくてもできないものはできない。したいとも思わないがな」

「そんな難しい話ではないのだ！　小学生でも分かる！　簡単なことだ！」

（まあ、こうして携帯電話としゃべっている時点で俺も十分、中二病だろう。しょうがない、とりあえず話を聞くだけ聞いて、処分方法は後で考えよう。南先生への連絡は遅れてしまうが、こちらが片づかない限り夜も眠れやしないからな。こちらが優先だ）

拓磨はベッドを下りると自分の勉強机まで歩いていき、机の前の椅子に腰をかける。

（以前もこのような状況があった気がする。この前の、携帯電話との会話の際と時間も状況もよく似ている）

変わったことといえば、拓磨の着ているジャージの種類が変わったことだ。青い色のジャージの背中に『神罰』と毒々しい赤文字で書かれている。

数多くある『宗教ジャージ』のひとつである。

拓磨は特に服にこだわりがないので、寝るときなどに着ている。

それと携帯電話の話を聞こうとする心の変化だ。以前は聞こうともしなかった。

「さてと、確か名前は何だったか？」

「ゼロアという。ゼロと短く呼んでくれてかまわない」

「なるほど。それでは、ゼロ。まずはお前が正気だということを俺に教えてくれ」

「つまり、私の話が現実であることを証明すればいいのか？」

「まあ、そういうことだな」

拓磨はほとんどやる気のない声で質問に答えていた。

（はっきり言おう。付き合ってられない。これなら、体を動かしにランニングしていた方がまだマシだ）

開始わずかでこの有様である。拓磨の精神はもはや限界であった。

「よし、少々危険だが『ダイブ・イン』を実施してみよう」

（ドライブ・イン？　これからハンバーガー屋に出かけるのか？　しかも車で。俺、運転はできないんだが）

拓磨は心の中で盛大に茶化す。

「まずは携帯電話を持ってくれ」

拓磨はしぶしぶ従い、携帯電話を片手で持った。

「これから君にアクセス権を与える」

「アキレス腱ならすでに持っているぞ？」

拓磨の冗談をゼロアは無視していた。液晶画面からゼロアの姿が消え、これまで見たことがないほど忙しそうに、液晶画面の中で文字や画面が消えたり現れたりを繰り返していた。映画でパソコンに向かったハッカーが次々とセキュリティを突破するシーンによく似た光景だ。

「君の声紋で認証できるようにするから名前を言ってくれ」

「名前？」

拓磨の疑問にゼロアは答えなかった。

「認証コードヲ作成シマス。オ名前ヲドウゾ」

「え!?」

パソコンなどで合成されて作られた男とも女とも区別の付かない機械音が突然、ゼロアの代わりに響き渡る。

(最近の携帯電話はこんな変な電子音も出るのか!?)

あまりの技術の進みように拓磨はショックを隠しきれなかった。そして、拓磨はツッコむところを間違えていた。

「ほら、早く言ってくれ」

ゼロアはイライラして拓磨を急かす。

「……不動拓磨」

するとピーとテレビが壊れたような音が響き渡る。

「おい、プログラム。やっぱりデマなんだろ？　すぐばれるような嘘はつくもんじゃないぞ？」

「ピーピー。……声紋認証シマシタ。ライナーコード『ゼロ』不動拓磨。『ウェブスペース』ヘノ移動ヲ許可シマス」

それは突然のことだった。携帯電話の液晶画面から、夜のネオン街でよく見るような紫色の光があふれだすと、拓磨の体を包み込み始める。

その後、携帯電話に吸い込まれるような感覚に襲われ、気がつくと辺り一面砂だらけの砂漠に立っていた。

痛いほどの砂ぼこりとともに、風が顔を叩く。

拓磨は地面を見た。白い砂の大地がどこまでも広がっている。

拓磨は上を見た。青い空がどこまでも続いている。

ただそれだけだ。なんという殺風景な所だ。

（いや、そもそもここはどこだ？　俺の部屋は？　さっきまでいたはずなのだが）

「これで信じていただけたかな？」

突然、背後から声がして拓磨は後ろを振り向く。そこには拓磨より少し小さく身長が180センチあるかないか、紫色の紋章が刻まれた白衣を全身にまとい、紫色の短い髪型をした優男が、ニコニコ笑いながら目の前で腕を組み、立っていた。

そして近づいてくると、拓磨の姿をなめ回すように見る。

「は～、よく見ると君は背が大きいんだな？　おまけに体格もすごい良いし。うん、やはりその服は君に似合っているな」

「服？」

拓磨は自分の着ているジャージを見た。いや、そこにすでにジャージはなかった。いつぞやの夢で見た衣装がそのまま体に装着されていた。

黒いオーバーコート（まるでマントのようである）。

紫色を基調としたスーツ（まるで軍隊で着用するような戦闘服のようである）。

手にはレーサーが着用するドライビンググローブ。色は下地が黒で、目の前の青年の白衣にある刻印が手の甲に紫色の線で刻まれている。

靴ももちろん黒がベースで、紫色の線が刺繍のように紋章を刻んでおり、重量感がある頑丈そうなブーツである。

（夢で見たコスプレそのままじゃねえか！）

拓磨はあまりのショックに服を見つめたまま思考停止状態に陥った。危うく倒れそうになる。

そんな拓磨を気遣うように、ゼロアがゆっくりと拓磨に近づき、声をかける。

「せ、青年。大丈夫かい？　何か『心ここにあらず』の状態なんだが？」

「い……」

「い？」

「意味が分からねえぜ…」

もはや余裕などなく、本音がポロリと転がり出た。そう、意味が分からないのだ！

（何だ!? このＳＦじみた展開は!? 俺の部屋からここに来るまで一体何があった!?）

拓磨の日常が今、ゆっくりと音を立てて崩れた。

それも何の変哲もない『携帯を見る』という一瞬の出来事で。

拓磨はその場にあぐらをかいて座り込んだ。そして右手を額に当てピクリとも動かなくなる。

「青年。理解できないのも分かる。だが、とりあえず私の話が本当だということは分かってほしい」

拓磨は空いている左手でゼロアの言葉を遮るように、手のひらを相手に向け制し、再び考え込む。

（考えを整理しよう。俺はどうやら未知の場所に飛ばされたらしい。足の砂の感触からして、どうやら幻覚ではないようだ。

ＳＦの世界。そう、ここはその世界なのだろう。祐司が大好きなアニメに出てきそうな世界だ。

そもそもなぜ俺は巻き込まれた？　物置で携帯電話を拾っただけだぞ？　おまけにうるさいから処分しようとしていたんだ。

どうせ、この後『世界を救え』とかそういう展開になるはずだ。コスプレドクターの言っていた『日本の危機』が現実に起こるのか？　冗談じゃねえ、そういうのは他の人がやるべきだ。

祐司にさんざんアニメの展開で愚痴られているから起きることが分かってしまう。ますます祐司が好みそうな内容じゃないか？

とにかく認めろ、俺。これは現実だ！）

拓磨は深呼吸をすると、現実と変わらない青い空のできるだけ遠くを見て、何も考えないように見上げている。

「ここから帰りたいと言ってもすぐには帰してくれないよな？」

拓磨は遠くを見たまま、ゼロアに声だけで聞く。

ゼロアの顔を見ようとはしなかった。見ると現実に戻れなくなる気がした。

「そ、そうだな……。できれば最後まで話を聞いてほしいけど」

ゼロアは困ったように答える。

（もうすでに、意味の分からない世界に足を踏み入れてしまった。どうせ逃げても忘れることはできないし、この男にいろいろ言われることになるだろう。

何より、こんな体験を忘れることとなんてできるわけがない。だったら今後、もしもこんな世界に巻き込まれたときに対処できるように少しでも情報を集めて心を整理しておくか……）

拓磨は非常に柔軟な心で意識を保つと立ち上がり、改めてゼロアの方を向き直った。すると、突然頭を下げる。突然の行動にゼロアも目を丸くする。

「とりあえず、謝罪をさせてくれ。申し訳ない」

「えっ!? な、何の謝罪かな？」

「お前の言っていた話がだんだんと真実味を帯びてきたからだ。こんな世界を映像だけで見せるならまだしも、実際に連れてこられたんだ。この状況でお前を嘘つき呼ばわりするほど、俺は自分の考えに自信を持っていない。とにかく今までの無礼な態度、本当に申し訳なかった」

拓磨は心の底からゼロアに詫びた。ゼロアは、最初は驚いていたが次第に優しい目となり、拓磨を見ると、顔を上げるように促す。

「顔を上げてくれ。君はやはり、誠実な人だな。ちゃんと礼儀を知っていて行動も理にかなっている。その外見がなければ、もっと多くの人が君のことを良い目で見るはずだと思うんだけどな」

拓磨の凶悪な悪人顔のことを突っ込んできた。

「ふふっ、この悪人面は生まれつきだ、気にすんな。おまけにそれなりに理解者がいるんだ。友人関係に困っていない。余計な心配は結構だ」

ゼロアは笑いながら冗談を飛ばし、拓磨も含み笑いをしながらさらに冗談を返す。

ほんの小さな会話のキャッチボールだった。

しかし、このキャッチボールが、つい先ほどまで相容れなかった2人を長年連れ添った友人と会話するような雰囲気にしてくれた。

常識を外れた2人の心の打ち解け合いというものだろう。

「帰りたいかい？　もし、君が望むならこのまま帰せるけど？」

ゼロアは拓磨に現実への帰還を望むか尋ねた。

普通ならば即座に帰ることを望むが、状況が変わってしまった。

「本当ならそうしたいが、せっかくこんな世界に来たんだ。せめてここがどういう世界で、どんなことが俺たちの世界に影響して、これからどんな未来が待っているのか一般市民として聞いておきたいな？」

「……なるほど。それでは歩きながら話そう。実はこれから行く所があるんだ。それに久しぶりに話す相手ができたしね。私の方もいろいろと現実世界のことを知っておきたい。お互いのこれからのためにもね」

2人は横並びになり、歩き始める。歩くたびにゼロアの服と拓磨のオーバーコートはバサバサ音を立てる。

「順番に聞いていきたい。そうじゃないと頭がおかしくなるかもしれないんでな」

「ははは、どうぞ」

ゼロアは笑いながら言葉を促す。

「最初に言っておくが……」

「『あまり専門用語は使わず、小学生でも理解できるようにできるだけ簡単に』だろう？」

ゼロアは、答えを先読みにしていたかのように拓磨の先手を打つ。

「分かっているならそれでいい。まずは自己紹介も含めてお前の正体を教えてくれ」

「そうだなあ……。私の名前はゼロア。これはもう知っていると思う。ゼロと短く呼んでくれて構わないことも言った。私はフォインという惑星から来た」

（どこの星だ？　聞いたことないぞ）

拓磨は、頭を捻ったが名前に心当たりはなかった。

「つまり、宇宙人か？」

「君たちから見ればそうなる。フォインは別の銀河にある惑星だ。君たちとの関わりは歴史上では存在していないな。君たちがエイリアンだといって、テレビではやし立てている存在も私たちとは無関係だ。ここまではいいかな？」

（信じられない内容だが、今は『そういうことだ』と飲み込むしかないな。とりあえず、このゼロアという男は宇宙人のようだ）

拓磨は無理矢理納得した。

「フォインは科学技術が発達した惑星で、特に情報電子技術、この世界でいうコンピュータやインターネット技術の発展が著しかった」

（インターネットが発達した星。うん？　待てよ。俺は携帯電話から出た光の中に入ったんだよな？　だとしたら俺がいるこの世界は……）

拓磨は推測を立てると口を開いた。

「今、俺たちがいるこの世界はもしかしてインターネットの世界か？　信じられないが」

「厳密に言うと違うけど、まあそんなふうに考えてくれていい」

（ここはインターネットの世界。携帯電話に吸い込まれたというのも関係があったということか。本当にいろいろ信じられないことだらけだな）

　自分の驚く気力がどんどん減っていくのを拓磨は感じ取っていた。

「しかし、技術の発展とともに栄華を誇っていた惑星フォインも、数十年前に滅んでしまった」

　先ほどまで笑顔だったゼロアの顔が急に曇り、苦しそうに下を俯く。

「嫌なら言わなくてもいいが、よければ理由を聞かせてくれないか？」

「進んだ技術を悪用する奴らが出てきたんだよ。奴らはクーデター、いわゆる反乱を起こして築き上げてきた秩序を破壊し、自らの手で発展した技術を用いた国家を築こうとしたんだ」

（クーデター。反乱。新しい国家。何だか不穏な空気が漂ってきたな）

　重い空気になってきたのを拓磨は感じ取る。

「俺は軍事に詳しくないが、お前らの世界でも核兵器や軍隊があったのか？」

「もちろん。ただ、情報技術がそれらの技術を圧倒的に凌駕していたけどね」

「なぜだ？　現実的に痛手を与える銃や兵器が発達するのが普通だと思うが」

　拓磨は疑問を口にした。

「じゃあ、ここで問題。ミサイルはどうやって目的地に到着させる？」

いきなりゼロアは問題を与えてきた。

（どうやって？　燃料を燃やして飛ばせばいいだけじゃないのか？　いや、待てよ。それだと変な方向に飛んでいく可能性がある。ということはやはりミサイルの方向を決定する何かが必要だな）

そこまで考えたとき、拓磨の頭にようやくゼロアの問題の意図が浮かんだ。

「そうか、電子制御。コンピュータによる遠隔操作か？」

「その通り。私たちの世界では銃や兵器は、コンピュータで照準を合わせるような武器がほとんどを占めていた。もちろん、手動式もあったけど、やはりコンピュータが付いているものと付いてないものとじゃ大違い。手動はほぼ廃棄されて、電子制御されたより良いモノを作ることが重要になっていった」

ゼロアの説明に拓磨はピンときた。

「だとしたら、情報技術を制御できれば？」

「まさに世界を支配することと同じだよ。生活の至る所に情報技術は使われていたし、人間の体の中にも小さな機械を埋め込んで、健康管理や心理状態の把握にも用いられていたからね」

「それで反乱を起こした連中は、情報技術の支配を目的にしたわけか？　自分たちのために」

拓磨はさらに推理を進めたが、ゼロアは頭を横に振った。

「いや、奴らが手に入れようとしていたのはもっと違うものだ」

「違うもの？」

「奴らが得ようとしていたものは、情報技術なんて比べものにならないほど恐ろしい力だ。今から君にも見せよう」

ゼロアが不意に立ち止まる。そこは先ほどと全く景色が変わらない場所だった。

無理もない話だ。岩どころか斜面すら存在しない白い砂漠をずっと歩いているのだから景色も全く変化しないのは当然だった。

しかし、ゼロアは確信を得ているように立ち止まり、地面の一点を見つめる。

「ここか？　さっきと全く景色が変わらないんだが？　何かあるのか？」

ゼロアは明るくはにかんだように笑うと、腰を下ろし、片膝をつき、地面に右手を触れる。

「ウェブライナー、起動」

ただのくず鉄の山ですな

ゼロアの発した言葉がキーワードのようだ。2人の目の前にある砂の地面に、1辺10メートルの正方形の切れ込みが入り、自動ドアのように徐々に左右にずれていく。完全に正方形の黒い空洞ができ、そこからエレベーターに乗ったように茶色のヘルメットと思しきものがせり上がってきて、次いでその下の体が現れた。

拓磨はポカンと目の前の光景をただ見ていることしかできなかった。

普段の生活ではお目にかかることのできない異形の存在を見た者のリアクションを楽しむかのように、ゼロアはニコニコしながら拓磨を見て、次に目を動かし、目の前に姿を現した巨大な物体を見上げた。

徐々にウェブライナーなる物の輪郭がはっきりしてくる。

すると、拓磨は突然この光景をどこかですでに見たような既視感と呼ばれる感覚に襲われた。そして、長い物思いにとらわれた。

（……待てよ。白い砂漠にコスプレドクター。

どこかで見たような気がするな？

そうだ、確か一昨日くらいの夢で似たような光景を見た気がする。

白い白衣はゼロア、白い砂漠はこの地面。おまけにこの黒い服装も夢で着ていた服装だ。

ということは、目の前のこの物体はあの馬鹿でかい白い巨人か？）

目の前の物体は完全に姿を現した。しかし、それはあまりにも予想外の光景だった。

まず、全体像。おそらく、人型であろう。

なぜ『おそらく』と曖昧な発言しかできないというと、人というにはあまりにも不気味な光景だからである。

人型なのに腕がない……あっ、失礼。正確にはせり上がってきた床に無様に転がっていた。本来ならば両腕が備え付けられている場所にあるはずのパーツが虫に喰われたように関節部分がボロボロになっている。落下したのもある意味納得できる。

胴体はかろうじて鎧のように……見えない。

子供にボロボロになるまで遊ばれ、中身が飛び出てしまったテディベアの人形を拓磨は連想した。むしろ、そちらの方が表現にぴったりである。

ゴチャゴチャした配線が、毛のように胴体の至る所から飛び出ており、胴体の方も覆っている部分より、破損して中身の配線や配線を防護している内部装甲の方が大きく割合を占めていた。

見ていてなぜか悲しくなってくる光景だった。

次に腿から爪先にかけての脚部。本来ならばそれは体を支える重要な存在。

しかし、こちらはとてもではないが支えられそうにはなかった。

まるでソフトクリームのように膝から爪先までの両足が絡まっているのである。おかげで物体は立つどころか膝をついている状態である。

両足をドリルのようにして何かをしようとして失敗したのであろうか？　それとも何かに足を無理にねじられたのか？

なぜそのようなことが起きたのか想像もできなかった。

見ていて吐き気を催す光景だった。

そして最も目立つ顔の部分。

夢では中世ヨーロッパで騎士が着けていそうな兜を装着していた。

目の前の物体は……とてもではないが誰も装着したくないだろう。

空き缶に目のような切れ目を入れて、これでもかとばかりに蹴り続け、ボコボコにへこませたものが頭部に乗っかっていた。兜と言っても『嘘だ』と言われるのは確定だった。

(いじめにあったのか？　この物体)

ついに具体的な感想まで頭に浮かんでしまった。

極めつけは色である。

夢で見たのはおそらくサンプルだったのであろう。カタログで白い絨毯を注文したら黒い油汚れや黄色いシミでベトベトになった悪臭を放つ『元』白い絨毯が送られてきたようなものである。まず、間違いなく返品だ。

目の前の物体も、黄ばみや焼け焦げたような黒い部分が全身に癌のように転移しており、少しも白い部分はなかった。

(最近のロボットはこういうのが流行りなのか?)

SF関係についてあまり詳しくない拓磨は目の前のあまりにも悲しい『ロボットのような何か』の姿に哀れむような目で眺めていた。

「こ、これは参ったな……」

ゼロアは慌てて、ロボットに駆け寄っていく。拓磨も恐る恐る後ろに付いていく。

近づいていく拓磨はさらに気づくことがあった。

（ずいぶん小さいな？　この物体）

初めは装置の大がかり具合に圧倒されたが、よく見るとあまりにこの物体は小さい。仮に直立したとしても拓磨3人分くらいの身長、5メートル50センチほどではないかと推定した。

夢に出た天まで届くような巨人とはあまりにも違いすぎる。

（あの夢は本当に何だったんだ？　予告映像みたいなものか？　予告で見栄を張りすぎて予算不足で中身がしょぼくなった映画みたいなものか？　最近のSFはそんな現実的でいいのか？）

「聞きたいことがいろいろあるんだがいいか？」

「ちょ、ちょっと待ってくれ！　ふぬぅぅぅぅ!!」

ゼロアは前のめりで膝をついている『黄ばみのガラクタ』の胸部を両腕で横にスライドさせるように無理やりこじ開けようと頑張っている。

「……手伝おうか？」

「ありがたいんだが、この中にある物は危険な物なんだ。悪いが離れていてくれないか？」

（危険な物？　この不気味な存在より危険なものがあるのか？）

拓磨は言われた通り、10メートルほど戻り、ゼロアの奮闘を見守る。

「ぬぐぅぅぅ!!!　ぬぐぁぁぁぁぁ!!　ひらけええ!!」

（いくら小さくてポンコツでも工具もないんじゃ無理じゃねえのか？）

拓磨は現実的な突っ込みを心の中で入れ、ため息をついた。

「これじゃいつまで経っても開けないな……」

拓磨はしびれを切らしてゼロアの横に再び近寄る。

「ちょっと！　さっきの注意を聞いていた？」

「助けが欲しかったら素直になることが礼儀だぞ」

拓磨は胸部の装甲の切れ目を両手でつかむと、一気に横にスライドさせた。

金属の悲鳴が聞こえ始め、ついに鈍い音とともにゼロアのいる場所とは反対方向に装甲の一部が吹き飛んでいった。まるで映画の車の横転シーンのように、地面の上を回転して倒れる。

ゼロアはありえない光景に唖然としている。

「す、すごい力だな？　君は」

「俺を心配してくれるのは嬉しいが、あいにく心配されるほどヤワじゃないんでな」

拓磨は笑いながら、ゼロアの方を向き直る。

「す、すまないな。非力で」

「礼はいいから、さっさと危険な物をどうにかしてくれ」

拓磨は3歩ほど下がると、ゼロアに場所を譲る。

ゼロアは照れを隠すように頭を掻くと、拓磨が破壊した所から両腕を配線の隙間に突っ込む。

「『ライナーコア』」

「……何だ？」

「『リベリオス』が手に入れようとしているものだ」

急にゼロアが変な電波を受信して、訳の分からないことを言い始めた。

「……話が急に飛んでいて分からないんだが？」

すると、ゼロアが急に尻餅をつく。見ると、両腕には直径1メートルほどの透明な球体に入った虹色に光る太陽のような物体を手にしていた。

「……無事のようだな。よし！」

容器の傷をチェックするように眺めた後、ゼロアは立ち上がる。

「……悪い。意味が分からねえ。何が『よし』で、それは一体何だ？　説明してくれないか？」

「ああ、すまない。今、順に話すから」

すると突然、ゼロアが手に持っている球体がみるみるうちに小さくなって飴玉ほどの大きさになる。それを白衣の胸の部分に当ててると水に溶けるように吸い込まれ消えていき、一瞬虹色に輝き、また再び元に戻る。

「『リベリオス』というのは先ほどのクーデターグループの総称、つまり名前だ」

「そいつらが今の球体を探していると?」

「そう、『ライナーコア』。ライナー波と呼ばれるエネルギーを用いた動力源だ。放射線と似たようなものだと思ってくれて良い」

(ライナー波ねえ……。少なくとも学校の授業では習わなかったな)

拓磨にとって、初めて聞く言葉だった。

「ちょっと待て……放射線? ……もしかして被曝するのか?」

「君たちの呼ぶ『放射線』と同じように人体に影響を与えるものだ。ライナー波という名前は、このエネルギーを発見した博士がライナー博士という人だったから、その人の名前を取って付けられた」

未知のエネルギー、ライナー波。それを見つけたライナー博士。

さらにいろいろな情報が頭に飛び込んできて、拓磨の頭脳はそろそろ限界容量が近かった。

「人間にどんな影響を与えるんだ?」

「そうだね……。君は放射線と聞いてどう思う?」

「一般的な放射線のイメージは、人体に有害な物。確か、強い放射線は細胞を破壊して、白血病や癌などの症状を引き起こすとか?」

「おおむねその通りだね。細胞を破壊するという特性から逆に体の悪い細胞を破壊する癌などの治療にも使われているね」

「じゃあさっきの物質に触ると、俺も病気になるってことか？」

ゼロアは驚いたように頭を横に振る。

「そんな優しい物じゃないんだ。このライナー波は」

「まさか……死ぬとか？」

「そうじゃない。これは心身に変化を与えるエネルギーなんだ」

「変化？」

「例えば、人間にこのライナー波を浴びせると大きく分けて２通りの結果が出る。その１、人間離れした超人になる。その２、人の姿を捨てた怪物になる」

（超人になる？　化け物になる？　変化を起こすエネルギーだと？）

拓磨は想像すらできずにいた。

「……正気で言っているのか？」

「ははは、その反応が正しいよ。私だって初めてこのエネルギーを見たときには、とてもじゃないが信じられなかった。けど、言わせてもらう。私は正気だ」

（ますます、祐司好みの内容になってきたな？　人間を変化させる未知のエネルギー。あいつなら、こういう話に喜んで飛びつきそうなのだが。目の色を変える祐司の姿が頭の中で想像できる）

拓磨は、この場に祐司がいて、一緒に説明を受けて欲しいと心の底から思った。

「このライナー波が発見されてからフォインの歴史は大きく変わった。ライナー波には様々な特性があり、それらを有効活用していく方向に社会全体が変わっていったんだ」

「オカルトみたいな『変化を起こす』以外にどんな特性があるんだ？」

拓磨は興味半分で、さらにゼロアの話を促した。

「まず、永久機関であることだね。ライナー波はエネルギーを生み出し続ける特性がある。もちろん、きちんと装置を作ったり調整する必要があるけど」

「そりゃすごい。今の地球のエネルギー問題が全て解決だ」

（人間に変化を与える他に無限のエネルギー？　どんどんオカルトは加速していくな）

必死に話についていくので拓磨は精一杯だった。

「うまく制御すると他の世界に適応できるね」

「今の俺みたいにこの世界の中に入れるってことか？」

「その通り。ただ、この技術は開発したけどフォインでは一般利用されていない。もし実現すればどこへでも移動できる新しい交通ルートが開発されたんだけどね」

「交通業界は大打撃だろうな？　誰も飛行機や電車を利用しなくなる」

（惑星フォインもその影響を受けたのだろうか？）

拓磨は見たこともない惑星に思いを馳せた。

「結局、実用化の前にフォインが滅んだから新たな交通ルートは誕生しなかったんだけどね」

拓磨はどこまでも広がる青い空を遠い目で見ていた。話が多すぎて、オカルト過ぎて、ぶっ飛びすぎて訳が分からなくなってきていた。

とりあえず話を整理しよう。

目の前にいる男はゼロア。

地球より進んだ文明を持つ星『フォイン』からやってきた。

『フォイン』ではインターネットなどの情報技術が発展。日常生活全てが情報技術により支えられていた。

しかし、悪党によるクーデターが発生。

クーデターを起こした奴らは「リベリオス」というテロリストグループ。

クーデターにより惑星『フォイン』は滅亡。

「リベリオス」の狙いは「ライナーコア」。ライナー波と呼ばれる人を変化させたり、無限のエネルギーを出したりするオカルトインチキエネルギーが入った球体。

(まあ、そんなもの誰だって欲しいよな。無限のエネルギーで電気代が浮くんだから。化け物になるのはいらねえが)

再び、拓磨はゼロアに目を向ける。

「それで、なんでお前は地球に来た？　惑星が滅んだから新たな居住地を探すためか？」

「それもある。しかし、フォインの生き残りは少ない。各々別々に生活している状態だ」

(へえ……、他にも生き残りがいるのか？　まさか、この後どこかで会うのか？)

　疑問を持ちつつ、拓磨は話を進めた。

「それで、なんで地球に来た？」

「もちろん、リベリオスを追いかけてきたんだ」

「は？　リベリオス？　お前の惑星を滅亡させたテロリストグループか？　なんで地球にいるんだ？」

「地球を選んだのは我々の星と文明がほぼ似通っているからだと思う。この星も情報処理技術が急速に発達してきているからね」

（天文学的な確率で同じ星がたまたまこの星だったわけか？　神様、いるんだとしたら確率を操作しているんじゃねえよ。おかげで俺の日常は崩壊だ）

　拓磨は、心の中で神に愚痴を吐いた。

「……奴らの目的は？　フォインを滅亡させて目的のものを手に入れたんだろ？　もう目的は完了したはずじゃないのか？」

「目的が完了したら、また新しい目的ができる。人間もそういうものだろう？　力を手に入れた奴らは次にどうすると思う？」

「まさか、手に入れた力を使って何かするということか？」

　ゼロアは黙ってうなずく。

「その実験場が日本？」

「そういうことになると私は考えている」

「お前が言っていた『日本の危機』というのはライナー波を使った宇宙からの侵略か!?」

「正確にはこの世界、『ウェブスペース』からの侵略だけどね」

（なんということだ。『日本の危機』どころか、『世界の危機』じゃないか？）

問題が想像以上に大きく、拓磨は若干パニックになる。

「お前はそれを止めるために地球へ？」

「私たちの星で起きた悲劇を、なんの関係もない星で繰り返したくない。その目的のために私は、彼らと戦ってきた。そして昔、地球人の協力のおかげもあり、なんとかリベリオスを食い止めた。しかし、完全に息の根を止めたわけではない。奴らは力を蓄え復活し、以来私はずっと戦ってきたというわけだ。ほとんど負け続きだったけど」

最後だけ小さくゼロアが言ったのを、拓磨は聞き逃さなかった。

「それで最終的に俺の家の倉庫に逃げ込んだというわけか？」

「そうだね」

（よりによって、逃げた場所がほこりまみれの物置とはな……）

拓磨は、自分の家の物置を改めて恥と思った。

「……さっきの丸い虹色に取り付いていた装置がライナー波を制御するものか？」

「ライナーコアという制御装置だ。あれを奪われれば奴らに対抗する策がなくなる」

「対抗する策？」

「私がまさかこの姿のまま逃げ回っていたとでも？　敵の勢力に対抗するため、私たちも兵器を用いた。とはいっても大砲や戦車じゃない。ライナー波を使う敵に対抗するにはこちらもライナー波を使う兵器がいる。これこそ、フォインの科学力の全てが結集した産物」

拓磨はすごく嫌な予感がした。ゼロアの口調からして凄まじい兵器なのは感じられる。しかし、拓磨の脳裏にはその兵器がどういう物なのかなんとなく想像がついていた。

はっきりいって信じたくなかった。むしろ嘘であってほしい。ドッキリだと言ってくればまだ許せる。しかし、ゼロアは無情にもフォインの科学の全ての結晶とやらを振り返り苦々しく見つめた。

そこには『見るも無惨な黄ばみポンコツロボ（?）』があった。ちょうどタイミングを見計らったように頭が取れて、地面を転がる。

「……ギャグだろ？　そうだと言ってくれ。それならまだ許せる」

拓磨は目を伏せて現実から逃避しようとしていた。

「電脳将《でんのうしょう》『ウェブライナー』。長年の戦闘と老朽化により、今はもうこの通りだ」

「……ロボットなんだよな？　そのポンコツ」

「本来ならば20メートルほどの大きさの巨人だ。ただ、ライナーコアを奴らから隠すため、相手から隠れる格納庫を作るときのサイズの関係で、装甲をいくつか解体して小さくしたのがこれだね」

（科学の結晶の足をドリルみたいに捻るか？　見かけは優男《やさおとこ》に見えて結構鬼だな、こいつ）

ゼロアに対する不信感が募った。

「最近になってリベリオスの動きが活発になっている。特にこの町、稲歌町で。近々何か大きなことが起きるに違いないと私は考えている」

「まあ、ヤクザはいるが、それ以外は普通の町だと思うが？」

「力を貸してくれないか？　青年！」

（こっちの話を聞く気はないのか？）

ゼロアは拓磨に早足で近づくとその両手を握り、頭を下げた。

困った拓磨は、少し考えると口を開く。

「……現実的な話をしよう。お前の話は急にスケールが大きくなりすぎだ。まず、相手はテロリストなんだよな？　だったら、国の出番だ。国に訴えてこの世界のことを話し、今の日本がどういう状況にあるのか詳しく説明して協力を仰ぐ。まずは警察、その後、自衛隊。ひょっとしたら国連の軍隊も動く状況になるかもしれない。だから、まずは霞ヶ関に行くことをおすすめする。首相に訴えたらどうだ？」

拓磨は現実的なアプローチをゼロアに教えた。

「それならすでに考えた。一般市民ではなく、より上の組織、上の人間から話を通すのは当然のことだ。結局、止めることにした」

「なぜ？」

「常識的に考えてこんな世界、どう信じてもらえば良い？」

（実にごもっともな意見だ）

拓磨は提案を間違えたと確信した。

「そうだな……、じゃあ俺と同じように首相をこの世界に引っ張り込んだらどうだ？　嫌でも信じるだろ？」

「無理だよ。この世界はライナー波が満ちる世界。人間が入ったらライナー波の影響で動けなくなる」

「俺はなんで動けるんだ？」

「君は私と契約したからだ。覚えてない？」

「契約？　……もしかして、夢だと思ったあれか？」

拓磨は全身に電流が走り、コスプレ衣装になった夢の体験を思い出す。

「君の家の倉庫の携帯電話に隠れた私は協力者を探すため、ライナー波を用いた通信システムで近所の人々に語りかけたのだ。その結果、君が私の呼びかけに応じてくれた」

「俺は電波を受信しやすい体質だったということか？」

(こんなにいらねえ能力は初めてだな)

拓磨は自分の体を呪った。

「どうやらそのようだ。君はライナー波に対する抗体のようなものを持っているようだ。いくら首相を引っ張り込みたくてもライナー波に対する抗体を持っていなかったら意味がない」

「俺が悪人だと思わなかったのか？」

「まあ……その点は十分に考えたよ。よってしばらく君を観察させてもらった」

(俺が外出禁止だという情報をゼロアが知っていたのはそのためだったのだろう)

拓磨はようやくゼロアの言葉の意味が分かった。

「それで、結果は？」

「君は外見こそ悪人のようだが、実に男前の風貌をしている。その面に似合わず、他人のために働く気概を持ち、ある程度の常識もある。君の行動からは、人のために戦うオーラのようなものを感じた。観察の結果、100点満点大合格だ」

ゼロアは親指を立て、『素晴らしい』とばかりにポーズをした。

「俺は褒められるような人間じゃない。俺のせいで多くの人間が迷惑を被っているんだ。学校の先生も。近所の人も。俺の友人もだ」

「やはり君は優しい人間だ。自分が被害を受けることよりも自分の行動で周りが被害を受ける心配をしている。それはなかなかできることではない。そういう人間こそ私が協力者としたい人間なのだよ！」

(褒められることは嬉しい。だが、ここは喜んではいけない)

会話はどんどんエスカレートしていく中、拓磨は必死に考えた。

「君にひとつ聞きたいことがある。良いかな？」

今度はゼロアが質問した。

「なんだ？」

「なぜ君は私の話を聞く気になったんだい？　いくらこの世界に入ったとはいえ、私が別世界の者と聞かされても、不安にはならなかったのかい？」

拓磨はしばらく考え、口を開いた。

「正直、不安だらけだ。こんな訳の分からない世界に連れ込まれ、変な格好をしたお前はいるし、ポンコツのロボはいる。頭がどうにかなりそうなのが現状だ」

「ではなぜ？」

「もし、お前が悪人なら、ライナー波を使って俺をこの世界に連れ込んで殺すことだって簡単だったはずだ。俺はお前のことを変なプログラムの携帯電話だとずっと思っていたしな。隙は多かっただろ？　けれどお前はそうしなかった。おまけにこうして俺に分かるように協力を求めている。どうしても悪人には見えないな」

「わ、私が君のことを騙している可能性もあるぞ」

ゼロアはわざと悪ぶるような意見を出した。

「騙す？　どうせ最後には殺すかなにかだろ？　今まで殺すチャンスがあったのにそれを生かせなかった奴が、根っからの悪人とは思えない。悪人というのはチャンスを生かすときには生かし、しくじるときには必ずしくじる奴だ。少なくとも俺の持論ではな」

「なんか君と話していると全てを見透かされた気持ちになるのは気のせいか？」

「気のせいだろ？　たぶんな」

拓磨は軽く笑うと、急に真剣な顔に戻る。

「さてと、協力の件だが……悪いが断らせてもらう」

心は決まった。

うさんくさい話かどうかは置いておいて、この結論に至ったわけだ。

「な、なぜ!?」

「もし、お前の話が本当ならそれは大変なことだ。地球人全てで解決しなければいけないことだし、俺も地球人の1人として当然加わるべきことだ。けどな、悪いがこちらも現在手が離せないことで一杯なんだ。おまけにその『リベリオス』によって、俺はなんの被害も受けていない。俺は自分の目で見たり聞いたりして物事を判断したいんだ。噂話だけで行動するのはあまりに危険だからな」

拓磨の主張にゼロアはうなずく。

「君の……言う通りだ。間違いではない。私の話を全て信じてくれなどとは思わない。むしろ、少しでも信じてもらえただけありがたいと思う」

「悪いな。本心では協力したいんだが、今はあまり揉め事を起こしたくないんだ。とあるヤクザと揉め事を起こしていてな。もし、勝手に動いたらその矛先が学校に向けられるかもしれない。うかつに動いて無茶をしてはいけない状態なんだ」

「ヤクザ？　ひょっとして相良組のことか？」

ゼロアの口から突然聞き覚えのある言葉が飛び出し、拓磨は驚いた。

「知っているのか？」

「私は最近稲歌町に来た。もちろん、リベリオスから逃げることもあるが、リベリオスがいたらウェブライナーで戦うこともあるからだ」

「あのポンコツで戦えるのか？」

拓磨は不安げに後ろのガラクタロボットを見つめる。

「私はウェブライナーの鍵のような存在だ。鍵が入ればウェブライナーは戦闘状態に入ることができる」

（いくら鍵があっても車がポンコツだったら何の意味もないと思うけどな）

拓磨は心の中で突っ込みを入れる。

「さてと、話を戻そう。稲歌町を調べた結果、この町にライナー波の痕跡が多数見つかった」

「つまり、リベリオスが町にいるってことか？」

「可能性は高い。別の可能性も考えられるが……これは望みが薄いから考えなくても良いだろう」

（別の可能性？　一体何だ？）

ゼロアは深く説明せず話を進めた。

「特に最近、この町では異常事態が起きている」

「相良組の件か？」

拓磨は思い当たる節がひとつだけあり、そのことを尋ねる。

「君は相良組についてどこまで知っている？」

「俺は不良に絡まれることは今までもたびたびあった。だが、ヤクザから団体で絡まれることは一昨日の始業式が初めてだな。はっきり言って、それまで相良組なんて町にいるヤクザ組織くらいにしか思ってなかったからな」

「それもそのはずだ。私の調べだと相良組は数年前まで小規模の暴力団組織に過ぎなかった。ところが、ある一時期を境に莫大な財産を手に入れている。その額、およそ数百億」

あまりの大金に拓磨は笑ってしまった。

「ふふっ、奇跡でも起こったのか？　まさか奇跡の原因は『リベリオス』ってことか？　つまり、奴らはお前の移動を先読みしていた。いざというときに相良組を自分たちの力にして、お前を倒すように？」

「反社会勢力を取り込み、自らの駒とするのは『リベリオス』のいつもの手段だ。一般市民だといろいろと面倒になるからね」

ゼロアは苦々しく顔をしかめた。

「不良やチンピラだと都合がいいのか？　なぜ？」

「例えば、町で発砲事件があったとしよう。もし、その持ち主がただの会社員だったらどう思う？」

「違和感があるな。なぜ会社員が銃を持っているんだと考える」

（会社員が銃を持つ機会なんてないだろうしな）

　ゼロアは次に言葉を進める。

「じゃあその人が主婦だったら？」

「違和感がある」

「子供だったら？」

「おかしいと思うな」

「では、ヤクザ関係の人だったら？」

「違和感……ないな。本当はあるはずなんだが不思議と思わない。なぜだ？」

　ゼロアの具体的な説明に拓磨は『リベリオス』への理解を深め始めていた。

「それが重要なんだよ。奴らはできる限り自分たちの存在を明かしたくないはずだ。目立つ行為は彼らに何の得もないはずだからね。もし、違和感のある人が事件を起こしたら、市民の目はその事件に集中する。当然、警察が事件を捜査するだろう。『リベリオス』が警察に捕まるとは思わない。ただ、事件に集中する目がある以上、動きにくくなるのは確かなはずだ。それは奴らにとってあまりよろしくないことだ。万が一にでも『リベリオス』のことを悟る人がいないとも限らない。だから、そういう危険をできる限り減らすために事件を起こすとしたら、その事件を起こしても違和感のない人をターゲットに選ぶ。もちろん、ターゲットは事件を起こし、警察に御用になるけど、市民の目は不思議と集中しない。ライナー波を使って何かをしたいけど目立ちたくない状況を作るには効果的なんだよ」

（人間の心理を突いた作戦ということか？）

　そのとき、拓磨はふと気づいた。

「もしかして、病院での相良組員の失踪も何か関係が？」

「あっ、反社会勢力を使う理由がもうひとつある。仮に事件が起こり、関係者からリベリオスの情報が漏れるのを防ぐとき、一般人よりも反社会勢力の方が死亡したとしても納得がいくだろ？」

「口封じか？」

　ゼロアは苦々しく笑うと、頭を縦に振る。

（なるほど。相良組の失踪はリベリオスの手が及んでいた可能性があるということか）

　拓磨はゼロアに相談を持ちかけることにした。

「最近、相良組員が病院から大量失踪する事件が起こった。警察も真相解明に動いている」

「病院のセキュリティはそんなに甘いものじゃないはずだ。数人ならまだしも、現実世界で大量に病院から失踪するなんて不可能。病院関係者に賄賂でも渡したのかな？」

　ゼロアは賄賂説を議題に出した。それを拓磨は感覚で却下する。

「だったら警察が病院関係者の資金の出入りを調べて特定しているはずだ。そう難しい事件じゃない」

「私が考えるに、病院は事件に関係していないと思うな。そもそも事件になった時点で失敗しているようなものだからね。本当にやるんだったら警察を介入させないように秘密裏にやるだろう」

問題に頭を悩ませている2人。そのとき、拓磨の脳裏に恐ろしい考えが浮かんだ。

ヒントは今、この世界にいる自分自身だった。

「……とてつもなく変なことを考えたんだがいいか？」

「ん？」

「ライナー波は人をこの世界に移動させることができるんだよな？」

「もちろん。君がここにいるのもそのおかげだ」

「携帯電話以外にライナー波を使える情報機器は何がある？」

「画面が付いているのが主な条件だね。テレビでも可能だ」

「携帯電話は持ち込み不可能かもしれないが、病院の病室にテレビはあるよな？　確認してみないと分からないが」

そのとき、ゼロアも拓磨の考えに気づいた。

「……確かに考えたくないことだね。何だか怖くなってきたよ。つまり、君は、相良組員はウェブスペースに飛ばされたと？」

「そうだとしたら俺を襲った理由が分かる気がする。『リベリオス』はライナーコアを狙っていた。お前はそのコアを持っている。そして奴らはお前の行動を読んでいた。当然、お前の場所もおおかた見当をつけていたのかもしれない。つまり、携帯電話だ。俺の家の倉庫にある携帯電話。お前からコアを奪うにはお前が潜んでいた携帯電話を調べるのも当然だ。だが、この世界からお前を捕まえにいったら、お前に気づかれて逃げられる可能性がある。よって、お前にできる限り気づかれない方法をとるしかない。現実世界で俺を襲い、携帯電話を奪って奇襲をかける。なかなか有効な作戦だな」

（つまり、俺は誤解されたわけだ。宇宙人の入った携帯電話を持っていると）

　拓磨はがっくりうなだれてしまう。

「君を巻き込んでしまってすまない。本来ならばもっと早く君と連絡を取るべきだったんだが、協力者を得たい気持ちで焦りすぎてしまったみたいだ」

「気にするな。向こうが勝手に俺とお前がつながっていると勘違いして襲ってきたんだ。おかげで俺がヤクザに襲われた理由がハッキリしたんだ。相良組が『リベリオス』とつながっていたら全てしっくりくる」

（正直、謎が解明されてよかった。とは言っても、この後の対処が分からないが）

　素直に嬉しい気持ちに拓磨はなれなかった。

「相良組が『リベリオス』とつながっているとしたら……組のトップを押さえることをすでに行っているかもね。部下を思い通りに指揮できる人を押さえておけば、いろいろ役に立つことがあるから」

「組のトップ？　つまり組長か。名前は分かるか？」

「相良宗二郎。相良モールの現会長だ」

（組長が会長。昇進というのか、こういうの？　組長と会長ってどっちが偉いんだ？）

拓磨は変な疑問に頭を悩ませていた。

「相良宗二郎か……。分かった。いろいろ助かった。なんか悪いな、こちらからは何もできずに情報をもらうだけもらってしまって」

「気にすることはないよ。君にも生活があるんだ。無理にこちらの世界に引き込んで壊すようなことはできない。君は君の世界で生きてくれ」

ゼロアは素直にお礼を言った。

「俺たちが話したのはあくまで仮説だ。証拠も何もない。ただ、これは警察に伝えた方がいいかもな」

「このウェブスペースや私のことも話すのかい？」

ゼロアは心配そうに尋ねた。

「……いや、ネットで耳寄りな情報があったということにしておく。どうせ話しても信じろという方が無理だからな」

「そうしてもらえるとありがたい。もしかしたら警察にもリベリオスの手が及んでいるかもしれないからね。こちらの情報を話すのは不利になるからね」

「相手は星を滅ぼしたテロリストか……。大変だな」

「まあ、なんとかするさ。さてと、じゃあそろそろ現実に君を戻そう」

ゼロアは拓磨に向かって手のひらを向ける。すると、拓磨とゼロアの間に、人1人通れるくらいの七色の光を放つ渦が、時計回りに回転しながら現れた。

「お前の話が嘘だとしても楽しい時間だった。もし、情報が本当だったらこの恩は忘れない。いつか必ず恩は返す」

「私も久しぶりに充実した時間を過ごさせてもらったよ。では、現実で会おう」

２人は渦を間に挟んで、互いに微笑むと、拓磨は渦の中に一歩足を踏み入れる。あまりの光で目の前が真っ白になる。


目を開いたとき、目の前には神の姿が描かれたポスターがあった。ゆっくりと周りを見渡してみるといつもの天井、いつもの床、いつもの机。間違いなく拓磨の部屋だった。入り口のドアの上にかかった時計は11時７分を指している。

（ずいぶん長話をしていたな）

拓磨の服装は元のジャージに戻っていた。どうやらあの黒い服装はウェブスペースでのみ着用可能らしい。

（さてと、南先生に連絡だ）

拓磨は何気なくポケットに手を入れると、紙の形をしたものに触れる。

（まずは万札を財布に……。いや、渡すんだからせめて封筒か）

拓磨は机の引き出しを開ける。以前、祐司にアニメの懸賞にハガキを出すのを手伝ってくれということで、ついでに買った茶封筒を取り出すと、中に１万円札を入れる。そのまま、机の引き出しにしまう。

拓磨は南先生に電話するのに1階に行こうとするが、ふと机を振り返る。そこには夢の世界へ拓磨を招待した携帯電話が画面を開いて置いてあった。画面は真っ暗で中には誰もいない。

（さすがに通話は無理か。どこの通話会社とも契約してなさそうだしな）

拓磨は苦笑いすると、ドアを出て1階へと階段を下りていく。

1階にすでに喜美子の姿はなかった。どうやら店の方に出ているようだ。玄関の奥からバターの匂いと小麦粉が焼ける香ばしい香りが鼻をくすぐる。

拓磨はそのまま受話器を取ると、学校の電話番号を入力する。

「はい、稲歌高校、南でございます」

「稲歌高校2年の不動拓磨です」

「ああ、なんだ。拓磨か？　お前、今どこにいるんだ？」

拓磨の声を聞いた途端、すぐに普段の口調に戻った。

「家です。ちょっと用事があってしばらく店の方に出ていたんですが、今日の予定をお聞きしたいと思って」

「あれ？　金城先生は来てないのか？」

「金城先生？」

拓磨は、予想外の名前に聞き返した。

「ああ、今朝学校に来ないんで連絡してみたら、昨日と同じようにお前を迎えに行くと言っていたんだが」

「もしかしたら近くにいるかもしれません。確認してみます」

玄関の方を見ながら、拓磨は答えた。

「万が一、金城先生がいなかったら俺に連絡してくれ。もしかしたら、風邪でも引いたのかもしれないからな。こちらから連絡してみる」

「俺が連絡しましょうか？」

拓磨は親切心から先生に尋ねる。

「え？　お前が？」

「無理を言って、金城先生を付き合わせているのは俺です。俺から金城先生に頼む方が良いでしょう？」

「ううむ……俺も次に授業があるから、できればそうしてくれると助かるが、じゃあ頼めるか？」

「もしものときは家に行ってみますよ」

拓磨は冗談を南にふっかけた。

「おい！　出歩いてまたトラブルになったらどうするんだ？　今日はやめておけ。さっき警察が学校に来て、生徒に外に出ないように注意を促すよう言ってきたんだ」

「警察が？　……なぜ？」

「知らん。何かの捜査で犯人と鉢合わせしないようにだと思うが……」

（今日、警察が何か行動を起こすのか？）

拓磨は、南の話から推理した。

「じゃあいいか？　今から電話番号を言うぞ」

拓磨は南から金城の電話番号を聞くと受話器を置く。そしてそのまま玄関を開ける。

太陽が頭上にあり、朝や夕方には暗く、注意しなければならない路地裏を煌々と照らす。路地裏を1回曲がるとすぐに道路につながる。

拓磨は大通りに移動して確認したが、そこにいるのは『不動ベーカリー』にパンを買いにきた客のみで金城の姿どころか車1台すら見つからなかった。

（本当にいないな。やはり、急な用事で来られなくなったか？）

拓磨はそのまま家に戻ると、先ほど教えてもらった電話番号にかけてみる。しばらくコール音が鳴り響き、そしてついにつながった。

「はい、金城です」

（やはり、家にいたか）

拓磨は連絡がついてホッとした。

「金城先生、不動拓磨です。先日はお世話になりました」

「ああ、不動か。こっちも世話になったな」

「南先生から今日も車で迎えにきていただけると聞いたのですが、もしかして不都合でもありましたか？」

すると、金城は残念そうに声を漏らした。

「すまないな、朝、ちょっと怪我をしてしまってな。今日は迎えにいけそうもないんだ」

「そうですか……。では今日は延期ですか？」

「いや、残りのテストは体育館でなくてもできるからな。悪いが俺の家に来てくれないか？」

「え？」

（教師の家で？　スポーツテストを？　昨日のタクシーで俺に出歩くなと言っていたのに？）

あまりにも予想外の答えに拓磨は驚いた。

「いや、しかし……俺は相良組との一件がありますから。出歩くわけにはいきません」

拓磨はやんわりと断る。

「今日は相良組に家宅捜索が入る日なんだ。相良組の連中はみんな警察に厄介になる。誰も襲ってはこないさ」

（警察の相良組家宅捜索。南先生が言っていた事件の内容はこれか？）

拓磨は先ほどの話の内容が分かり、しばらく考え込む。

「分かりました……。どうしても今日やるんですよね？」

「ああ、どうしてもだ」

妙な気迫が電話から伝わってきた。

「家は今営業中なんで、歩きで行くことになります。大体……30分ほどかかりますがよろしいですか？」

「ああ、気をつけてくるんだぞ。寄り道はしないようにな」

「分かりました。では、失礼します」

　拓磨は受話器を置く。そして不自然な展開に混乱していた。

（先生の家でスポーツテスト？　そんなことがあるのか？　昨日、俺をタクシーで相良組に出会わないように送ったこと忘れたのか？）

　拓磨は疑問に思いながら階段を上がり、自分の部屋に戻った。

「お、青年。戻ったか？」

「…………」

　いつの間にかゼロアが画面の中に戻っていた。しかし、拓磨は気づきもせず考え事を続けている。

「ん？　どうしたんだい？　悩み事？」

「え？　……ああ、ゼロか。てっきりもういなくなったのかと思ったが。お前、逃げている身だろ？」

　ゼロアに気づいた拓磨は、驚いていた。

「ウェブライナーの修理に少々手間取っていてね。今まで世話になったね」

「別に何もしていない。俺はこれから金城先生の家に行くんだ。何か怪我をして動けなくなってしまったようだ。なんだか意味が分からねえが、先生の家でスポーツテストの残りをやるんだと」

ゼロアが眉を不審そうに動かす。

「出歩いてはいけなかったんじゃないか？」

「今日は警察が相良組に家宅捜索をするから平気らしい。南先生も、学校で警察から捜査の一環で生徒をあまり外に出さないように言っていたんだが、まさか相良組の捜査とは思わなかったな」

拓磨はベッドの横にあるタンスからタオルを取り出す。

するとゼロアが急に真面目な声で呟いた。

「……変だね」

「ん？　何が変なんだ？」

「相良組の捜査は誰から聞いたんだい？」

「金城先生だが？」

拓磨は即答した。

「学校には具体的な捜査の連絡は入らなかったのかい？」

「特に南先生は何も言ってなかったが？」

「なんで、家で動けない金城という先生が警察の具体的な捜査先を知っているんだい？」

ゼロアの疑問は、納得のいくものだった。

「……そう言えばそうだな」

　奇妙な疑問だった。ただ単に南が具体的な内容を言わなかっただけかもしれない。だが、不思議とその疑問が拓磨の心の中で膨れ上がっていった。

「警察の家宅捜索というのは、証拠隠滅防止のために抜き打ちで行われるのが普通だ。わざわざ相手に実行する日付を伝えることなんてない。そんなことしたら、その日の前に自分たちに不利な証拠を捨ててしまって、なんの意味もなくなるんだから」

「捜査の内容を知らないのが当然ということか」

「そうだ。知っている方がおかしいんだ。捜査の内容なんか」

　拓磨の中で妙な不安感が姿を見せ始めた。

「……ゼロ。この町から出ていく前に少し付き合ってくれないか？」

「話し相手の頼みだ。喜んで付き合おう」

　拓磨は携帯電話を手に取ると玄関で靴を高速で履き、疾風のように玄関を飛び出した。

異形が蔓延り町を侵す

　同日、午前11時57分、稲歌町。

　拓磨は太陽が輝く道中を黙々と歩いていた。平日ということもあり、子供の姿もなく、人影もまばらである。

その中を右手に携帯電話、左手にタオルを持ち、新興宗教がらみのジャージ姿で歩く筋骨隆々の体格はいささか目立っていたが、もはや人の目など気にしていられなかった。

何かとてつもない不安が昨日とは異なり、拓磨の中で今はっきりと姿を現し始めていた。

「金城先生に何かあっただと？　考えたくないけどな」

「青年。まだ君の学校の先生に何かあったとは断定できないんだ。とりあえず、周りの目も気になる。電話をかける振りをしてくれ。そうすれば、私も普通にしゃべれる」

拓磨は電話を開くと右耳に当てた。周りからは電話をかけているように見えるだろう。

「どう思う？」

「どう思うと言われても、現状では全く分からない。とにかく金城という先生の家に急ぐべきだ。念のため、警察にも連絡しておいた方がいい」

「この携帯電話はつながるのか？」

「大丈夫だ。今、回線をつなげた。やり方は聞かないでくれよ。悪用されたら困る」

拓磨は警察に電話をかける。

しかし、全くつながらない。聞こえるのは、テレビが壊れたときに鳴る砂嵐のような音である。

「何か砂嵐みたいな音が聞こえる。テレビがつながらないような」

拓磨の感想にゼロアは叫ぶ。

「電波妨害だ！　携帯電話の連絡を何かが妨害している」

「最近の警察は仕事がしたくないから電波妨害を入れたわけじゃないよな？」

「それくらいのことなら私が軽く突破できるはずだ。しかしこれは……」

「『リベリオス』か？」

噂のテロリストが動き出した。しかもこの稲歌町で。

「……間違いない。奴らが動き出したと考えるべきだ」

「目的はゼロのライナーコアか？」

「おそらくそうだろう」

「星を滅亡させたテロリストは加減を知らねえってことか？　携帯電話の連絡を妨害？　そんなことしたら町中がパニックになるぞ？　そいつらは目立ちたくないいんじゃないのか？」

「そのはずだ。急に大規模に攻撃を始めて……。一体何を考えているんだ？」

拓磨は歩くのを早め、ついには走り始めた。

道を100メートル10秒台の猛スピードで走り続ける。

右に曲がり、次を左に曲がり、老人を抜き、主婦を抜き、トロトロ走っている自転車も追い抜いた。

周りの人は、背中に『神罰』と書かれた奇妙なジャージの格好をした大男が猛スピードで道を疾走しているのを、奇妙な目で眺めていた。その人々も携帯電話がつながらないことに不安を感じて、何度も自分の携帯電話を確かめていた。

電波妨害の影響は自分の携帯電話だけではなく、他にも現れている。確かな証拠だった。

もう何度曲がり角を曲がったか分からない。数える必要もなかった。

金城の住むアパートは稲歌高校の近くにあるため、それほど遠い感じはしない。むしろ、いつもは歩く道を走っているため、近く感じるくらいである。

拓磨が次にT字路を曲がったとき、進路方向に古びた木造アパートが見えた。金城の住むアパートである。周りを樹木に囲まれており、外からは一部しか見えなかったが、昨日訪れたアパートである。

(間違いない。こんなに早く再び訪れるとは思いもしなかったが)

拓磨は全くスピードを落とさずにアパートの敷地内に突っ込み、徐々にスピードを落として歩き始める。

アパートの前には10メートル四方の駐車場があった。現在、車は1台も置かれていない。おそらく、車の所有者は全員仕事に行っているのだろう。

車が置かれていなければ子供と遊べるスペースとして、十分な広さを持っていた。運動後に一呼吸置くと、駐車場を通りゆっくりと1階の右端のドアに向かった。

「……『大沢』、違う」

拓磨は隣のドアに向かう。1階には4部屋あり、2階にも4部屋存在している。金城がどこの部屋に住んでいるのか分からないため、一部屋ずつ表札を確認するしかなかった。

しばらくして金城の部屋が見つかった。2階の一番奥の部屋にあった。2階へ続く階段は1階の扉の前にあり、鉄の手すりが備え付けられていた。

しかし、拓磨が手すりにつかまろうとしたところ、重心を失う感覚に襲われた。慌てて手を離し、手すりをよく見てみると根元が錆びてボロボロになっていた。ウェブスペースで見たポンコツウェブライナーを見たときと似たような感情を抱いた。

(間違いなく法律違反だな。まあ、安いアパートだから文句も言えないのかもな)

拓磨は手すりを使わず、階段を上がると一番奥の部屋に近づいていった。2階の廊下にも手すりが備え付けられていた。1階への落下防止のためだったが、こちらも根元がボロボロで寄っかかればすぐに1階に落下しそうだった。

(寄っかかれば事故が起こるな、確実に)

拓磨は手すりを触らないようにゆっくり進むとドアのチャイムを探す。しかし、格安のアパートだからか見当たらなかった。

仕方なくドアを2回ノックする。

(……返事がない)

さらに2回ノックする。

やはり返事がない。

「金城先生、不動です。お待たせしまし……」

すると、突然携帯電話から警報のような音が響き渡る。

道路まで200メートルくらいあるが、難聴の人間が道路を歩いていても驚いて腰を抜かすほどの轟音である。

「青年！　逃げ…」

突然のゼロアの警告。

拓磨は反射的に顔を両腕で覆う。

それと同時に、耳がおかしくなるほどの破裂音とともにドアが吹き飛んでくる。拓磨はドアの突進に押し負け、吹き飛ばされ、1秒後には空中にいた。

どうやら手すりは衝撃に耐えられなかったようだ。

手すりは拓磨との接触であっという間に破壊。破壊された部分から拓磨は宙に飛び出し、仰向けの状態で空を飛んでいた。

腕の隙間から輝く太陽と、雨を降らせそうな入道雲が太陽を飲み込もうとしている空が脳裏に刻まれる。後は重力に任せて地面に背中から叩きつけられるのみ……。

だが、不動拓磨はそう予想通りにはいかない男だった。

そのまま腹筋に力を入れて足を空に向ける。

その勢いを維持すると、自然と体が回転して足が地面に向き、頭が空を向く。

そこで力を入れることをやめると、そのままの体勢で重力に引っ張られ、地面に両足と右手を使い着地する。着地後のブレもなく、体操選手も「素晴らしい！」と言うに違いない見事な着地だった。

しゃがむような体勢で着地した拓磨はゆっくりと立ち上がり、何事もなかったようにアパートの方を見る。そして自分のジャージに付いたホコリを叩き落とす。

「やれやれ、服が汚れちまったな。叔母さんに怒られる」

「だ、だだだだ、大丈夫か!? 青年!!」

「見ての通りだ。それより、何が起こったんだ？」

何が起こったかは一目瞭然だった。

金城の部屋、というより部屋があったスペースが丸々なくなっている。石油の匂いと様々なものが焦げた匂いが漂い、赤い炎が混じった黒煙とともに、金城の部屋から周囲の家屋を包み込むように拡散している。

（そうだ、先生は!?）

拓磨は金城の安否を確かめようと駆け出そうとしたが、そのとき急に、2階の金城の部屋の黒煙の中に青く光る閃光を拓磨は見た。

突然、黒煙を突き破り、何かが空に飛び上がる。10メートルほどの高さまで飛んだ何かは地響きとともに、拓磨の数メートル前に落下する。アスファルトで舗装されていない庭に大量の砂煙が舞う。

「今度は何だ？」

砂煙の中から現れたのはまさしく何かだった。

大きさは1メートル70センチほど。体はゴワゴワと茶色の毛に覆われている。

顔は何本ものシワが集まったようにクシャクシャになっており、口は裂けて耳元まで広がっていた。目の大きさは人間と変わらないが、黒目の部分が、ちょうど上にある空を濃くしたような深い青色をしていた。

頭は真っ白だった。よく見ると頭蓋骨であると確認できた。剥き出しになっているのである。

両腕は大木のように太く、青い血管のようなものが脈動している。両足は腕に比べると短く、体を支えるため太くなっていた。

一言で表現するなら猿であろう。しかも気がくるって、口から白い湯気を吐き出している珍しい猿だ。

「何だ？　これは？」

「青年！　逃げろ！　こいつはライナー波を浴びている！」

「ライナー波？」

拓磨が聞き返す前に、目の前の化け物が拓磨に飛びかかってきた。10メートルほどの高さまで飛び上がる脚力である。まるで放たれた銃弾のように、拓磨に敵意剥き出しで向かってきた。

しかし、拓磨は瞬時に左足を引いて右側に体を反り、避ける。

避けると思わなかった猿は、そのままアパートの周りを囲んでいる木々の1本に突っ込む。

運が悪いことに頭から木の幹に突っ込んだため、脳を揺らされそのまま地面に倒れてしまう。

（あ、あのスピードを軽く避けた!?　それにさっきの空中の動きと今の反射神経。この青年、どんな身体能力をしているんだ!?）

ゼロアは拓磨の動きに驚嘆していた。

「おい、話の続きだ。あれは、ライナー波を浴びて化け物になっちまったということか？」

「そ、その通りだ！」

「つまりあいつは元人間ということか？」

「お、おそらくそうだ」

ゼロアの解答は非常に曖昧だった。

「おそらく？　ずいぶん曖昧だな。お前はライナー波関係の専門家だろ？」

「あんな姿の生物を見たことがないんだ。おそらく、『リベリオス』が独自に作ったものだと思うんだが」

「なるほど。テロリストの方が技術も上か。こっちの武器はあのポンコツウェブライナーだけ。おまけに力は未知数だ。言っちゃ悪いが、分が悪すぎるんじゃないのか？」

（もはや白旗を揚げた方が良いのかもしれない）

「まだこちらにはライナーコアがある！　あれがあればウェブライナーも本来の力を発揮できる！」

ゼロアは負けまいと希望あふれる切り札を主張した。

「あの化け物はどうするんだ？　元人間ならば、もしかして元に戻せたりするのか？」

拓磨は、まだ地面で伸びている猿を冷めた目で見る。

「ライナー波の完全な治療法はまだ確立されていない。基本的にライナー波を浴びた人間は精神面から侵されていく。やがて、ライナー波は心を完全に支配する。支配された人間は考えることができなくなり、本能のままに動きだす」

「本能のまま動く？　まるで動物だな？」

目の前の猿を見ながら、拓磨は納得していた。

「そう、動物だ。その後の過程はまだ分かっていない。今のは昔、ライナー波を浴びた者がたどった例だ。人によって症状は基本的に様々。言えることは、完全な治療法は今のところない。そしてライナー波を得た者は幸せと絶望を両方得るということだけだよ」

「それが超人になるか、化け物になるかということか？」

拓磨は初めてゼロアの言っていたことが理解できた。

「もしくは幸せと絶望が互いに打ち消し合って結局何も変わらないこともあるかもしれないけどね。未知が多いエネルギーだよ」

「じゃあ、あれは？」

伸びていた猿はようやく目を覚ますと立ち上がり、再び拓磨を睨みつける。

「もう手遅れってことか？」

「精神から作用していくライナー波が肉体まで作用している。ライナー波障害の深刻なレベル……おそらく、もう元に戻すのは無理だろうね」

「元に戻す方法は本当にないのか？　何も？」

拓磨は改めて確認した。間違いのないように。そして間違いを犯さないように。

「すまない……。私の知る限り、あそこまで変化した者を戻す技術は惑星フォインではまだ確立されていなかった」

「そうか……。だったら地球じゃさらに無理だろうな」

「その通りだ」

突然、低音で腹に響く声が拓磨の耳に響き渡る。見ると、目の前の猿の目から光線が拓磨の目の前の地面に放たれ、まるで、映画館のスクリーンのように地面が光沢を帯びる。

さらにそこに突然、人の顔が映り出る。

映っていたのはまだ若い青年だった。全身が小麦色、拓磨と同じように筋骨隆々で、見た感じはスポーツをやっていそうな若者だ。上半身が裸で下半身がバスローブのようなもので覆われている。

しかし、若者の髪はまるで虹を頭に塗りつけたかように七色に輝いていた。

「驚いたな、ライナー波は地面をスクリーンに変えるのか？」

拓磨は目の前の光景にも微動だにせず平然と答えた。いろいろ驚くことがありすぎて、もうリアクションを取るのも面倒になったのである。お笑い芸人の偉大さを肌で感じていた。

「おっと……お前か？　わしの部下を叩きのめしたのは？」

拓磨は後ろを振り返り、周りを見渡す。地面の顔が話しかけている相手を探すが、当然自分しかいなかった。

そのとき、拓磨は違和感を覚えた。

静かすぎるのである。あれほどの爆発があったのに消防車の音どころか、人も集まってこない。なぜ誰も来ないんだと拓磨は考えた。

「おい、聞こえているのか？　お前だ、小僧」

「ああ、聞こえているぞ？　どこかの誰かさん」

拓磨は男の会話に軽く返事をして、頭は別のことを考えていた。

（考えてみれば、さっきから人の声がまるで聞こえない。何かあったのか？　電波障害の他にリベリオスは何か仕掛けたのか？）

「ふてぶてしい奴だ。部下に囲まれても平然と切り抜けたというのも納得の態度だな？」

「悪いが自己紹介をしてもらえないか？　あんたみたいな色男、見たことないんでな」

拓磨は軽く冗談を入れる。

「ははは！　こんな状況でも冗談を言える余裕があるのか!?　ずいぶん頑張るじゃないか！」

若者は大笑いした途端に、急に笑い顔が消え、真顔になる。

「さんざん手間かけさせやがって!!　とっととその携帯を渡せ!!」

「『お前の物は俺の物』か？　ずいぶん自分勝手な理屈だな、どこかの誰かさん。正しくは『よろしければ貴殿の携帯電話を拝借できませんでしょうか』。まあ、これくらい言ってほしいな」

拓磨は軽口を叩く。

「いつまでその余裕が続くかな？　悪いがこっちは人質を取っているんだ。この町の全員をな！」

「人質？　まさか!?　あの砂の世界に住人を移動させたのか!?」

拓磨の違和感が現実に姿を現してしまった。

「いやあ、この世界は便利だなあ!?　新しい体は順調！　順調!!　餌さえ補給できれば最高の世界だ！　おまけに餌は現実世界からいつでも狩り放題！　人間をやめて正解だったというもんよ！」

若者は爆笑した。まるで、自分が他の人間よりも一足も二足も先に進んだことに喜ぶように。

（なんてこった。住民の声が聞こえないのはこいつが人質として向こうの世界に引っ張っていったからか。

『リベリオス』、恐ろしい組織だ。今、この世界は携帯電話などの情報機器であふれている。それが無くてもテレビは家庭にあるだろう。

ということは、逃げ場所などないに等しい。住民を全員さらったということもあのウェブスペースへの移動を経験した俺にとっては聞き逃せない事実だ。おそらく、嘘ではない)

拓磨は相手の情報を知るため、とりあえずへりくだって会話をすることにした。

「舐めた口をきいて悪かった。この携帯電話を何に使いたいのかお教え願えませんでしょうか？」

「なんだ？　お前、知らないのか？　お前の携帯のプログラムさえあれば、わしはさらに進化することができるのだ！　ライナー波を浴びてな！」

「青年。こいつの狙いはライナーコアだ。つまり、こいつは『リベリオス』の息のかかった人間だ」

ゼロアは小声で拓磨に囁く。

「ああ、間違いなく関係者だろうな。テロリストと組むなんてどうかしているが、本人はあんまり気にしなかったんだろうな」

拓磨も小声で返す。

2人は相手に聞こえないように小さく会話をする。

「さてと、そろそろ渡してもらおうか？」

若者の声と共に拓磨は後ろに気配を感じる。

振り向くと、どこからともなく現れたアリの頭をした化け物が2体、アパートの方からこちらに歩いて近づいてくる。1体は、黒い縁の透明な箱を両手で持っている。

「その箱に携帯電話を入れろ。万が一、どこかに逃げないようにな」

（おそらくなにか細工がされた箱だろう。ゼロをあの中に入れたら、間違いなく終わりだな。さて……この状況をどうする？）

拓磨は対応に困っていた。

「人質がどうなってもいいのなら逃げても構わんぞ？　お〜お〜、こちらの娘なんか美味そうだ。どれ、つまみ食いとして1人……」

画面上では見えないが地面に倒れているらしい女性を1人つかんだようだった。

「やめ……！」

2人が止めようとしたとき、画像が急に乱れた。

「なっ!?　きさ……ま……や……ろ！」

音声も乱れ、人同士が争う声が画像の奥から聞こえる。その中から忘れようもしない声と姿が拓磨の目に飛び込んできた。

「このやろ!!　葵を放せ!!」

拓磨はその声に即座に反応する。

一瞬だったが間違いない。間違えるはずがない声だった。

「祐司!?」

すると、画面の奥で何か硬い物がぶつかるような音が響き、祐司らしき人物の声が聞こえなくなる。

「く、くそ……！　なんでこの世界で動けるんだ!?　手こずらせやがって……。おい、小僧!!　さっさと決めないとこの馬鹿が死ぬことになるぞ!?　連れの女も一緒だ!!　まとめて胃袋に収めてやる！」

「野郎！」

　拓磨が思わず怒りを露わにする。そのときだった。突然、ゼロアの声が響き渡る。

「分かった！　……私の負けだ」

「お？　なんだ？　諦めが早いじゃないか？　もう少し粘るかと思ったのに拍子抜けだな？」

　若者の生意気な声がアパート前にこだまする。

「ゼロ。俺の勘だが、奴はきっと人質を解放する気なんかねえ。ただ殺すことを楽しんでいるだけだ。お前が行けば状況はさらに悪くなる。ライナーコアを渡すことは、テロリストに核兵器を持たせるくらいまずいことだろ!?　違うか!?」

　拓磨は小声で必死にゼロアを説得する。ゼロアも小声で拓磨に返す。

「君は本当に洞察力が鋭いな。おそらく、その通りだ。奴らは人質を返す気なんかない。このままいけば遅かれ早かれ人質は全滅する。適切な処置もなしにウェブスペースに引っ張り込まれたら、人質の体が持つかどうかが心配だ。一刻も早く助けなければいけない」

「だったら、ここは協力して奴らから人質を奪還するのが理想だろ？」

　拓磨の提案をゼロアは笑った。

「ふふふ……、協力者になる気はないんじゃなかったのか？」

「奴らは俺の友人を巻き込みやがった。それだけじゃねえ、この町の大勢の市民もだ。ライナー波みたいな訳の分からないオカルトを少しも知らず、平穏な日々を過ごしていた彼らを無理やり争いに巻き込みやがった！　そんな最低限の倫理も分からねえ奴らを放っておけるわけねえだろ！」

もうすでにリベリオスの脅威を拓磨は目の当たりにした。自身の目で、耳で。

もはや何の疑いの余地もない。奴らを止めなくてはならない。

「素晴らしい回答だ。やはり、君をあの世界に連れていって良かった。そんな君に頼みがある」

「頼み？」

「奴らの狙いはライナーコアだ。おそらく、私を連れてウェブライナーまで案内する気だろう。だが、コアはすでに私の服にデータ化されている。つまり、私がいればウェブライナーは起動できるわけだ。彼らの隙をついてウェブライナーを起動させる。彼らと戦っている隙に人質をこちらに戻す方法を探してほしい」

(何の専門知識もない俺が、どうやってこっちの世界に戻せばいいのか、まるで分からない)

無理難題に拓磨は素直に返事ができなかった。

「方法を探す？　どうやって？」

「問題は住民全員をウェブスペースに転送させる装置の場所だ。これだけ大規模な装置だ。ウェブスペースとこちらの世界、両方に存在するはず。もし、どちらかを壊せば緊急装置が働いて彼らをこちらに戻すことができるはずだ。さすがにもしものときの安全装置を外すことは、奴らもしないだろう。自分たちに危機に陥ったときに使う必要があるからな。それを逆に利用するんだ」

（原理はなんとなく分かったが、問題はその場所だ）

拓磨は、全く見当がつかなかった。

「こちらの世界にその装置があるっていうのか？　一体どこに？」

「分からない。だから、君に頼むんだ。無茶苦茶な願いなのは分かる。だが、引き受けてくれないか？」

「仮に運が良くて装置を破壊したとしてお前はどうする？　町から逃げるのか？」

「私のことは心配しなくてもいい。いざというときはライナーコアを暴走させて自爆する。ウェブスペースがなくなるほどのエネルギーを発生させられればいいが、たぶん私だけでは無理だろうな。それでも『リベリオス』をしばらくは再起不能にできるだろう。君が年を取って、死ぬくらいまでは」

拓磨はゼロアの発言につなぐ言葉が見つからなかった。

「ははは、愚かだろう？　何も解決してない。馬鹿な選択だ。だが、私1人の命で、君たちを災いから何十年も避けることができるのなら、安い物だと思っている。そしてそれを選んでも別に後悔はない。むしろ満足だよ」

「なぜそこまで……この世界を守ろうとする？　宇宙人のお前にとって、そこまで大切なのか？」

拓磨の質問にゼロアは少し間を取って答えた。

「君はウェブスペースで私と話したとき、私に『恩がある』と言ったね？」

「ああ」

「私もなんだ。昔、この世界の人に命を救われた恩がある。本来、私はこうしてここにはいられない存在なのだよ。とっくに消えている存在なんだ」

「だったら、命を救ったその人たちのためにも死ぬべきじゃない」

「心配するな、青年。死ぬつもりはないよ。もしものときだよ、もしもの……ね」

2人の小声での会話で、拓磨はゼロアの声がだんだんと弱くなっていくと思った。しかしその声から不安よりもむしろ覚悟を感じ取ることができた。

先ほどから拓磨に向かって放った言葉は、同時に自分にも言い聞かせているのだろう。これからの行動のために自分を奮い立たせているように思えた。

「分かった。ゼロ、悪いがお別れだ」

「ああ、頼んだぞ。青年」

拓磨は携帯電話を黒い箱の中に入れる。

「そうそう、それでいい。大人しくこっちの言うことに従っていれば別に危害は加えない」

拓磨から携帯電話を受け取ったアリの化け物2体は、急に赤い電流が皮膚の表面を走ったかと思うと突然、全身がブロック状に分解していき、徐々に頭から消えていく。ゼロアの入った箱も同じように消えていく。

拓磨はゼロアを見送ると再び、地面の映像の顔を見下ろす。

「さてと……次はお前の始末だな。お前はさんざんこちらに恥をかかせてくれた。ヤクザがどこぞの高校生に叩きのめされたとあっちゃ、こちらの顔が立たないだろう？」

「そちらの要求には従ったんだ。人質を解放してもいいんじゃないのか？」

「ふははははは!!　おめでたい奴だな！　まさか取り引きだとでも思っているのか!?　違うぞ！　これは取り引きなのではない!!　一方的な命令だ!!　お前に要求を述べる権利なんてない!!　当然、わしもお前の言葉を聞く必要なんてない。分かるか？　小僧。残念だったな？　これが大人の世界だ」

映像の発言を拓磨はほとんど無視していた。

「ではふたつ確認させてくれ。これは要求じゃない。頼みだ」

「確認させてくださいだろう？　敬意を払え！　ガキが！」

「確認させてください、相良宗二郎様」

突然、名前で呼ばれたことに映像の若者は目を見開いたが、慌てて余裕の顔を取り繕う。

「ほう？　この姿を見て、よくわしだと分かったな？」

「あの携帯電話の住人からライナー波のことは聞いていたんだ。この世のあらゆる法則が通用しないオカルトエネルギーだってことはよく分かった。ライナー波は人を化け物にすることができる。それ以外に、人を超人にすることもできると言っていたな？　もしかしたら、あんたは誰かが超人になった姿じゃないかと思ったんだ。では、問題は誰が変身したのか？　さっきから、『ヤクザ』だの『恥をかかせた』だの、しゃべっている内容から推理すれば、答えは相良組の親分だろうなって誰でも気がつくことだ」

「……ふん！　その状況でよくもまあ落ち着いていられるもんだ。高校に通っている奴とは思えん！」

拓磨は笑みを浮かべた。

「褒めてるのか？」

「馬鹿さ加減に呆れているんだ。すぐ死ぬにも関わらず呑気に推理ごっことはな！」

先ほどまで、映像を目から放ち、硬直していた猿が再び活動を始める。全身の筋肉を震わせ、敵意剥き出しの雄叫びを上げてこちらを威嚇してくる。

「さて、もうひとつの確認はいいのか？　それとも状況がおかしくなって、それどころじゃないか？　ふははははは!!　なんとか言ってみたらどうだ！」

拓磨はあくまで冷静だった。淡々としている。

「では、お言葉に甘えて。……目の前の猿は一体誰が変化した奴なんでしょうか？」

「くくく……誰だと思う？　聞いて驚け！　お前の教師だ！」

（やっぱりそうか。先生の部屋から飛び出してきたから、なんとなくそうじゃないかと思っていたが。できれば外れてほしかった……この勘だけは）

拓磨は顔を悔しそうに歪めて目の前の猿の化け物を見る。

「運の悪い教師だ！　ライナー波の実験台で選ばれたんだ！　分かるか!?　お前があの携帯を持っていたから、こいつは化け物になったんだよ！　お前を殺すためにふさわしい実験台としてな！」

（俺を殺すための実験台。そうだとすれば、俺がいなければこんなことにはならなかったのかもしれない。俺の責任は大きい。少なくとも人の人生を狂わせてしまうほどに）

「……申し訳ありませんでした、金城先生」

拓磨は深々と頭を下げる。

今さら謝罪したところで何かが変わるわけではない。そんなことは分かっていた。

だが、拓磨は謝らずにはいられなかった。

返答など求めていない。ただ謝りたかった。

金城を巻き込んでしまったことへの謝罪、そしてどうにかしてこの状況を変えることはできなかったのかという自分への怒りが自然と言葉の語尾を強めた。

「足らんぞ！　足らん!!　貴様の罪はその程度では消えん！　土下座だ！　土下座をせい!!」

拓磨は礼をしたまま数秒、動きを止めた。

ただでさえ人がいなくなり沈黙が支配する世界で、時さえも止まったかと思うほど微塵も動かなかった。

そして拓磨は、顔を上げないままゆっくり地面に膝をつくと両手を地面に置き、頭を泥の地面に密着させるように頭を下げた。

「申し訳ありませんでした！　金城先生‼」

「ふはははは！　本当にやりおったな！　お前には恥もプライドもないのか⁉　こんなに愉快なのは久しぶりだ！　あれほどわしを苛立たせた張本人がこうもあっさり崩れ落ちるとはな！」

相良は拓磨を指さしながら大笑いをしていた。拓磨は土下座をしていて前が全く見えていない。ただひたすら地面を見つめている。その表情はこの世の誰も確認できなかった。泣いていようと怒っていようと悔やんでいようと、どんな表情も判別不能だった。

「くくく……さてと、それでは先生。トドメを刺せ。じゃあな、小僧。もうすぐ、他の奴らも大量にあの世に行くから先に行って待っているんだな」

何の躊躇もなく、汚物を見るかのような目で相良は化け物と化した金城に命令した。

猿の目から光線が消え、地面に映されていた相良の姿も消える。

金城は、まるで罠にかかり動けなくなった獲物を狩るようにゆっくりと近づいてきた。焦りもせず、急ぎもせず、ただトドメを刺すために歩みを進めてきた。

拓磨はゆっくりと下げていた頭を上げる。地面に頭を着けていたので、パラパラと砂の汚れが頭から膝の上へと落ちる。その砂が太陽の光に反射し、拓磨の目から流れる涙のように金城の目には映っていた。

拓磨は真剣な顔の表情を変えず、化け物と化した金城を見つめる。まるで死刑台に臨む死刑囚のように全てを覚悟した意志がその目には宿っていた。

そして、ついに拓磨の目の前に金城は立ちはだかった。拓磨が座っているせいか、明らかに金城の方が大柄に見える。

拓磨の黒い目と金城の青く光り輝く目が、瞬きひとつせず互いを見つめる。

そのまま金城は右手を振り上げた。

猿の化け物へと変化し、鋭く尖り変色した黒い爪が鈍く光る。切り裂かれたら人間の皮膚なんて簡単に破けるであろう。おまけに救急車も通報者も医者もいない、町のライフラインが全て機能停止している現在の稲歌町では、大きな傷はそのまま死を意味していた。

(先生、すいません。俺にはやらなけりゃいけないことがあるんだ)

拓磨は最初から死ぬつもりなどなかった。金城が動き出したら、攻撃を避け、一刻も早く装置を探しにいくつもりだった。

拓磨の心中は不思議と穏やかだった。

相良に嘘を言われたことも、馬鹿にされたことも、腹が立たなかったといえばもちろん嘘になる。自分のせいで巻き込まれたということにもいくつか疑問が残る。言い返すこともできた。

しかし、それを金城の前で見せるのはあまりにも失礼なことに思えた。もう、彼を救う手段はないのである。少なくとも今は。望みもない彼の前で、人間として生きている自分。罪に関する価値観の言い合いなどしても意味がないだろう。

金城はこれからどうなるのであろうか？

おそらく、相良の手先となって人を襲う道具にされるだろう。犠牲者は増え続け、襲われた人間が化け物になり、さらに増えていくことも考えられる。

無限に続く負の連鎖。断ち切るならば今しかない。それにはあまりにも残酷な方法をとるしかないのだ。

（殺す。そして無駄な犠牲を増やさないようにする。それしかないのか？　いや、今はそれしかないんだ。だが、相手は先生だぞ？　そんな身勝手な理由で行動してもいいのか？）

拓磨は金城の目、そして振り上げた手に神経を集中させた。勝負は一瞬。攻撃を避けた隙に剥き出しの頭に蹴りを叩き込む。

いくら、体を変化させても、頭をやられて平気な奴はいないだろう。

（できれば、殺したくはない）

気絶程度で済ませたいのが本音だ。人間の力が通用するかどうかはこの際考えない。やってみなければ分からない。通用すると思うしかない。

（だが、仮に気絶させてもその後、どう対処すれば良い!?　先生にこの姿のまま生きろというのか!?　そして人を襲えと？　俺は……どうすればいいんだ？）

1秒……2秒……3秒……4秒……。

互いに全く動かず時間だけが過ぎていく。

ついに、そのときが訪れた。

開始は突然だった。金城の豪腕が素早く振り下ろされる。拓磨は本能的に攻撃を回避しようと、正座の状態から右側に素早く転がる。

そのとき、何か硬い物を突き破るような音と柔らかい物を潰す音が、同時にアパートの前庭に響いた。

「せ……先生？」

拓磨は呆然とした表情をしていた。

そこには想定していなかった結果があった。

金城の腕は拓磨を貫かなかった。代わりに貫いたものがあった。

毛で覆われ鋼鉄板のように硬く、鳥の胸のように発達した猿の化け物の胸だった。

彼は自分自身を貫いたのである。

傷口から虹色の液体がこぼれ始め、金城は前のめりで地面に倒れる。その衝撃で、体内で止まっていた腕が背中まで貫通し、虹色の液体と肉片をまき散らし飛び出してきた。

拓磨は一瞬状況を飲み込めなかったが、すぐに倒れた金城の元に駆け寄る。

「金城先生！」

「フ……不動……カ？」

金城の声と低い獣の声が混じり、かすれた合成音が拓磨の耳に届く。同時に口からはシューシューと空気が漏れるような音が発していた。肺に穴が空いて傷口、もしくは喉から空気が漏れているのだろう。

「意識があったんですか!? だったら、なぜ自分を刺すようなことを!?」

「ふふふ……馬鹿野郎。教師ガ生徒を傷つけてどうするんダ?」

金城は声にはかすかに笑い声を含まれていた。

まるで最後の最後で自分の思う通りの選択ができ、それが実を結んだようだった。顔はすでに人の形をしていなかったが、それでも微笑み安らいでいるように拓磨には読み取れた。

「今すぐ手当てを……!」

「止めろ。……これでいいんだ。いいんだヨ、不動。俺ガ生徒を……誰かを傷つける前ニ死ぬことができて本当ニ良カッタ」

「俺が巻き込まれなければ……! 先生の近くにいなければこんなことにはならなかったかもしれないのに……!」

「お前のせいじゃナい。お前に会う前から、おかしくなっていたんダ、俺は」

「え?」

金城はゆっくりと横に転がると仰向けになる。その最中にも虹色の液体は傷口からこぼれ落ちていた。どうやら血のようなものなのだろう。本来ならば赤黒いその色も、人ではない証とばかりに神々しく輝いていた。

「少しダケ……時間をくれ……。お前はこの後どこかに行くんだろ？」

「……はい。借りた恩があるんで返しに」

「そうか……。じゃあ、なるべく早く話さないとな？　遺言だからといって無駄に長くはできないな」

もう金城は完全に死を受け入れていた。だから、ここまで穏やかなのだろう。取り乱すことも命を求めることも何もしようとしなかった。

淡々と自分の死と向き合っていた。どこか美しさすら感じられる光景だった。

「俺は……先生なんて呼ばれる人間じゃないんだ。前にも話したと思うが俺が学生だったとき、恋人ができて、後に妻になってくれたんだ。娘もできた。今は……離婚して別居中だけどな」

拓磨は答えることなく黙って聞いていた。

「突然、離婚を向こうから切り出されたときは、訳が分からなくなって頭が錯乱した。自分でも信じられないほどに荒れて……気づいたら2人は目の前にいなかった。家から出ていったんだよ。俺には離婚の理由が分からなかった。特に問題もなく、家族をしていたんだ。けど、最近になってようやく分かった。その原因が」

「……何ですか？」

「会話がなかった……いや、俺の方から会話をなくしていたんだ。娘が携帯電話を買ってからな」

拓磨は納得できなかった。

「携帯電話があればどこでも話せる。むしろ、会話は増えるのではないんですか？」

「最初は俺もそう思ったよ。携帯電話は人の生活を便利にしてくれるって。確かに便利になった。妻や娘と話さない日はなくなった。けれど、それ以降携帯電話を使って会話することがどんどん増えていって、気づいたら直接会話することよりも携帯電話を使うようになっていた」

そのとき、金城が口から虹色の液体を吐き出した。そして何度もむせかえり、呼吸が荒くなる。

「先生、もう話さない方が……」

「言わせてくれ、不動。頼む」

金城は制止を振り切りながら再び、話を始める。口から蒸気のように白い煙が立ち昇っていた。

「結局離婚の原因もそれだろうな。不思議なもんでなあ……携帯電話で会話に慣れると時々忘れちまうんだよ、どうやって会話をしたらいいのか。それで、自分の慣れているやり方にどんどんはまっていって……まるで底なし沼だな。止まらなくなっちまう」

「しかし、先生は俺と顔を見て話してくれたではないですか？　たとえ、携帯電話が家族を失う原因になっても、先生は今も現役で教師を続けて生徒を教えているでしょう？」

拓磨のフォローがむなしくその場に響いた。

「できるだけ、生徒には直接人と会話をすることを勧めたいと思ったんだ。俺の二の舞にならないようにな。俺みたいに……便利に魂を売った人間にならないようにな」

「少なくとも、俺には分かりました。きっと他にも分かってくれた生徒がいると思います」

「不動……。俺みたいな奴は他にもたくさんいる。もしかしたら俺みたいな目に遭う奴もな」

「……はい」

拓磨は黙ってうなずいた。

「俺はお前のせいでこんな姿になったんじゃない。たまたまこんな姿になる俺がお前のそばにいただけだ。だから……お前は悔やむな。いいな？」

「……はい！」

拓磨の声はいつの間にか震えていた。

「どうして俺がこんなことになったのかは分からない。お前もこれからどうなるのかは分からない。ただ……これだけは約束しろ。必ず生き残れ。こんなふうに死ぬんじゃないぞ」

「……分かりました。約束します」

金城の体は、両足の爪先からゆっくりとガラスが割れるように壊れていく。

「先生、体が!?」

「……もう全部言いたいことは言った。それに不思議と気分が穏やかだ。死は怖いと思っていたんだが、それもない。たぶん、死ぬときに誰かそばにいたからだろうな。……ふふ、お前なのが残念だが」

「……本当ですよ。なんで俺が先生の死を看取らなきゃならないんですか？」

拓磨は無理に笑いを取り繕った。

金城もそれを見て獣の顔を歪ませる。

「ははは……本当だな。だが、そのおかげで生徒に看取られて死んでいけそうだ……。教師としては最高の終わり方だ。ありがとな……不動」

その後、金城の口からは何も発せられなかった。完全に崩壊が頭まで進み、そして風に舞う砂のように輝きを放ちながら消えていく。

もう、そこには誰もいなかった。拓磨を見つめる者は誰もいなかった。拓磨に語りかける者も誰もいなかった。

「これは冗談か？　だったら、本当に笑えねえ冗談だなあ」

他人に言った言葉ではなかった。

目の前で死にゆく者に対し、話を聞いてやることしかできなかった自分への収まることのないやるせなさ。

そして、それを仕組んだ者への激しい怒りがついに拓磨の心を鬼へと変えた。持て余した怒りが荒波のようにうねり、噴火した火山のように爆発を繰り返していた。

（相良宗二郎！　てめえの顔ははっきり覚えたぞ！　地獄を見せてやるから覚悟しろ！）

拓磨は金城の部屋から出る黒い煙を背に、早歩き、かつ大股で未舗装の道からアスファルト道路へと歩いていった。

日はまだ高く、正午を少し過ぎたところだろう。本来ならば、車通りがある道路も今は誰も歩いていなかった。住宅にも人の姿はなく、飼い主が突然消えたであろう猫や犬が、行く当てもなく道路に出ようとした。

そして、そこで人の姿をした鬼神と出会った。拓磨のその風貌から放たれるあまりの恐怖に命の危機を感じ、慌てて家へと逃げ込んでいく。

いつの間にか、青い空は黒い雨雲で覆われていた。まるで、太陽がこれから起こる地上での災いを見たくないために顔を隠したのかのように。

もうこの地球上に拓磨を止められる者はいなかった。

第五章「絶望の誕生」

リベリオス襲来

同日、午後1時47分、ウェブスペース。

一方、ウェブスペースに連れていかれたゼロアは、驚きの連続に遭遇していた。

まずひとつ。どこを見ても人しかいない光景。全員、寝ているように倒れていた。

本来ならばウェブスペースに人がいるわけがない。ライナー波による適切な変換を受けなければ来ることのできない異次元のような場所に地面が見えないほど大量の人がいることは驚異以外の何物でもなかった。

そしてふたつ目。ちょうどゼロアの目の前にいる上半身裸、下半身がバスローブ1枚のハレンチな男。

ライナー波を浴びているはずなのに人の姿のままでいる。すなわち、超人である。超人は化け物に比べて明らかに数が少ない。それは、ライナー波による精神汚染に耐えられるだけの抗体があるからこそだ。

もちろん、悪いところもある。普通の生活はできないことだ。

そして最後に一番驚いたこと。

リベリオスや自分と全く関係のない一般人が、本来ならば環境に適合できず動けるはずのないウェブスペースで、なぜかピンピンと動いていること。

「は、放せえええええ!!」

祐司は巨大な触角の頭を持つアリの化け物に、両腕を後ろに回され、地面に押さえ込まれていた。暴力を振るわれたようで、右目の下が痣になっており、口を軽く切って血を流していた。

相良はその祐司の頭をはだしの足で踏みつけている。

「少しは黙ることを知らないのか？　小僧。そもそも、こうして動いているのがおかしいんだ。それを面白いから、生かしているというのに。あんまり騒ぐと誰よりも先にあの世に逝かせるぞ？」

「どうせ生かす気なんかないくせに！」

「ほう？　よく分かっているじゃないか。正解した褒美に頭を潰してやろう」

相良は徐々に祐司の頭に体重を加える。あまりの重量に祐司は悲鳴を上げる。

「もう止めろ！　私を捕まえたんだ！　その子は関係ないだろ！」

相良の目の前で赤く光るロープを両手両足に巻かれ、正座をさせられているゼロアが仲裁に入る。

「関係ない？　他の奴らを見てみろ？　みんなぐっすり眠っているのにこいつだけピンピンしているんだ？　関係ないってことはないだろ？　ゼロ君？」

「……その名前を呼んでいいのは私の友だけだ」

「そうか？　では気色悪いコスプレ君。こいつの頭を潰されたくなかったら、さっさとライナーコアとやらを渡してくれないか？」

「情けない姿だな、ゼロア」

相良の声の後、どこからともなく音響器具で拡大された音声が直接耳の中に響いてくる。脳に直接話しかけてくるような感覚に陥る。

その声は冷たく、ゼロアにとっては忘れられないほど聞き慣れた声色だった。

「ラインか？」

ゼロアはその声の主を知っているように尋ねる。

「久しぶりだな。16年……いやそれ以上か？」

「お前のことはまるで昨日のように思い出す！　あの場で確実に止めるべきだった！」

ゼロアの怒りも声の主には届いていなかった。

「私にはまるで遠い過去のように思えるな？」

「貴様……！」

「おっと、お前とはいろいろ話したいこともあるが、まずはブツを見せてもらおうか？」

「……ここにはない」

「ミスター相良」

　ラインの指示で相良は、再び祐司の頭に置いた足に力を入れる。再び、祐司の悲鳴が周囲に響く。

「ライナーコアを持ち歩いたまま、私が来ると思うか⁉　そんな危険を冒す男だと思うのか⁉」

「ふむ。まあ、そんな馬鹿なことはできないだろうな、普通は。ミスター相良。ひとまず休憩だ」

　相良は舌打ちをしながら祐司の頭を踏みつけるのをやめる。

「嘘を吐いている可能性もあるんじゃないのか？」

　相良は宙に向かって問う。まるで透明人間と話しているかのように声が返ってきた。

「当然だ。少しお前の体を調べさせてもらおう」

　すると指を弾く音が聞こえる。途端に甲高い音が鳴り響き、白い体を持ち黄色い目を持つ蟻がゼロアの周りに現れ、目から黄色い光線をゼロアの体に当てる。

「こいつらもお前が作ったのか？」

「いや、作ったというよりも偶然できたといった方がいい。ライナー波は未だに謎が多いエネルギーだ。こいつらは研究の過程でたまたまできた。普通のアリ型よりも動きが鈍い。だが、ライナー波を感知する力はまさに犬並みだ」

(まずいな。私が思うよりも、こいつらの技術ははるかに進んでいる。どう対処すればいい？　私1人で)

ゼロアの焦りは募る。

検査は10秒ほどだった。蟻の目から放たれた黄色い光線が消え、蟻も頭部から徐々にブロック状に分解していき、消えていく。

「結果は？」

相良の問いにラインは答えなかった。ただ、その場に静けさが存在し、その場を支配し続けた。

「ふむ。どうやら言っていることは正しいらしい。お宝は別の場所のようだ」

ゼロアはこの言葉を聞いて、顔には出さなかったが内心は安心したとばかりに穏やかな笑みを浮かべていた。

(こちらも今まで何もしてなかったわけじゃない。ライナー波で動きを感知されることはすでに予測済み。その結果できたのが、この白衣だ。だてにこんな服を着ているわけじゃないんだ)

「さて、それじゃあコアの所まで案内してもらおうか？」

ラインはゼロアを促した。

「念のため、こいつを人質にしていく。何かあったら……どうなるか分かるな？」

相良は無理やり、祐司を立たせると、祐司の首筋に手を刀のように叩く真似をする。顔は意地悪い満面の笑みだった。

（つくづく不愉快な男だ。だが、これで余計に失敗できないな。とにかく、人質を解放しなければいけない）

ゼロアは歩き出そうとした。

「おっと、言い忘れていた。行くのはお前1人だ」

ラインの言葉にゼロアは足を止め、相良たちの方を向く。

「なぜだ？　私を監視しなくていいのか？」

「お前が人質を置いて逃げる男ではないということも私はちゃんと理解できている。ゼロア、お前はあまりに勝負の分が悪すぎるのだ。余計なことをしても別に構わん。ただ、人質がそのたびに10人ほど餌になってもらうことになるがな」

ラインの忠告にゼロアはしばらく沈黙した後、祐司の方を向く。

「……そこの少年」

ゼロアは祐司を向いて言葉をかける。

「え？　……お、俺？」

「必ず助けにくる。君だけではなくて他のみんなもだ。だから、待っていてくれ」

「素晴らしい別れの言葉だ。さあ、頑張って持ってきてくれ」

ラインの皮肉に答えず、ゼロアは目をつぶると光のように全身を発光させ、砂のように消えていく。

ゼロアが消えた後、相良は会話を始めた。

「なぜ監視を連れていかないんだ？」

「何度も言っているだろう？　あいつは人質を見捨てるような男じゃない。これ以上の答えがあるか？」

ラインは簡単に答えた。

「コアを持ってくるという保証は？」

「この状況でハッタリが通用するほど、甘くはないということも奴は理解している。いやあ、それにしてもガッカリしたな？」

ラインはため息をついた。

「ガッカリ？　何をガッカリしたんだ？」

「まさか、あんな安っぽい迷彩しか作れないとはな」

全ての努力が無に帰すとはこのような瞬間のことを言うのだろう。ラインはゼロアの情けなさに失笑していた。

「何!?　迷彩ってことは何かを隠していたのか？」

「ああ。ライナーコアをデータにして服に隠していたよ」

ラインは当然のように答えた。

「なぜ目的の物があるのにわざわざ取りに行かせるような真似をしたんだ!?　意味がないだろ？」

「ふふふ、簡単なことだ。目的の物はライナーコアじゃない。そもそもライナーコアなんてこちらには山ほどあるんだ。それも改良し、より出力を上げた最新型が山ほどな。はっきり言って、奴の手にある旧式の物なんていらないくらいだ」

「……お前の目的の物とはなんだ？」

　相良の問いにラインははっきりと答える。

「電脳将『ウェブライナー』。こっちの世界の巨大兵器だ」

「ウェブライナー？　……おい、敵に兵器を渡してどうするんだ!?　もし、襲ってきたら……」

「心配無用だ。そう焦るな？　過去のポンコツロボなんて、データも昔すでに取ってあるし、はっきり言って瞬間的に破壊できる代物だ。心配するだけ損ということだ」

　ラインは相良の会話を中断するように話し始める。

「お前のやりたいことが分からん」

　ラインは相良の理解力のなさにイライラしていた。

「ライナーコアもウェブライナーもまとめて手に入れたいんだ！　これで分かったか？」

「ライナーコアはウェブライナーの何だ？」

「エンジン」

「ああ、なるほど！　わざわざこっちから出向くより向こうが持ってくるのを待って一網打尽にした方が早いってことか!?」

（やっと分かったか？　この四流ヤクザが）

ラインが心の中で相良をけなしているとき、祐司の頭の中では情報整理が大変だった。

いきなり訳の分からない空間に誘拐され、化け物が目の前にいて、変な男が助けてくれる。

（これでどうやって理解しろと？　ただひとつ分かることは……あの男、すごいピンチだってこと）

祐司は口の中で、殴られたときの血の味を噛みしめながら、絶望的な不安を感じていた。不安の味はどことなく苦く、二度と味わいたいものではなかった。

踊らされる者

ゼロアの到着とともに、全長20メートルの鈍い銅色の巨人が片膝をついて主の搭乗を待っていた。

この前のガラクタがきちんと腕と足の付いたロボットに変化していた。ゼロアが動けるように直したのである。

顔は前みたいにリンチにあったような変形はしておらず、職人が磨いたように光沢を放っている。まるで仏像のような顔をしている。

腕は大木のように太い。肩から両腕までのラインはまさに人間そのものである。筋肉質な人間の型を取って作られたのであろう。左右均等に整えられて、美しいという言葉が当てはまる。一種の芸術作品のようであった。

両足は、今回はねじ曲がっていない。胴体を支える重要なパーツとして見事に存在感を放っている。太腿から膝までのたくましさ、膝から爪先までの流れるような流線型は金属の光沢もあり、美脚モデルの足の曲線と勘違いしてしまうほどため息が出る一品である。

前回の悲惨な登場が夢のように思えるロボットが今、ゼロアの目の前に膝をついている。

「ウェブライナー、頼む。私に力を貸してくれ」

ゼロアが手をかざすと、ロボットの胸が紫色に輝き、徐々に光を放ち始める。その光が周囲を照らし始めると、ゼロアの体も紫色に光り始める。

次に放たれた光が胸へと逆流するように吸い込まれていく。その流れによりゼロアも光の中に吸い込まれていく。

次にゼロアが目を開けたとき、はるか下に地面が広がっていた。自分の腕を見てみると鈍い銅色に輝く剛腕がそこにあった。

ゆっくりと立ち上がると、今まで見たことのないほど遠くが見える。

それもそのはずだ。今の彼は20メートル近い長身。少し動くたびに鎧の金属同士が擦れ合う鈍い音が響き渡り、ロボットの重量感と雄々しさを周囲に知らしめている。

(システムチェック。どこも異常なし)

「どうやら機能そのものに異常は見当たらない。私が現実世界にいる間に敵にトラップを仕掛けられた可能性はない」

巨大なロボットはゆっくりと歩き始めた。歩くごとに2メートル近い土煙が舞い、象の大群が一斉に地面を踏むような地響きが響き渡る。

ゼロアはこれからのことを考えた。

（まずは装置を破壊する。おそらく、現実の人間をウェブスペースに存在し続けさせるには、常時何らかの装置を動かしておく必要がある。おまけにあの大人数だ。相当規模が大きい物だろう。もし、装置が破壊できれば人質は現実世界に強制送還だ。

そうすれば、こちらの戦いに人間を巻き込むことはない。安心してラインたちの相手ができる）

ロボットは次第に踏む力を強め、加速していく。腕を振り、陸上選手のように走り始める。

（現実世界のことは青年に頼んだが、奴らのことだ。何か裏があるに違いない。頼む、青年！　私がかたをつけるまで無事でいてくれ！）

ゼロアが相良たちの元から去ってからしばらくして、はるか彼方に相良の目は小さな人影を捉えた。

「あれがお待ちかねのものか？」

「そうだ。やはり約束は守る奴だな。それだけは昔から変わっていない。まあ、そういう奴は、いつもそれで馬鹿を見るんだがな」

（あれがロボット？）

最初は疑問を抱いていた祐司だったが、その姿が徐々によく見えてくるにつれて、不安の他に希望が湧き上がってきた。

間違いなく、アニメなどでよく見るロボットだ。全身一色であまりにもシンプルすぎるのが少し残念だが、それが逆に渋さを演出している。無駄な物は一切持たず、着実に仕事をこなす、できる男ならぬできるロボットの風格を感じることができた。

しばらくして、相良たちの前5メートルくらいの所にロボットは止まる。20メートルのロボットの存在感は相良たち、人並みの大きさの連中には圧倒的だった。先ほどまで劣勢だった状況が一気に逆転した雰囲気を祐司は感じた。

「おい、本当に打つ手はあるんだろうな？　まさか、余裕を見せて内心焦っているということはないだろうな？」

「ふふふ、さあ？　どうだろうな？」

「監視もつけないとはずいぶん余裕だな？　ライン」

ウェブライナーからゼロアの声が拡大されて響き渡る。

「そちらを信頼したまでだ。ゼロア」

（嘘つけ、全部知っていておまけに監視していたくせに）

祐司は心の中で、どこからともなく聞こえてくる声の主に突っ込んだ。

一方ゼロアは、ウェブライナーの視覚機能を最大限まで働かせた。

（さあ、どこだ!?　どこに装置がある!?）

ウェブライナーの目が相良たちに分からないように小さく収縮し、現状のデータが数値化され、ゼロアの頭の中に入ってくる。

サーチ（索敵）機能というものだ。周りの状態を分析し、それをウェブライナーのシステムを利用して処理する。

本来はこんな土壇場で使用するものでなく、安全な所から敵の情報を得るための機能なのだが、この緊急事態に文句は言ってられない。

「さてと、選択肢はお前にやろう。取り引きがいいか？　ここから逃げるのを見逃すのがいいか？」

「もちろん、取り引きだ。こちらの材料はライナーコアとウェブライナー、おまけに私の身柄つきだ！」

（町の人間を全て移すだけのエネルギーを持った装置だ。小さくても目に見える大きさはあるはず、どこにある⁉）

口では要求に応え、頭では状況を打破するための装置探しを行うという器用な芸当をゼロアは行っていた。

「ははは、それはずいぶん大盤振る舞いだな？　さすがはウェブライナーのガーディアン。惑星フォインの人々のために選び抜かれたことだけはある」

（そんな馬鹿な⁉　装置がない？　サーチ機能は正常なのになぜ見つからない？　装置は今も稼働しているはず。ならばライナー波の反応が出ているはずだ。なのになぜ見つからない!?）

　なぜか見つからない目的のものにゼロアは焦る。

「そちらの要求は？」

「ところでひとつ聞いていいか？」

「なんだ？」

　先ほどから笑っていたラインだったが急に真剣な声が響き渡る。

「さっきから、何を探しているんだ？」

「な、何のことだ？」

（バレていた？　まさか。ライナー波で異常な感覚を持った超人さえ識別できないほどの精密さでサーチ機能を動かしたはずだ）

　ゼロアは、表面は冷静さを保ったが、内心は事態の深刻さに焦りが募っていた。

「ゼロア。あまり私をがっかりさせるな？　お前と最後に会ってから一体どれくらい経っていると思うんだ？　1カ月前の技術でさえ過去の遺物と扱われていたフォインの者に対して、そんなポンコツの機能がまだ通用すると本気で思っていたのか？」

「ちなみに探しているものはこいつか？」

　相良は歯を見せて笑う。前歯に1本だけ黒い歯が差し込まれていた。しかも、ごく短い間隔で時計の針のような音を出している。

（まさか、ライナー波に汚染された超人の中に装置を紛れ込ませたのか!?　しかも、あんな小さいものが装置だと!?）

「昔から言うだろう？　木を隠すなら森の中、ライナー波を隠すならライナー波の中だ。技術の進歩もすごいだろ？　確かに昔はビルひとつくらいの大きさの装置が必要だったかもしれないが今はこの通り、入れ歯サイズまで用意できる。まあ、さすがに現実世界のものはこんなにコンパクトにはできなかったが。圧縮技術とは素晴らしいな」

ライン の演説などゼロアは全く聞いていなかった。

ウェブライナーはとっさに腕を動かした。そこには、手品のように両方に刃があるナイフが握られていた。大きさは1メートルほどあり、ロボットから見ると小さいが、人間からでは体を切断されるほど巨大なものだ。

相良ごと装置を破壊しようとしたのである。

しかし、相良はさらに上手《うわて》だった。

「おっと。うまく狙えよ。わしの頭を吹っ飛ばすのと同時にこいつの頭も吹っ飛ぶからな？」

相良は逃げようとした祐司を無理やり捕まえると、腰を曲げ、自分の頭の前に祐司の顔を両手で無理やり固定し、嫌な笑顔を見せながら時々首を曲げて顔を見せ、挑発した。

「くっ！」

そのためらいがゼロアの運命を決めてしまった。突然、ウェブライナーの手に持っていたナイフが粉々に砕ける。まるで噴水のように一瞬刃が噴き上がっていくようにゼロアには見えた。

ウェブライナーは、未知の攻撃に対処しようとすかさず動こうとする。

「おっと、動くな。次は人質を木っ端微塵にするぞ」

その声だけならば、ゼロアはまだ対処しようと思ったかもしれない。しかし、眼前に突如現れた謎の乱入者の存在に、もはや戦意など消え去ってしまった。

それはウェブライナーと同じ人型ロボットのようだった。人型といっても、ウェブライナーのように完全に人の形をしているのではなく、ブロックで作られたような形をしていた。腕と両足が直方体ブロック。頭と胴体が立方体の形をしている。

全身は風景と同化しており、突然目の前に現れたのはその迷彩柄のペイントが何らかの効果を発揮し、周囲の景色と一体化していたからだと思われる。おそらくライナー波によるものだろう。

そこまでは普通のロボットと同じである。しかし、問題はそこではなかった。全くもってそんなことなど小さく思える問題がそこにあった。

あまりにも巨大なのである。

ウェブライナーより4～5倍くらいの大きさがある。

その巨大ロボットは、はるか彼方にいたが、どこにいても分かる大きさだとゼロアは推測した。

そのあまりにも大きすぎる巨人が、ウェブライナーと同じくらいの歩行速度で歩いてくる。歩幅が広いため、一気に近づいてくる。それだけで迫力で押しつぶされそうになる。

ラインは大笑いしていた。

勝負あり。それも圧倒的大差での勝利だった。

「ミスター相良。お前の乗り物の到着だ」

「ふははは！　ＶＩＰ待遇というわけか？」

「もちろん、私の大切な協力者だからな。さてと、無粋な観客は地べたで見てもらおうか？」

そのとき、巨大なロボットの目から直線の青いビームが放たれる。そのビームを避ける暇もなく、ウェブライナーの胸を直撃した。胸の表面で爆発が起こり、銅色の巨人はその勢いのまま、仰向けに倒れる。

「胸部パーツ損傷。破損率98パーセント。自己修復機能不作動。強制脱出実行シマス」

非常事態が発生したことによりウェブライナーの緊急時対応プログラムが電子音の警報を鳴らして発動する。

（まさか、一撃でやられた!?）

ゼロアは突然、ウェブライナーの中から光に包まれ、外に投げ出され、地面を横向きに転がり、うつぶせになって止まった。

そして顔だけを上げると、そこには胸に大きな穴が開き、中身の配線やら金属板やらが丸見えになった巨人の姿があった。

活躍なし。まさかのウェブライナー一撃退場である。

「ぐっ！　まさか、ここまで……技術に差があるとは……！」

ゼロアはよろけながらもなんとか立ち上がる。そして、あまりにも巨大すぎて頭部が下からでは見えない壁のような存在を、歯ぎしりをしながら見上げる。

「ゼロア。ご感想はどうかな？　あのとき、人間ごと殺すようにナイフを投げていたら、もしかしたら人質は解放されていたかもな」

「極力、無関係の人は傷つけたくない」

本心であった。何の関わりもない人間を傷つけるわけにはいかない。

ウェブライナーを操る者としての義務だった。

「ははは、じゃあ誰も傷つけずに戦いに勝てると？　言葉がおかしくないか？　戦う以上、誰かを傷つけるのは当然。誰も傷つけずに勝つなど、理想論というよりも、それはもはやママゴトだ。何も知らない者の戯れ言だよ」

ラインの言葉に何の否定もできなかった。確かにこの姿なく聞こえる声の主の言う通りだ。

（私はやはり、戦いにふさわしくない男なのかもしれない。だが、今はやらなければならない！　たとえ、私が戦士として失格でも人質だけは助けなくては！）

ゼロアが立ち上がり、相良たちの方に歩いていこうとすると、突然黒い渦のようなものがゼロアの周りを囲む。そしてその中からアリの兵隊が5体現れ、ゼロアに殴る蹴るなどの暴行を加え、最後は両腕を後ろに回され、1体がゼロアの頭をつかみ、地面に叩きつける。両腕を押さえられ、無理やり正座をさせられている形をゼロアは強いられた。

ゼロアの顔は切り傷が多く付けられ、七色の血が頬から流れている。口の中も切ったようで、唇からも血が流れ、地面に滴り落ちていた。

(人間のパワーの比ではない。このアリども、見かけだけではなく能力も化け物だ……！)

「おや？　1発も抵抗できないのか？　せめてどれか1体くらい叩きのめすと思ったんだが？」

「くそ……！」

ラインの挑発にも反論できず、ゼロアは自身に腹が立った。

「さすがは元ヤクザ。体が資本だから戦闘力も桁違いだな」

「ヤクザ……だと？　まさか、このアリは……相良組の部下か!?」

ラインとゼロアの会話に相良が乱入した。

「こんなデカイプレゼントをもらえるんだったらもう少し、組員を増やすべきだったな」

(なんて奴だ……！　超人になる代わりに部下を売ったのか!?)

このとき、ゼロアの心の中に深い憎しみが根付いた。目の前の相良という男が地位も名誉もない男ならば、これほど憎まなかっただろう。

この男が地位もあり名誉もあり、部下を養っていかなければならない人間であるにも関わらず、部下を物のように売り払ったことに信じられないほどの恐怖と怒りを感じた。

「さてと、お探しのライナーコアとウェブライナーは手に入った。まあ、傷つけてしまったが修復すれば新品同然になるだろう。もちろん、修復の腕はお前よりも我々の方がはるかに上だがな？」

「ウェブライナーをどうする気だ？　あんな巨大で戦闘力のあるロボットがあるなら、いらないだろう!?」

ゼロアは目の前の天までそびえる壁のようなロボットを睨みながら言い放つ。

「まあ、お前が知る必要はない」

一方祐司は、状況のあまりの一変ぶりに不安しか感じていなかった。

味方と思われた男は、お化けのようなロボットのビームの一撃でノックアウト。おまけにアリにリンチされズタボロ状態。もはや虫の息……。

相変わらずこっちは人質状態。自分の後ろには大勢の町の人々が気絶している。この世界の影響か分からないけど、このままじゃまずい。

それだけじゃない。自分も大ピンチだ。超人だか何だか知らないけど上半身裸の変態につかまって、おまけに盾にされかけた。相良組の組長らしい。

（ヤクザはみんな人間をやめているのだろうか？　会話の内容から黒い歯を壊すなり何なりすればいいみたいだけど……無理だ。ものすごい力で動きを固定されている）

無理やりつかみかかろうものなら、あっという間に殺されるだろう。巨大なロボットに踏まれるか、この変態に殴り殺されるかだ。アリに食い殺されることもあるかもしれない。

祐司は目を葵の方に向けた。先ほど祐司がボロボロに殴られる代わりに難を逃れた葵は、こちらに背を向けて町の人々の中に横たわっている。怪我はしていないようだが、ここからでは様子が分からない。

「さてと、ではミスター相良に少し遅いがランチの提供といこう」

「こいつらを胃袋に押し込めていいのか？」

「存分にどうぞ？」

「そうか……」

相良は祐司に目を向けた。祐司は、恐怖で言葉も出せずにただひたすら思いっきり目をつぶった。あらゆる残虐な方法で引きちぎられる自分の末路が頭の中に鮮明に描かれていく。

ゼロアはもがきそれを止めようとするが、押さえつけられ、地面から動けずにいる。

相良は頭を引きちぎるために祐司にかけた手に力を入れた。

「……おや？」

祐司が万事休すかと思ったとき、ラインの声に相良の力が緩む。

「どうした？　急におかしな声を出して？」

「いや、現実世界でひとつ、ライナー波の反応が消えてね。これはつまり、ライナー波の反応を持ったものが破壊されたことを意味するんだが……」

「ライナー波が消滅？　……ひょっとしたらあの小僧……！」

相良の脳には当てはまる男がいた。化け物が目の前にいるのに驚きもせず淡々と話し続けた、異常ともいえる落ち着きを持ったあの若造である。

相良はアリ一体をこちらに来るように指を曲げて呼び、一体をあっちに行けとばかりに手を払って指示を出した。

ゼロアの周りにいた1体は呼びかけ通りに相良に近づいてきて、もう1体は全身を震わせた。そして、耳が痛くなるような音を発生させると、目の前に黒い渦が現れ、中に消えていった。

「どうしたんだ？　ランチは延期か？」

「少し気になってな。まあ、とっくに死んでると思うんだが念のために確認だ」

「死んでいる？」

ラインの疑問に相良は答えなかった。

(妙な胸騒ぎがする。それも、とても嫌な胸騒ぎが)

相良は胸の中のざわめきを必死に抑えていた。

(あの小僧は、化け物になった教師にとっくにやられているはず。思えばあそこで死に様を見ておくべきだった。そうすればこのような不安も持たずに済んだのに。だが、常識的に考えて、高校生が勝てるわけがないのだ。勝てるわけがない!!)

自分に無理やり言い聞かせるように、相良は深呼吸をして心に巣くう不安を胃袋の奥に押し込めると、アリの目から放たれる光線を通して、現実世界の様子を見た。

ゼロアはその様子を見ながら、アリの怪物の特性を脳内で分析し始めていた。

いわゆるテレビ電話のようなものだな。アリがテレビ、ライナー波が電波の代わりをする。現実世界に送ったアリの視覚の映像をこちらの世界で他のアリの視覚に転送させ、どこにいても向こうの映像を見ることができる。

（しかし、一体何が起きたんだ？　まさか、あの青年の身に何か起こったのでは？）

ゼロアは自分の見張りが5体から3体になった隙を窺い、ウェブライナーに再び乗り込もうとしていた。しかし、アリは他の様子には一切興味なしとばかりにゼロアにまとわりついている。

（やはり行動を起こしたくても起こせない！　もう少し、数が減れば……！）

ゼロアは動けない状況に耐えるしかなかった。

人にあらざる者

しばらくして、相良の怒号が響き渡り、祐司は地面に捨てられるように叩きつけられ、映像を出していたアリは、とばっちりの顔面パンチを相良から食らう。相良のパンチが強力すぎて、拳《こぶし》のめり込んだ痕がそのまま顔に残り、吹き飛ばされた後、微動だにしなくなる。

祐司は地面に叩きつけられた衝撃で、息ができなくなり何度もむせかえる。

（何があったんだよ!?　八つ当たりか!?）

その答えはすぐに相良が教えてくれた。

「畜生!!　あの小僧！　またわしをコケにしやがったな！」

「どうした？　何があっ……」

「今すぐわしの家にアリどもを送れ！　小僧が1人、装置に向かってる！」

ラインの言葉を遮って、相良は喚き散らしている。宝くじが下1桁違いで外れたような荒れようである。

「なるほど。どうやら現実世界で何かトラブルが起きたようだな？」

「あいつのことだ！　もしかしたら、装置の場所も感づいたのかもしれん！　今すぐ増援を」

「おい、誰に口をきいている？」

ラインの冷徹な一言が今度は相良の言葉を遮り、その場の空気が一気に緊迫化する。

「いつからお前が私より偉くなった？　いつから私に命令できる立場に立った？　言ってみろ、自分では何も得ることのできない腐れ超人！」

先ほどの楽観的なラインの口調とは、まるで別人である。改めて主従関係を確認するような一言だった。祐司とゼロアは声も出さず、事の次第を見守った。

急に会話の主導権を奪われた相良は、反応を返せず呆然としていた。

返せなかったのは理由がある。ラインの言葉があまりにも自分のことを表していたからである。

相良は実力を持って、組長の座についたわけではない。確かに若い頃は大勢の手下を連れて、町の支配権を握ったものだ。喧嘩も強く、負けなしだった。

しかし、そのような立ち振る舞いができたのは、当時、組長の座にいた父親の恩恵もあった。

その後、父親の遺言により自らが組長になった。このとき、相良は50代を過ぎていた。本来ならば、極道の中で昇進し、晴れて組長となるのが実力のある者が歩む道、すなわち『王道』であろう。

しかし、自分が通ってきたのは、力を発揮する機会が少ない道だった。父の古くからの取り巻きの力により、そのまま最高の地位に就いてしまった。

老いゆく身。若い頃のように暴力でねじ伏せることもできなくなった。

だからこそ、力を欲した。自分という者を示す力を。自分にしかない力を。

力を示すために親父の代から続いた慣習を変更し、より厳格なるものにしようとした。

裏切りはすなわち死。自らを慕う者は褒美をやり、逆らう者は必ず罰を受けさせる信賞必罰の掟。

これにより、確かに相良組は内部からも外部からも恐れられるようになった。だが、この掟を出したとき、父の代から慕っていた人間の多くが反対の意見を唱えた。もちろん、奴らは全員血だるまとなった。

今も町外れの産業廃棄物処理場の地下に埋まっていることだろう。だが、なぜ奴らが異を唱えたか分からなかった。

親父の代では500名近くいた組員も、今では60名程度。時代のせいだと言って考えてこなかったが、思えば自分は何ひとつ得るものがなかった。

そして最近人生に訪れた転機、大量の資本を得たことでの相良モールの設立。

もう一度得ることができると思っていた。不老不死になれば、時間など関係ない。時間はかかっても自らの力で、自らの証となるものを得ることができた。

そのはずだったのに……。

「……す、全てあなたのおかげです。……すみませんでした……」

「よろしい。だが、今回だけだ。二度とチャンスはないと思え」

可能性のために

2人のやり取りを見てゼロアは敵の力関係を垣間見た。

(どうやら相良宗二郎を超人にしたのはラインのようだな。私の行動も相良も全てはラインの手の上か？　いや、それは違う。今起きていることはいくらなんでもラインの計画に入っているとは思えない。青年、一体そちらで何があったというのだ？)

ゼロアが考えているとき、ラインがそれを妨害する。

「あれはお前の連れか？　ゼロア」

「何のことだ？」

「とぼけるな。おおかた、お前が私たちに対抗するために組んだ現実世界の人間だろ？　なかなかやるようじゃないか？　どうやらこちらの駒が1体やられたらしい」

（青年、まさかあの猿を倒したのか!?　どんな手段を使って勝ったというのだ？）

ゼロアは拓磨が無事なことにほっとしつつも驚いていた。

「そしてどうやら装置に向かっているらしい。お前が仕組んだ入れ知恵か？　なるほど、確かにウェブスペースか現実世界、どちらかの装置を破壊すれば人質は返せるかもな？」

「ずいぶん余裕だな？　装置の説明までベラベラとしゃべって」

ラインの饒舌ぶりにゼロアは不信感を抱いた。

「現実にそうなのだからしょうがないだろ？　今のお前は何もできない。助けもない。現実世界のお前の協力者の寂しい孤軍奮闘を祈ることしかできない」

「もしかしたら、やってくれるかもしれないぞ？　彼ならば」

ゼロアの顔にようやく笑顔が戻ってきた。

確かにあの青年は現実世界の人間である。

しかし、彼の持つ異常なまでの威圧感と安心感は、ゼロアが今まで出会った様々な人間のそれを超えていた。もしかしたら、彼ならば。ゼロアの期待が胸の中で徐々に膨らんでいった。

そんな、ゼロアの喜ぶ姿を見て、ラインが水を差してきた。

「ゼロア、相良組は何人いるか調べてあるか？」

薄気味悪い声がゼロアの耳に届く。

「急になんだ？」

「病院にいたのが48人。自宅待機が12人。合計60人だ」

ラインが正解を教えてきた。

「だから、それがなんだというんだ？」

「分からないのか？　お前の周りにいるアリは相良組の連中を元に作った。アリ1体につき、人間1人だ」

そこまで聞いてゼロアは、ようやくラインの意図に気づいた。慌てて、周りを確認してみる。

自分の周りにアリは3体。先ほど相良が倒したアリが1体。すでに光のようなものに包まれて消えかけている。もう1体は現実世界に行っている。

(そして他のアリはこの世界には……いない？　人質を監視しているわけでもない。隠れる場所なんてない。この世界にアリは……いない)

「さて、他のアリさんはどこに行ったのでしょうか？」

ニヤケ顔から放たれたような意地悪い声が、ゼロアの頭の中に反響する。

ゼロアはただ愕然となった。体の力が抜けてしまう。衝撃の事実とはまさにこういうことだった。

「おいおい、そう驚くなよ？　私がお前の作戦くらい見抜けなかったと思うか？　そんなわけないだろう。ちゃんと奴らは待機している。装置のある相良の屋敷にな」

「逃げろ！　青年！　装置は諦めて逃げてくれえええええ!!」

ゼロアは自分の判断を後悔し、泣きながら空に叫んだ。

ラインは完敗を悟ったゼロアを見て、完全に勝利したとばかりに笑い声を上げた。

相良は支配者のラインの喜びにつられ、自らも喜んでいた。もはや、相良には、自らの意志で行動を起こそうという力は微粒子ほどもなかった。

そんな彼らの様子を祐司は倒れながら黙って見ていることしかできなかった。

しかし、すっかり話題の外にいた祐司にも分かることがあった。

（……何か恐ろしいことが起こる）

その祐司の推測は見事に的中することになった。

希望を砕く者

同日、午後2時51分、稲歌高校通学路。

アスファルトで舗装された道路。

道の両側には、電柱が等間隔で設置されている。さらに両端には様々な高さの民家。黒い瓦が多く見受けられるが、最近は住む人間の好みもあり、赤い瓦や青い瓦などカラフルな物が目立つようになった。

その様々な瓦が急に泣き始めた。小刻みに雨が降ってきたのだ。それが瓦に落ち、涙を流しているように見える。

ただ、比喩ではなく本当に泣きそうになる出来事が今から起ころうとしていた。

本来ならば車が多く通り、人が注意する必要もある稲歌高校の通学路。

数日前まで交通量が多く、生徒たちは車に気をつけるよう常に注意されていた稲歌高校の通学路だが、今日は車の1台もない。人っ子1人いない。そこを不動拓磨は早足で歩いていた。

雨が降っているせいで服も髪も濡れているが、本人は全く気にせず、ただある所を目指していた。

『相良組』

拓磨には確信があった。ここに自分の求めている物があると。

拓磨は悟っていた。自分がやらなければならないことがあると。

その意志のままに、拓磨は1人で道を歩いていた。

道を歩いていたとき、急に拓磨の意志が削がれる。

そして最近見たばかりのものがそこにあったからだ。黒と白の縞模様のボディ、そして屋根の上の赤いランプ。警察御用達のパトカーである。

法の番人たる警察が、反社会勢力の屋敷の前にパトカーが紺色のワゴン車を引き連れて停車していた。

（やはり今日、家宅捜索をするはずだったのか？）

どうやら、警察は相良組に直接捜索を今日行うはずだったらしい。

しかし、捜索は中断してしまったようだ。誰も車の中に乗っていなかった。その車の中にはスマートフォンが何台も転がっていた。

（警察も敵の手の内か）

情報通信機器を使った異世界への転送。法の番人も訳の分からない力の前には敵わなかったようである。

拓磨はタクシーやワゴン車を外から眺めて確かめると、相良組の正門を見上げた。厳めしい作りの剛強な門である。拓磨の身長は１９０センチ近くあったが、それでも３メートル近い高さの門は巨木を見るような存在感があった。

拓磨がゆっくりと門を両手で触れ、押し開けようとしたそのときだった。

拓磨の体に突風のようなものが吹き当たる。とっさに体を横にずらす。

ハンマーでアスファルトを殴ったような音と、同時に木が折れるような音が響いた。

拓磨はその音の原因をじっと眺めていた。

そこには人間の手足を持ったアリがいた。そのアリがものすごいスピードで後ろから突っ込んできたのだ。先ほどまで拓磨が立っていた場所めがけて飛んできた。もし、反応するのが遅れていたら体ごと貫かれていたのかもしれない。

そのアリは相良組の門に口をめり込ませている。だが、突進力が強すぎて門から抜けないでいた。

「おい、何しているんだ？　お前」

拓磨はアリに尋ねた。人が人間の大きさのアリに声をかけるのは、あまりにも不気味な光景である。

アリはひたすら門から口を引き抜こうとしていた。

「抜けないのか？　手伝ってやろうか？」

そのとき、頭が動かないアリは巨大な目だけを動かし、拓磨を見た。

そこにいたのは人ではなく悪魔だった。

拓磨は薄ら笑いをしていた。命を狙われたのにも関わらず笑っていたのである。

ただでさえ悪人の顔をした人間が笑うと、それだけで命が縮むような恐怖がある。

しかし拓磨の目には複雑な心境が浮かんでいた。

〈元に戻す方法は本当にないのか？　何も？〉

〈すまない……。私の知る限り、肉体まで変化した者を戻す技術は惑星フォインではまだ確立されていなかった〉

〈そうか……。だったら地球じゃさらに無理だろうな〉

アパートの前でゼロアと会話したことが記憶の底から呼び出された。

（元に戻す方法はない。少なくとも今は。先生のときは結局あやふやになってしまった。改めて自分に問う。俺はどうする？

人命を尊重してこのまま捕縛？　無理だ。大体、捕縛したってすぐに逃げ出す。そもそもこんなのどう捕まえればいい？

大体『命を尊重』ってなんだ？　今目の前にある命を守ることか？

だったら、この化け物は殺してはいけないことになる。一応……生きているからな。

それともこれからの命を守ることか？　つまり、未だ化け物になっていない多くの人間のことだ。その人たちが被害を受けないように守ること。

だが、それだと人間ではないこの化け物はどうなる？　金城先生と同じようにおそらく元人間なのだろう。こいつは守らなくていいのか？

どうする？　不動拓磨。この決断は非常に重要だ）

沈黙は3秒ほどだった。

そして急に思い出したように拓磨は笑いだす。

アリは、まるでおかしな生き物を見ているような目で拓磨を見ている。しかし、徐々にその笑いが収まってくると、拓磨は純粋なまでに真っすぐな目をしていた。その目に複雑な感情は一切なかった。

（そういえば忘れていたなあ？　最近周りの奴らにそういう扱いをしてもらわなかったからだな？　俺は一応『人間』なんだよな。どうあがいてもそれは変わらない。少なくとも

俺はそう思う。そして人間である以上、やることはひとつだ）
拓磨は右足を軸にして腰を左に捻り、左足を持ち上げ、太腿を腰の高さまで上げる。
「悪いな、どこかの誰かさん。さようなら」
拓磨は、腰の回転を利用した左膝蹴りを、動けないアリの後頭部に無情にも叩き込んだ。

一方、相良邸には無数のアリがひしめき合っていた。広大な庭を持ち、２００人ほどの人数でパーティーを開ける大邸宅。

しかし、今日はその半分ほどの数にも関わらず、パーティー以上の圧迫感がそこにあった。

庭師が手入れをしたであろう、相良宗二郎自慢の人工の河や刈り揃えられた木々や天然芝、溶岩石で作られた2メートル近い特注の外灯など、富の象徴である風流な光景も、今はアリの巣と化している。

その光景を相良は何の感傷もなく、アリの目を通じて見守っていた。もはや、庭がどうなろうと知ったことではなかった。

(目的はたったひとつ。あの若造だ。まさか、あの化け物を倒したというのか？　ただの人間が!?　ありえん！　そんなことは断じてありえん！）

相良は庭の連中を見渡した。本来ならば60体ほどのアリも、増殖のおかげで１００体ほどになった。個体差があり、増えるものと増えないものがいたが、特に問題はない。重要なのは増えたという結果だ。

（落ち着け、この数を見てみろ。ただの人間でも万全なのに、人間をかけ離れた力を持つ化け物だ。もはや、何も問題ない）

そのとき、屋敷玄関から100メートルほどの位置にあった相良組の威厳を表す正面の門に、丸太を叩きつけたような轟音とともに蜘蛛の巣のような亀裂が入った。

（問題……な……い……？）

それぞれが独特の鳴き声を上げ、騒いでいたアリたちも一気に静まりかえる。

よく見ると扉の、高さ1メートルほどの位置に黒い穴が空き、そこを中心に周囲にヒビが入ったようだ。

すると、突然黒い穴が地面に落ちた。訳の分からない言葉だが、相良には本当にそのように見えたのだ。

そしてゆっくりと回転すると3回ほど転がり、地面に止まった。

それは丸い物体を半分に割ったようなものだった。半月型というのだろう。

そしてその正体に気づいたとき、相良の全身に凄まじい悪寒が走った。

アリの頭だったのである。しかも後頭部が鈍器を叩きつけられたようにへこんでおり、水平に近くなっている。アリの特徴であった赤い目は真っ黒になっている。それはすでに命尽きたことを表す何よりの証拠だった。

そのアリの頭は徐々に七色の光に包まれ、触角から小さいブロック状の泡が弾けていくように消えていく。

それと同時に、ヒビの入った門がゆっくりと開いていった。

降っていた雨が徐々に弱くなり、ついにやんだ。

そこには片手で巨大な門を開け、一歩ずつ敷地内に入ってきた男がいた。

まさに『肩で風を切り大手を振って歩く』光景そのままだった。

その足下には、頭を取られた黒いアリの首から下の胴体が光に包まれて消えかかっていた。男は全身真っ青なジャージ姿である。

その背中には赤く『神罰』の文字が。

今、相良組に罰が下されようとしていた。


拓磨はゆっくりと周りを見渡した。

本来ならば広々とした美しい日本庭園なのだろう。目の前に石畳の道が連なり、奥に平屋建ての長屋のような建物が窺える。左側は刈り揃えられた木々と、10メートル置きに並べられた石の灯籠。

右は隣の家との境であるブロック塀だ。左側の木々の間から河のようなものが見える。奥に水が流れる本格的な庭園があるのだろう。

それが今は、伸びたふたつの触角、鋭く尖り挟むことができる巨大な口、黒い体と真っ赤な目の人間の姿をしたアリの化け物しかいない。虫嫌いの人間がここにいたら1秒と正気ではいられないだろう。あまり子供には見せられないような光景だった。

「小僧！　生きていたのか!?」

拓磨は声が生まれた方に目を向ける。１００メートル離れた家の玄関をスクリーン代わりに、こちらに罵声を浴びせている相良宗二郎がそこにいた。

もはやアパートで出会ったような余裕は微塵もなかった。せっかくの美形な顔も焦りや不安から髪はボサボサに乱れ、目は幽霊でも見たかのように大きく見開いている。

「おかげさまで。相良宗二郎様」

拓磨は相手の目を一瞬も外さないように目を合わせながら、笑いもせず真顔で言葉を返した。

「あの教師はどうした!?　まさか殺したのか!?」

「いや、自分で命を断った」

拓磨は簡単に言葉を返した。

「何？」

「お前の考えているほど物事はうまくいかないということだ。金城先生は自分で意志を取り戻し、自分で後始末を付けた。俺みたいな奴にはもったいないほど素晴らしい先生だったよ。……本当に惜しい人を亡くした」

拓磨は思わず目を伏せてしまった。本当に短い付き合いだったが、もう何年も一緒に生活した恩師のような感じがしてくる。おそらくあのような人が教師と呼ぶにふさわしい人なのだろう。

「……ふふふ、はーはっはっは!!」

相良はまるで鬼の首でも取ったかのように高笑いを始めた。

「何が面白い？　相良」

「はははは、いや、少し心配しすぎたと思ってな」

拓磨は黙って、相良を見ている。

「なるほどな……、自殺か。そうかそうか。結局、お前は化け物のおかげで生き延びたというわけか？」

「金城先生のおかげでな」

拓磨は相良の言葉を訂正した。

「化け物のとっさの頑張りで生き延び、自分は何ひとつせずここに来たというわけか？」

「金城先生の頑張りだ」

再び訂正した。言葉に気がこもらず、淡々と訂正した。しかし、相良の言葉に反応する速度が上がっていた。

「なるほどなあ。それで、この数を相手にしながら装置を破壊するわけか？　どこの誰と分からない奴らのために？　まったく、本当に化け物と戯れるのが好きな奴だな」

拓磨は再び黙ってしまう。

「ここに装置があるのを思いついたのは褒めてやろう。だが、あいにく無謀だったな。できることとできないことがこの世にはあるんだよ。世間知らずのガキが……！」

「……聞いていいか？　目の前にいるこのアリの大群は誰を元に作ったんだ？」

拓磨は、思いついた質問をぶつけてみた。

「町の人間……と言いたいところだが、やはり日頃から暴力に慣れている奴らの方がより良い戦闘兵器になるだろう？」

「……自分の部下か？　血も涙もない奴だな？　一応、お前はそいつらの親分だろ？」

わずかながら拓磨の言葉には怒りがこもっていた。

「小僧がわしに説教をする気か？　部下というのは親のために働く存在だろう？　会社組織を見てみろ。まさに社長のために働く社員だ」

「社員は別に社長のためだけに働いているわけじゃねえ。会社のため、生活のため、家族のため、未来のために働いているんだ。会社の社長というのは、その会社の中で一番誇れる人間でなくてはいけないんじゃねえのか？」

「夢を見すぎだ、馬鹿が。上の者のために部下は働く。そして上の者は下の者に褒美をくれてやる。そうだろ？」

ついに拓磨の怒りに火が付いた。

「その褒美が部下を化け物にすることなのか……！」

「人間を超えた力を与えてやったんだ。感謝されこそすれ、非難はないだろ？」

拓磨は表情を変えず無言のまま、拳を握る力を強める。手の筋肉が擦れるように音を立て始めた。

「……相良、お前はどうやら本当に救えない奴みたいだな？」

「ん？　何か言ったか？　おお、そうだ！　無謀な挑戦者に少しはハンデをやろう」

すると、相良はアゴを動かし、アリに指示を出した。すると、アリの群れから何かが飛び出してきて、拓磨の２メートルほど前で跳ねると転がりながら、拓磨の足下にたどり着いた。

それは長さ1メートル、太さ10センチほどの建築工事に用いられる太い鉄の棒だった。

拓磨は黙って足下に転がった鉄の棒をじっと見つめた。

「武器だ。取るが良い。取ってあがいてみせろ？　いくらなんでもなぶり殺しではつまらないんでな。それとももっと武器が欲しいか？」

「……いや、十分だ」

拓磨は腰を落とすと、地面の鉄の棒を拾い上げる。両手で持った。

そのとき、奇妙なことが起きた。

拓磨は両手の間隔を30センチほど空けて鉄の棒を握ると、雑巾でも絞るように鉄の棒をねじり始めた。先ほどまで直線だった棒が、ネジの先端のように棒の中央部分が螺旋状に変化した。

しかし、拓磨は捻ることを止めない。次第に鉄の棒が悲鳴のように金属が疲労する音を上げていく。鉄の棒の中央はどんどん細くなっていく。

ついに…甲高い音。それとともに1本だった棒が2本になった。

先ほどまで笑っていた相良が、目の前の信じられない光景に笑うのを忘れ、硬直していた。部下のアリも少しは人間のときの思考が残っているのか、それとも本能で恐れているのか不明だが、想定外の出来事に鳴き声を止め、静まりかえる。

周りを再び静けさが支配した。

拓磨は両手の棒を手放す。分かれた鉄の棒が地面に落ちていき、耳に響く甲高い音を立てながら、それぞれ別の方向に転がり動かなくなる。

なぜか恐怖を感じる光景であった。

「俺は最近、ヤクザに襲われたり、学校に行けなかったり、意味の分からねえことばかりありすぎて、はらわたが煮えたぎっているんだ。特に今は、お前らのせいで……すこぶる機嫌が悪いんだ」

拓磨は拳の骨をリズム良く鳴らす。

「調子に乗りすぎたな。相良宗二郎様」

拓磨は頭を左右に振る。振るたびに首筋の骨が軽い音を響かせる。

「悪いな、お前ら。道を通してもらうぞ？　ついでだ相良。お前は、整形がきかないほどバラしてやる」

拓磨は最後に上着ジャージのファスナーを開いた。それと同時に急に強い風が吹き付け、ジャージがたなびき、中に着ていた黒いシャツが見える。

「こ、殺せ!!　あいつを殺せ!!」

相良は半狂乱の状態で叫んだ。

目の前のあまりにもおかしな存在を消し去るために、彼はただ命令を出すことしかできなかった。

もはや、自分が超人であることなど、すっかり頭から吹き飛んでいた。

アリは一瞬躊躇したが、命令には逆らえず、群れになって拓磨に突進してくる。

「行くぜ、相良組！　てめえら全員皆殺しにしてやるぜ!!」

一喝とともに拓磨はアリの大群に突進していく。

まず、こちらに突進してくるアリの群れは一体一体、スピードにズレがあった。

当たり前のようにアリとアリの間にスペースが空く。

拓磨は、スピードのズレが生み出したスペースに野球の塁に滑り込むように、足を前に出してスライディングをする。

驚くべきは身を屈めるその速さである、一瞬でスライディング体勢に入ったため、アリから見ると突然消えたように感じた。

拓磨はわずかに地面を滑る。ジャージが地面を擦り、軽く尻に穴が開く。

その途中で手近にいるアリの足を両手でつかむ。アリは急な力にバランスを崩す。

急にスピードが止まった反動は両手を伝って、拓磨にも伝わる。

その反動を利用して、コマのように体を回転させる。回転の遠心力を利用して拓磨はスライディング体勢から立つ体勢へと体の重心を移動させた。

足をつかまれたアリは、まるで洗濯機の中に入れられたかのように拓磨の回転とともに振り回される。

そして回転が終わる瞬間、拓磨はアリをぶん投げた。

アリは回転しながら、先ほど拓磨に突進してきた他のアリたちに突っ込む。

いくつもの悲鳴のような鳴き声が庭に響き渡る。

遠心力で立ち上がった拓磨は、すぐさま状況を把握した。

投げたアリは頭がもげていた。

(先ほどもアリの頭が取れるのを見たが、どうやらこのアリは関節部分が弱いらしい。一見、黒い鎧のような体をしているが、関節部分、特に頭と胴体をつないでいる部分を狙っていけば、効率的に相手を破壊できるようだ)

投げたアリの他に7体ほど巻き込まれて頭が取れていた。腕や足が取れているのも何体かいた。

しかし、腕や足が取れたくらいでは止まらなかった。足が取れたアリはほふく前進で、腕が取れたアリはそのまま拓磨の方に向かってくる。

結果として、拓磨はアリに囲まれる状態に陥っていた。

アリは、今度は個別に攻撃を仕掛けてきた。

どうやら、固まって動くと先ほどのように的にされることを学習したらしい。

まず、背後から鋭い口で拓磨を突き刺そうとしたアリを、拓磨は振り返りもせず右足を後ろに振り上げる。

見事にアリのアゴにカカトが当たると、頭が胴体からもぎ取られ、宙を舞った。

間髪入れずに拓磨の目の前から2体のアリが突っ込んでくる。

拓磨はすぐさま振り上げた右足を戻し、地面を蹴り空中に跳ね上がり、体を右回転させ、左足の回転蹴りで左側のアリの右側頭部に直撃させる。

硬い物が壊れるような音が響き、アリの頭の右側半分が潰れる。

しかし、蹴りの勢いは収まらず、そのままもう1体のアリの側頭部に直撃し、頭が潰れる結末を繰り返した。

今度は右側である。再び口を前に突き出し、突進してくるアリ。

拓磨は地面に着地すると、腹のつなぎ目を狙って、腰を瞬時に落とし、ナイフのように左手を突き出した。

それは、なんとアリの腹を突き破り、腕が背中まで貫通する。貫通した腕は七色の液体にまみれていた。

アリもこれには動揺し、突進を中断し、悲鳴のような声を上げた。

拓磨は目にも止まらぬ速さで左腕を引き抜き、今度は腰の回転を使った左拳をアリの右頬に直撃させる。

拳の速さにアリは反応できず、再び硬い物が割れる音が響き渡り、頭が胴体からもげた。

今度は、再び背後からアリが突進してくる。

しかし、拓磨は左側に軽く移動すると、右脇で突っ込んできたアリの首を絞める形に移行した。そのまま、腕に力を込めてアリの頭を捻り取る。

拓磨に頭を破壊された胴体は次々と倒れていった。拓磨はねじり取った頭を地面に捨てる。

5体破壊により、アリの個体数残り約87体。

前もダメ。後ろもダメ。横もダメ。

謎の男を目の前にアリはもはや、手段など構っていられなかった。

味方が巻き込まれるのを覚悟で周りから突っ込む。

何人かは犠牲になっても確実に相手を仕留められる方法である。

その作戦に20体ほどのアリが参加し、一斉に周囲から拓磨に襲いかかってきた。

拓磨は驚いた様子も見せず、足下で死に際の光を放ちながら分解しかかっている頭が取れたアリの左足を両手で握ると、思いっきりジャイアントスイングのように体の周囲を1回転させた。

まるで、車に突進してはね飛ばされた犠牲者のように、アリたちは無様にも吹き飛ばされた。

吹き飛ばされたアリのうち10体は首を折る、もしくは首が取れたことにより光とともに分解した。

残りの10体は体の一部を損傷しながらも起き上がり、拓磨の方に向かってきた。

最初に向かってきた奴は右腕がなかった。人間のように残った左腕で顔を狙って殴りかかってくる。

拓磨はその拳を右手で受け止めると、すかさず右足で蹴り上げ、相手の牙を折り飛ばす。

同時に相手の腕を自分の脇に挟み、一気に間合いを詰め、頭突きを食らわし、最後に挟んでいた腕を一気に持ち上げ、アリの胴体に残っていたもう片方の腕も、相手の肩から引きちぎる。

最後に左手で頭の触角をつかむと、そのまま地面に力の限り叩きつけ、トマトを潰すようにアリの頭を潰す。七色の液体が出血のように潰れた頭からあふれだしてきた。

次に来たのは足を失った4体のアリだった。全員ほふく前進して拓磨に向かってくる。

拓磨は先ほど引きちぎった腕を一体のアリの目玉に突き刺す。この時点で一体の動きが完全に止まる。

残りの3体はなんとか拓磨を地面に倒し、トドメを刺そうと手や牙をばたつかせている。

1体の頭を冷静に足で払うように、アリの側頭部を蹴り、頭を吹き飛ばす。

次の1体はそのまま、足の裏で頭を踏みつけ、頭を潰す。

最後の一体に対して、拓磨は空中に跳ぶと右腕の肘を下にして、アリの頭に重力と体重のエネルギーが加わった肘鉄を、ギロチンのように叩きつける。世間では、エルボードロップという技である。

硬い物が壊れる音とともに、相手の頭が熟れたスイカのように気味の悪い音を立てながら潰れる。

拓磨はすぐさま立ち上がると、両側から突進してきた両腕のないアリに対して、わずかに一歩下がる。

すると、アリ同士がお互いの牙でお互いの顔を突き刺し合う。

牙を抜きたくても互いの顔に深く刺さってしまっていて抜けない状態に陥っている。

拓磨はそのまま、2体の頭をそれぞれつかむとお互いの頭をさらにくっつけようと力を一気に加える。

このせいで牙が完全にお互いの後頭部まで突き出てしまう。このとき、すでに2体のアリは動いていなかった。

2体のアリが目の前で崩れたとき、さらにアリが目の前と背後から両方突っ込んでくる。

拓磨はすかさず目の前のアリの牙を避け、懐に飛び込む。

まず相手の首を右手で絞めるように握ると、そのまま背負い投げのように背後のアリに向けて投げる。

しかし、ただの背負い投げではなかった。

投げるアリの牙を、背後から迫ってきたアリの脳天に向けて叩きつける、アリのハンマーをかましたのである。

脳天に牙を受けたアリはそのまま、地面に倒れ動かなくなる。

ハンマーになったアリは、牙が刺さった状態から逆立ちのような姿勢で動けないでいたが、ゴルフクラブで地面のゴルフボールを吹き飛ばすかのように頭を蹴り飛ばされ、首を落とされる。胴体はなすすべもなく地面に倒れる。

最後の1体はすでに両腕、両足を失い動けないアリだった。そんなアリの頭を無情にも拓磨は踏みつぶす。

拓磨の周辺で、光とともにアリの亡骸の分解が始まる。

20体破壊により、アリ個体数残り67体。

拓磨が再び奥の相良邸を見つめる。

戦況はこのとき、新たな段階に移っていた。

残りのアリたちは相良邸の玄関前に集まっていた。

しかし、アリたちはこのとき、今までにない新たな力を手に入れていた。

武器である。

日本刀、小刀、槍、ヌンチャクなど、相良邸にあったものであろう武器を多くのアリが所持しており、もはや勝つためには手段を選ばないという意気込みが、武器を持つ彼らの姿から伝わってきた。

しかし、拓磨は武器が出たところで微動だにしなかった。

相変わらず冷めた目と真顔でアリを見つめている。核ミサイルくらい持ってこないとこの表情は崩すことはできないのではと思えるほど、その冷めた目でゴミを見るような表情をしていた。

その血も涙もない雰囲気が余計に場の空気を凍らせた。

その雰囲気を変えるためか、日本刀を持ったアリが一体、こちらに突っ込んでくる。先ほどまでは生物本来の武器である尖った口を少なからず使っていたが、もはやそんな動作など全くない。

それはまさに知恵を持った人間の行動そのものだった。

アリは、日本刀の先を拓磨の心臓に向けて、自動車並みのスピードで突っ込んできた。

拓磨は素早く、左側にステップし、突進を交わした。

しかし、アリの攻撃はまだ終わらない。今度は左腰の辺りから右肩に向かって右手で刀を振り上げる。

拓磨は後ろに軽く跳ねると攻撃を避ける。拓磨の眼前10センチ辺りを、煌めく刃が通り抜けていった。

その瞬間をアリは見逃さなかった。急に刀を返すと拓磨の胸に向けて二度目の突きを繰り出す。

すると、拓磨は右足を引いて体を時計回りさせると、牛の突進を回避する闘牛士のように相手の突きをかわす。

拓磨の目の前を、アリが本来「そこにあった」胸に突っ込んでいく光景がスローモーションのように流れる。

その最中に拓磨は右膝を上げ、アリの右肘に命中させる。腕の関節部分の砕ける音が鳴り響き、アリは刀を持てなくなり、刀はゆっくりと地面に落下していく。

すると、拓磨は回転させた体を反時計回りに元に戻す。その勢いを使って、相手の頭を右手でつかむと石畳の上にアリの頭を叩きつける。再び音が鳴り響き、アリの頭が砕け、七色の液体が周囲に飛び散る。

二度目の突きからアリの頭粉砕まで、瞬間勝負であった。

次のアリがこちらに向かっていた。今度は目の前から2メートルほどの長槍を持ったアリが2体、こちらに向かってくる。

拓磨は焦らず、先ほど倒したアリの日本刀の柄の部分を左足ですくい上げるように浮かし、宙を舞った刀を右手でキャッチする。

そしてすぐさまアリ1体に向けて刀を投げる。

一体のアリは胸に刀を受け、勢いそのまま仰向けに倒れた。

もう一体のアリは直槍を用いて、そのまま拓磨の顔目がけて突きを入れる。

拓磨は、今度は避けなかった。その代わり、槍全体の8割ほどを構成する木の柄の部分を左手で握り、アリの突進を受け止めていた。

拓磨の右目眼球前5センチほどの所に、鈍く光る鉄の先端がある。

アリは最後の一押しとばかりに力を入れて押し込もうとするが直槍はびくともしない。

拓磨は、もがくアリを無表情で見つめると、直槍に力を込めた。

すると、柄があまりの握力に悲鳴を上げ、ついに音を立てへし折れてしまう。

アリは尻餅をついて、折れた槍の先端を見つめている。何が起こったのか分からない、もしくは起こったことを信じたくないとでもいうようにうろたえ、首を動かしている。

そのアリの頭に向けて、拓磨は槍の先端を叩きつけた。鈍い音とともに矢じりがアリの頭を突き破り、その刃を七色の液体が染める。

完全にアリにトドメを刺したことを察すると、拓磨は先ほど刀を投げて胸板を貫いたアリに向かっていく。

アリは槍を使って拓磨の足を突き刺そうとしたが、拓磨は足を浮かして突きをかわすと、そのまま足を下ろし、槍を完全に押さえる。

最後に刺さった刀を引き抜くと、そのまま巨大なアリの目玉目がけて突き刺す。

完全にアリの命は絶たれた。

拓磨は突き刺した刀を右手で引き抜き、地面の槍を左手で持つと、ゆっくりと残りのアリに向かって歩いていく。

武器を持っても拓磨を倒せないことで、もはやどうしていいか分からないように、残りのアリたちは、拓磨に突っ込んできた。

拓磨はとっさに状況を把握する。

全体を見た限り推定になるが、ヌンチャク持ち15体。小刀持ち29体。日本刀持ち10体。直槍持ち10体。

さすがに小刀は他の武器より手に入りやすいのか、持っている数が多かった。中には包丁を持っているアリもいる。

他にもアリがいる可能性はあるが、おそらく屋敷の中だろう。

拓磨とまず戦いになったのは日本刀部隊だった。

周囲を一気に日本刀を持つアリ部隊に囲まれる。

(こいつら、戦うたびに学習している。さっきは1体ずつ戦いに来ていたが、集団で押し通す行動に変わってきた。確かに相手は俺1人だから、多少死人覚悟でも傷を負わせることが重要だろう。一度に相手にする人数も増えてきたし、そろそろスピードを上げていくとしよう)

全員が一斉に拓磨に向かってきた。拓磨に向かって一気に刀を振り下ろしてくる。

周囲を囲まれ、一斉に攻撃されたこの状況では圧倒的に相手の攻撃の数が多い。完全に防ぎきることは無理である。防ぐことは無理なので一点突破するのが安全な方法である。

まず、拓磨は目の前のアリの首筋に向かって刀を投げ、同時に走りだす。

避ける暇もなく、目の前のアリは首を吹き飛ばされる。しかし、左右のアリが死んだアリの穴を埋めようとフォローに入る。

即座に、拓磨は槍で突くのではなく、左から右へとなぎ払う。

槍は本来突くための武器であるが、うまく刃の部分に当てれば相手を切ることもできる。

拓磨は刃の部分で、うまく隙間をフォローしたアリの頭と胴体の接合部分を狙い、アリの1体の首をはじき飛ばす。

いきなり2体の兵隊を失った包囲網は崩れだした。

拓磨はそのまま姿勢を低くしてスライディングの体勢を取り、滑りながら首を落としたアリの日本刀の柄をつかむ。そして右側から包囲網の穴を塞ごうとしたアリの足を滑りながら、関節部分を狙って切り裂く。

アリの右足が膝を中心に上と下が見事に分かれた。バランスを失い、アリは前のめりに倒れる。

とりあえず包囲網は突破した。

再び、拓磨の手には武器が戻る。

右手に日本刀。左手に槍。万全の状態である。

拓磨はスライディングの体勢から回転しながらうまく立ち上がると、信じられない行動を取った。

急激に加速したのである。尋常ならざる脚力のせいで高速移動した。普通に考えれば不可能だが、拓磨はなぜかそれができた。

拓磨は一気に足を踏み込むと、アリとの間合いを急激に詰める。

地面を靴の裏が急激なスピードで擦り、摩擦熱でゴムの焦げる匂いが発生し始める。

拓磨はまず、身近にいたアリの頭に槍を突き刺す。

アリも日本刀で切ってきたが、槍の方がリーチが長いため、日本刀が当たらず一方的にやられる形になった。

次に背後にいたアリが日本刀を横に切り、拓磨に傷を負わせようとしてくる。

拓磨は槍を放し、日本刀を立てて相手の攻撃を受け止めると、日本刀も放し、そのままふり返り跳び上がりながら膝蹴りをアリの顔面に叩きつける。

最後に空中から地上に落ちるとき、アリの触角を1本ずつ両手でつかむとアリの頭を地面に叩きつける。

また、1体アリが死んだ。

残りのターゲットは5メートルほど後方に集中していたため再び、拓磨は高速移動をする。今度は刀を持たず、丸腰で向かっていった。

まず、刀を振り下ろしてきたアリの手首をつかみ、受け止める。

そのまま捻り、アリの手首の骨を折りながら向きを変える。鈍く骨が折れる音が響き渡る。刀の先端が腕を目茶苦茶にしたせいでアリの方を向く。

次に押し込むように相手の手を押すと、アリの首元に刀が突き刺さる。最後にアリの手を横にスライドさせると、そのまま首を切り落とす形になり、アリが前のめりに倒れる。

次はアリ2体が間髪入れずに刀を振り下ろしてきた。

今の拓磨には武器がない。

しかし、盾ならあった。

先ほど自滅に追い込んだアリの体を引っ張ると、すでに分解しかかっている胴体で相手の攻撃を受け止める。

刀は深く突き刺さり、アリが抜こうとしてる隙に拓磨は2体のアリの触角をつかむと、目の前で頭を叩き合わせ、最後におなじみの、地面にアリの頭部を叩きつける手法で2体を同時に死に追いやった。

アリ日本刀隊の残りは、最初に足を切って地面に倒したものを除いて、残り2体である。辺りを見渡した。しかし、そこで見つけたのは別の存在だった。

玄関の前にアリが集合して全員こちらを向いている。よく見ると、全員武器を地面に落として、手には運動会のリレーなどで見かけるバトンのようなものを手にしている。

拓磨の位置から玄関まで20メートルほどあり、それが何か把握するまで時間がかかった。その正体を知ったのは、アリがライターを取り出しバトンに付いている紐にいきなり火を付けたからであった。

「まさか……ダイナマイトか!?」

再び戦況は大きく変わった。

アリたちはまた学習したのである。

肉体攻撃も通用しない。

武器も通用しない。

そんな目の前の男に勝つ方法はこれしかない！

そう、爆発物を体に付けたテロリストの得意技！

その名は……自爆。

（そこまでして俺を殺したいのか？　それともそれしか手段がないのか？）

その答えは永遠に分からないだろう。

拓磨とアリたちは互いに5秒ほど見つめ合う。

そして、先ほどまで武器を持っていた60人近いアリたちは一斉に、爆発物とともに拓磨に特攻を仕掛けてきた。

しかし、そのときの拓磨の行動は素早かった。

地面に落ちていた日本刀を握ると、特攻隊の先頭を行くアリの足目がけて投げつけた。

日本刀は回転しながら飛んでいくと、先頭のアリの足を切り裂く。

相手を殺すのには頭を狙うのが一番良いが、今回足を狙ったのには訳があった。

実はこのとき、アリたちはいろいろミスを犯していた。

ひとつ。爆発物に火を付けるのが早すぎたこと。

ふたつ。固まって突進してきたこと。

みっつ。火を付けてからすぐ来ればいいのに、先ほどまでの拓磨への警戒心からなのか、5秒も無駄な時間を使ったこと。

先頭のアリが前のめりに倒れる。そのアリにつまずいて後ろのアリが倒れる……いわゆるドミノ倒しに似た現象が起こった。

ドミノ倒しを回避したアリも数体いたが、拓磨が先ほど倒したアリたちの武器を腕に向かって投げつけ、ダイナマイトを地面に落とすことで時間を食い、拓磨の元までたどり着けたアリは一体もいなかった。

拓磨はとっさに、先ほど刀を受け止めるためガードに利用したアリの胴体を盾にして爆風や破片に備え、地面に体を伏せる。

凄まじい轟音。そして超大型台風並みの信じられない爆風。

拓磨の10メートルほど先でダイナマイトの爆発の連鎖が起こる。

拓磨は爆風に押されるように地面を滑り、少し前に入ってきた巨大な門の方へと押し出されていった。

大爆発

しばらくした後、風がやみ、拓磨は恐る恐る前を見た。

先ほどいた場所から20メートル近く後退していた。

拓磨が先ほどいた場所の地面がめくれあがり、直径4メートルほどのクレーターのようなものができている。ダイナマイトの爆発の跡だ。アリの頭や胴体がバラバラに散乱していた。

全てが光に包まれ、分解しかかっていたので、巨大なキャンプファイヤーを見ているようだった。

石畳は地面から引きはがされており、拓磨が盾にしたアリの胴体は石ころなどの破片でズタズタにされていた。

（盾が人間だったら爆風を受け止めきれず俺まで巻き込まれていたな。やはり、ライナー波で肉体まで強靱になっているのか）

拓磨は盾にしたアリの胴体を横に置くと、ゆっくりと立ち上がり屋敷の方を見る。

すると、50メートルほど先の屋敷の玄関で、3体のアリがこちらを見ていた。肩に何か筒のような物を担いでいる。

拓磨はその筒を映画で見たような気がしていた。確か、戦車や装甲車を吹き飛ばすものだ。少なくとも人に向けるものではない。

（その筒の名前は確か……。RPG―7、携帯式対戦車ロケット弾。もう、俺は確実に人間扱いされていない。

そもそも、なんでヤクザの家に軍事用のロケット弾があるんだ？　密輸入でもして、本気でテロでも起こそうとしていたのか？）

しかし、そこまで深く考える余裕はなかった。

拓磨は50メートルほど離れた3台のロケット砲目がけて突っ込んでいく。

アリは恐ろしいスピードで走ってくる拓磨に向けて、ロケット弾の引き金を引いた。

拓磨は発射の向きを瞬時に見極めると、前のめりに跳躍した。

ジャンプした直後、30センチほど下をロケット弾の火花が通過していく。

ロケット弾はそのまま直進し、背後の相良組の門に直撃、雷が落ちたような轟音とともに、木製の門を粉々に吹き飛ばす。

しかし、拓磨にとってそれは知ったことではなかった。着地のときに前転を入れ、衝撃を逃がすとさらに走り始める。

続いて2発目発射。

先ほどの拓磨の跳躍を見て、再び跳躍して避けるとアリは察知し、上に発射角度を修正し、ロケット弾を放った。

拓磨はその修正を見極め、すぐさま足を前に投げ出しスライディングの体勢に移る。間一髪。スライディングした拓磨の髪の毛をロケット弾の弾頭がかすめていった。推進時の熱い火花で、拓磨の黒い髪の毛が軽く焦げる。

弾頭はそのまま直進。ガレキの山となった門の山頂付近に命中し、門の破片を周囲の民家にばらまいた。

住民が全てウェブスペースに移されていたことが、せめてもの救いである。もし人がいようものならば2次災害が起こっていた。

拓磨はスライディングから体を起こすと、さらに速度を上げ、3体のアリに突っ込んでいく。

最後のRPG—7のボディを構えたアリだったが構えた瞬間、アリの胴体が拓磨の前蹴りによって吹き飛び、相良家の玄関のドアを突き破り、飛んでいった。

すでに弾頭を撃ち終えた2体のアリは、空になったボディで殴りかかってくるが、拓磨は両手でそれを受け止める。

2体のアリの腹に蹴りを入れ、ボディをもぎ取ると、その場に捨て、2体のアリの首をつかみ、絞め上げる。

アリはもがきながらもなんとか逃げ出そうとしたが、あまりにも拓磨の握力が強すぎて逃げ出せない。

次第に頭の方で何かが折れる音が響き渡り、2体のアリはぐったりと頭を垂れた。

拓磨はそのまま、アリを放すと2体のアリは膝をつき、正面から地面に倒れる。そのアリの頭を、拓磨は足で2体とも踏みつぶす。頭の砕ける音とともに、頭が破裂するように潰れる。

拓磨はゆっくりと足をどかすと、今まで自分がしたことを振り返るように来た道を振り向く。

あちこちで光となり、分解しかかっているアリ。

血のように散乱していた虹色の液体も、光となり消えていた。戦いの際、返り血のように拓磨の体に付着していた液体もすでになくなっている。

生き残っているものはいなかった。

全て拓磨がしたことである。

アリが人を襲い、2次災害を起こさないように完全に息の根を止めたのだ。

拓磨の心には今、何の感情もなかった。

心に空洞ができ、「無」が支配していた。

殺したことを後悔すればいいのか、悲しめばいいのか分からなかった。

今の自分には必要ないのだ。

自分がこれから行うことの支障となる感情は、全て思考の外へと置いた。感情を出すのは全てが終わってからでもいい。

拓磨は向き直ると玄関から中へと入っていく。当然、靴は脱がなかった。

中に入ると、先ほど吹き飛ばしたアリが目の前に横たわっていた。拓磨に向けて引き金を引こうとしている。

しかし、引き金が引かれることはなかった。

拓磨の無慈悲の蹴りがアリの頭をサッカーボールのように吹き飛ばしていたからである。

頭が胴体から断絶し、壁に鋭い口が突き刺さる。

拓磨はアリが死んだことを確認すると、ゆっくりと周りを見渡した。

(ヤクザというのはこれほど儲かるものか?)

疑問が出るほど豪勢な作りである。

大理石の床。下駄箱は高級感あふれる漆の光沢を放つ。幅3メートル、奥行き1メートル、高さ1・5メートルの2段構造は特注品であろう。

天井には、小さな丸いガラス細工が集まってできた満開の花のような、直径1メートルほどの巨大シャンデリアが備え付けられていた。よく見るとところどころに輝きの違うものがある。ダイヤだった。天然物か人工物かは区別ができない。

　廊下も下駄箱と同じように光っている。常に掃除が行き届いているせいか一点の曇りもないのだろう、本来は。今はホコリと砂汚れにまみれた土足で上がっても、文句を言えない所となっている。

　拓磨は玄関から目の前に続く廊下を進んでいく。

　左右とも障子がずっと続いている。大広間ではなく、同じような部屋が続いているようだ。拓磨は手前から障子を開け、中を確認しながら進む。

（相良は、口は達者かもしれないが注意深く見ると中身は相当なビビりだ。そういう男は大切なものを大抵手元に置いておきたがる。人に預けることなど不安でできないだろう。例えば財布は自分の部屋に。家の鍵もそうだろうな。そして……人をウェブスペースへ移動させる装置もな）

　拓磨が相良の家に来たのは、金城のアパートで相良の言動を注意深く観察した結果だった。もちろん、完全に推測が当たっている保証なんてなかった。しかしこの家に来たとき、目の前にいたアリの大群。おまけに本人の映像などで、自分の考えが間違っていないことを確信できた。

（間違いなく、この家に装置はある）

　拓磨は確信を持ちつつ、障子を開け部屋を見ていく。

そして、14番目の部屋の障子を開けようとしたときだった。

拓磨は殺気のようなものを感じると頭を伏せ、しゃがむ。先ほどまで拓磨の頭があった場所に、アリの口が正面から障子を突き破っていた。一瞬遅かったら間違いなく自分の頭が胴体と切り離されていた。

拓磨は、すかさず相手の両足を握るとそのまま床に倒し、ジャイアントスイングでアリを振り回し、その勢いのまま壁に頭を叩きつけた。

まるで七色のペンキをぶちまけたかのように壁が染まる。そしてアリの頭が床を転がった。そして、トドメとばかりに頭を踏みつぶす。

拓磨はアリを投げ捨てると、何事もなかったように再び探索に戻った。

10歩ほど進むと周りの景色が障子から庭へと変わった。

縁側という日本独特の通路が目の前に続き、右隣に庭が広がっていた。

やはり相良組は相当儲かっているのであろう。一目では全体を見渡せない。呆れるほど広い庭である。一言で言うなら日本庭園という言葉が相応しい。

形よく剪定された樹木は鮮やかな緑で、石材で作られた人間1人が渡れるような、長さ3メートルほどの橋がかけられている下を、わざわざ水を引いて作らせたであろう小川が流れている。

はっきり言って、庭だけで不動家が建ってしまうほどの広さであった。

「最近のヤクザはこんなに儲かるのか？」

思わず独り言を呟いてしまうほど、我が家との格差を思い知らされた拓磨だった。

縁側を進み左折すると、庭の景色が消え、左右が白い壁で覆われる廊下が現れる。そして奥にドアが現れた。よく磨かれて輝いている黒色の木製のドアで、取っ手の部分が銀で作られた特注品である。少なくとも拓磨にはそう見えた。

拓磨は進んで取っ手を握るとゆっくりとドアを開ける。

そこは一見すると居間のようだった。

正方形のテーブル、それを囲む椅子。奥には大きな窓。そして、太陽の光でライトアップされた満開の桜。

相良家は、周囲が全て手入れの行き届いた庭に囲まれている。

庭という海に浮かぶ小島のような印象だ。

その部屋は、よく見ると部屋全体が正方形で、食堂のような場所だった。

部屋に入ったときから、何かを焼いた匂いと同時に、腐った何かを放置した臭いも漂っているのに気づいた。拓磨はゆっくりと部屋全体を見渡すように体を回転させた。

翡翠という宝石で作られた高そうな壺。その他にも時計や石像などの骨董品の数々。

拓磨が入ってきた黒い扉の横には『龍が雲を突き破って見下ろしている絵』。

そして点々と飛び散った黒いシミが目に入った。

おそらく血であろう。

（最近、誰かが血を壁にぶちまけるようなことがあったんだろう。あまり、考えたくない

ことだが）

拓磨は奥の窓の方に進んでいくと、ゲームセンターに置かれているアーケードゲーム機のような物が目に留まる。

あまりにも部屋の雰囲気にそぐわない代物だった。その周囲を見ても、最近置かれた物ではないかと思える。

（ということは……もしかしてこのゲーム機が転送装置なのだろうか？）

拓磨はゲーム機をうかつに触らないように見て回る。

目の前には液晶画面。手元には、白い長方形に切れ目だけが入った板が設置されている。形はまさしくアーケードゲーム機だ。

おそらく、手元の白い板はキーボードなのだろう。特に数字も文字も描かれていないが。

（これを……壊せば良いんだよな？）

改めて自分のやることを確認すると、テーブルの周りにある椅子を持ち上げ、試しに投げつけてみる。

すると突然、空中で椅子が一時停止して、緑色の電流が流れる。さらに雷が落ちたような音とともに、拓磨に向かって吹き飛んでくる。

拓磨はとっさに伏せると、ちょうど髪の毛をかすめて椅子が吹き飛んできて、黒い木製のドアをへし折るように破壊する。

「……厄介だな、これは」

拓磨はゲーム機を見つめながら立ち上がる。

（まあ、重要な装置だ。スムーズに破壊できるわけがない……か）

そもそもこんな無防備で装置が置かれているのを疑うべきだったのだ。

いくら周りをアリで囲まれても突破される危険性は十分に考えられる。

もし、突破されてこの部屋に誰かが来て、装置があまりにも簡単に破壊されたら意味がない。普通は丈夫な金庫に入れたり、あるいは分からない所に隠しておくのではないだろうか？　それをせずに堂々と装置を置いておく理由。

装置が破壊されないよほどの理由があるということだ。それが先ほどの電流、いわゆるバリアのようなものだろうか？　あれがある限り触れることはできない。

拓磨は実に困った事態に陥った。

しかし、あまりここで時間を食うわけにはいかない。ウェブスペースに送られた人々の体が心配だからである。大人だけではなく、子供やお年寄りもいる。

おまけにライナー波と呼ばれる、人々に悪影響を及ぼす可能性のあるものがあの空間には存在する。確か、何も対策を行っていない人間がウェブスペースに送られると気絶したりして動けなくなるはずだ。

長時間向こうにいるということは、それだけ症状が深刻化する危険がある。その中には信治や喜美子、祐司や葵が含まれているのだ。

（一刻も早く助けなくては）

「……落ち着け、俺。よく考えろ……考えるんだ。時間がないときほど落ち着いて考えろ……！」

拓磨は頭の中を整理した。

とりあえず、目の前の装置を破壊する方法のみを考えるのだ。

『椅子を投げつけた。そして弾かれた』↓『つまり、物理攻撃は効かない？』

（いや、それでは駄目だ！　いくらなんでも打つ手がなくなってしまう！）

拓磨は再び、目の前のゲーム機を見た。

目立つのは大きな液晶画面。そして白い枠の板。

液晶画面で映像を映す。

白い板はいくつもの切れ目が入っている。

（そうだ。仮に白い板がキーボードだったら？　さっきのバリアは触れた物をはじき飛ばす。キーボードは手で入力しなければいけないのにバリアで弾かれては入力できないのでは？

もしかしたら、触れるには何か方法があるのかもしれない。それが分かれば、破壊できる方法も見つけ出せるはずだ。

この装置を作ったのはリベリオスだろう。だとしたら奴らには触れられて、人間には触れられない理由があるはず）

『俺たちにできなくて、リベリオスにできるもの』↓『俺たちにはなくて、奴らにはあるもの』

ライナー波。

現実世界にあるさっきの椅子には、ライナー波は存在しない。だから弾かれた。さらに奴らはライナー波を生み出すライナーコアを狙っている。ライナー波を生み出す装置を使っているということだ。もしかしたらライナー波を使っているから触れることができるのでは？

あくまでも想像だが、可能性がないとは言えない。

（つまり、ライナー波を使った攻撃ならば通るかもしれない。だが、そんなものあっただろうか？）

拓磨が解決案を考え始めたそのとき、ふと殺気を感じ、先ほど弾かれた椅子で破壊されたドアの方を振り向く。

そこにはアリが1体立っていた。

手には黒い拳銃を持っている。警察官が用いる回転式の拳銃だ。

（警察から奪ったのか？　それとも相良組に元からあったのか？）

理由は分からないが銃口が今、拓磨に向けられている。アリはゆっくりと歩いてくる。おそらく、確実に仕留める距離まで近づき、急所に放とうとしているのだろう。

拓磨はアリと拓磨と装置が一直線上になるように足をゆっくり動かし移動した。

アリは足を止めた。２人の間には2メートルほどしか距離がない。

背は拓磨の方が高かった。相手のアリは170センチほどの身長しかなく、拓磨の頭を狙うとしたら少々上向きに銃弾を放つことになる。

アリは最初に拓磨の頭に向けて照準を合わせた。

すると、拓磨は軽く頭を左右に振る。

その行動を見たアリは、照準の向きを拓磨の胸に変えた。さらに2歩ほど拓磨から距離を取るように後ろに下がる。

どうやら、頭を狙った銃弾をかわされ、反撃されるのを恐れているようだ。

今までの拓磨の戦いを見ていたのか、それとも本能的に危機を感じたのかは不明である。少なくとも、アリにも拓磨の危険度は理解できているのは確かだ。

拓磨は、拳銃の引き金を引く指先だけをじっと見ている。アリは、銃口の先にある拓磨の胸のみを、巨大な目で凝視している。

両者の間にしばしの沈黙が流れた。

拓磨は引き金が引かれる直前、右方向に横飛びをした。

直後の発砲。

弾丸は拓磨に当たらず、背後の装置に突撃していった。

途端に空中に放出される一瞬の電流。弾丸はバリアではじき飛ばされ、向きを変えるとアリの腹部にめり込んだ。

もちろん、肉体が変化した鎧のような皮膚を持つアリである。弾丸程度では致命傷にならない。

しかし、弾丸を腹に受けたときの衝撃のせいで生まれた一瞬の隙を、拓磨は見逃さなかった。

拓磨は横飛びから着地すると、床のカーペットが脚力でちぎれるほど踏み込み、一気に加速してアリに突進していく。

アリは立ち直り、拓磨に銃を向けた。

しかし、あまりに遅かった。

拓磨は右足で銃を蹴り飛ばす。銃弾は天井に向かって発射され、そのままめり込む。

ところが、アリは諦めなかった。自慢の牙で拓磨を傷つけようと顔を突き出す。

その攻撃を拓磨は利用した。腰を低くし、アリの首元の関節部を右手で握ると、背負い投げのように装置に向かってアリを投げ飛ばす。

顔を突き出したアリは、先ほど放った弾丸のように液晶画面に頭から突っ込んでいく。

今度は電流は流れなかった。

電流がショートした音も聞こえない。

ただガラスが割れる音が響き渡る。

見ると、液晶画面をアリの胴体が貫いていた。

アリはライナー波を浴びた存在。それを武器にして攻撃する拓磨の特技、『人を武器にする』技は見事に決まったわけだ。

そして「ライナー波の攻撃なら通る」という推測も見事に当たった。
(全てが万事うまくいった)
拓磨はそう思っていた。
壊れた装置から放電した一筋の電流を見るまでは。
電流を見た瞬間、これから起こる出来事を拓磨は予測できた。
(当たってほしくなかった。しかし、これは当たる)
先ほどのライナー波の推測とは比べものにならないほど絶対の自信が拓磨にはあった。
50円賭けてもいいほどに!
『装置が壊れる』→『エネルギー暴走』→『装置がボカン!』
拓磨は瞬時に奥のガラスを見た。
ガラスを破って部屋を抜け出す。
自分の怪力なら椅子でも投げれば壊れるだろう。
けど、もし防弾ガラスだったら?
致命的な時間ロスで爆発に巻き込まれて死ぬ。
そこまでリスクを冒す必要はない。
『ガラス突き破って脱出案』はすぐに頭の中で却下された。
拓磨は入ってきた入り口に向かって全力で駆け出す。
拓磨の後ろでは、中のエネルギーにより装置の外壁が破壊される音が生物の叫びのように聞こえ始めていた。

ドアとの距離が近づいてくる。

10メートル。

5メートル。

1メートル。

拓磨はドアにたどり着いた。

しかし、安心はできない。目の前にあるのは左右が壁の廊下だった。

廊下の先の庭はそれほど長くないのだがこのときの拓磨には、はるか遠くに思えた。

拓磨はさらに庭まで走ろうとした。

そのときだった。

後ろから小さく何かが破裂する音が聞こえた。

拓磨は構わず走りだす。

凄まじい脚力で庭へと跳躍したとき、背後から全身が焼け付くほどの熱が拓磨の体を襲った。

さらにその後の爆風による突風。

拓磨の巨体が風に煽《あお》られ、吹き飛ばされる。目の前には刈り揃えられた芝生。そして幅1・5メートルほどの人工の川が流れていた。

空中に投げ出されたとき、拓磨は背中に爆風のものではない熱を感じた。

火である。

爆発のとき、拓磨のジャージに燃え移ったのだ。

拓磨は着地のときに前転し、衝撃を和らげるとそのまま川に飛び込んだ。全身を転がして火をもみ消す。

そのとき、背後から轟音が鳴り響いた。

木材が軋む音。瓦が砕ける音。業火により熱せられた空気の動きが獣のように唸り狂う。

拓磨はびしょ濡れの体で、目の前の災害を川に体を浸しながら見つめた。

稲歌町の暴力団、相良宗二郎組長率いる相良邸が、今は圧倒的な『火』という自然の力に飲み込まれている。

あれだけ威風堂々とそびえ立っていた家屋も、あらゆる木材が火に飲み込まれ、ガラスは熱でヒビが入り砕け始めていた。

すると、さらに爆発。今度は耳を塞がなければおかしくなるほどの巨大な音だった。

先ほど拓磨がいた部屋の辺りの屋根が天に向かって吹き飛ぶ。破片が雨あられと周辺の民家へと降り注いだ。まさに火の雨である。

「まずいな、周辺の家に引火して2次災害になる……！」

拓磨が危機を感じ、動き出そうとした、そのときだった。

ろうそくの火を吹き消したように、急に火が消えた。

破片から出ていた火も消え、落ちてくるのは破片のみ。小さな破片が、周辺の家屋の屋根をドアをノックするように叩き続ける。爆風もやみ、燃えさかっていた家の火が魔法でもかけられたように急に消える。残ったのは黒焦げになった相良邸の燃えかすだった。

不気味な静けさである。嵐の前の静けさ、何かが起こる前触れのような。鳥の鳴く声も、虫の声も聞こえない。ただ恐ろしいほどの静寂だった。

拓磨の目の前で静けさを破るように、屋根の重みに耐えきれなくなった相良家の柱や壁が倒壊する。

内部の壁が崩れ去り、家の反対側まで見えるようになった。

拓磨が装置を破壊した部屋も、外から丸見えになる。

そしてそこに見てはいけないもの、できれば見たくないものを拓磨は見つけてしまった。

黒い渦

拓磨が破壊したアーケードゲーム機は、すでにそこにはなかった。

あったのは地面から50センチほどに浮かぶ、直径1メートルほどの黒い渦。真っ黒で中には何もない。

まるで、全てを飲み込む宇宙に存在する暗黒の天体、ブラックホールのようだった。

すると突然、黒い渦が笑った。

正確には、笑ったように見えた。渦には目も口も何もない。突然渦の内部が大きく歪み、それが笑ったように見えたのだ。ご馳走を目の前にして喜びのあまり笑わずにはいられない怪物のように。

「やばい！」

拓磨は身の危険を感じ、とっさに近くにある太い樹木につかまる。

そのとき、嵐が起こった。

しかし、風はこちらには吹いてこない。その黒い渦の方に何もかもが吸い込まれていくのだ。そして、屋敷をまるごと吸い込む風の力に、巨木と握力の強い拓磨は耐えた。

燃えかすと化した相良邸の破片が次々と渦の中に吸い込まれていく。吸い込まれた破片は黒い渦に触れた瞬間、七色の光を放ち、消えていく。

拓磨はその光景を見たとき、理解した。

「触れた物を食っている」と。

装置という体を破壊された内部の力が、餌の時間のように周りのものを喰らい続けている。

現状を認めず、脱するために。

それはまさしく『変化』。そして新たなものへの『成長』だった。

(これがライナー波なのか？)

目の前の出来事は、拓磨のライナー波という理解不能の力について大きく考えを変化させた。

そもそも、拓磨はライナー波をただのエネルギーとばかりに考えていた。無限のエネルギーを発したり、人を化け物にするなどいろいろおかしなところはあるが、放射能のような存在とばかり考えていた。少なくともゼロアの説明からそのように感じていた。

しかし、目の前の光景により、そのような考えは大きく修正された。

（これはエネルギーというより、もはや『生き物』なのではないか？）

拓磨が導き出した感想である。自分でもこのような考えに至ったことに驚いていた。あまりにも変な感想に思えるが、その方がしっくりくるのである。

（このまま、この黒い生き物は全てを飲み込むのだろうか？）

そのような考えが頭をよぎる。

しかし、その心配をよそに、黒い生き物も腹が満たされるときが来たようだ。

次第に吸い込む風が弱くなる。

風が暴風から強風になる。風の流れはどんどん弱くなり、そよ風になり、そして肌に風を感じなくなった。

拓磨はつかまっていた木から手を放し、辺りを見渡した。

そこは過去にテレビで見たような……台風の直撃を受け、家を吹き飛ばされた光景と同じであった。

ただ、異なっているのは何もないということである。

台風ならば家は残骸の山となる。元の姿はなくなっても、成れの果てというべき物は残るのだ。

今、目の前にあった相良邸はなくなっていた。相良邸のみが丸々と消えていた。

手入れされた庭や周囲の住宅が、目の前の突発的な出来事をさらに際立たせた。それが余計に非現実的さを拓磨に思い知らせた。

拓磨が最初に入った玄関も、アリと戦った廊下も、装置を発見し爆発させた部屋も何もない。

あるのは、かつて家がそこにあったことを示す剥き出しの地面と芝生の痕跡が残る庭。色の異なる2種類の土を、太陽光が容赦なく照らしている。

その中に黒い渦はあった。

食べるものを食べて落ち着いたのか、空中に浮いたまま動かないでいる。

拓磨は地面の石を拾い上げる。そして遠くから黒い渦に投げ入れた。

石は、渦の中に溶けるように消え去る。それ以外、特に変わったことは起こらない。

安全確認としてはあまりに心もとないが、拓磨は恐る恐る黒い渦に近づいていく。

もちろん心配もある。

(またさっきの吸引が始まったら？　おそらく、飲み込まれて人生の終わりだろう。

しかし、装置を破壊した自分にできることは他に何がある？　何もないではないか。

そもそも装置を破壊したら町の住民が戻ってくるのではなかったのか？　あくまでもゼロアの推測だが。もしかしたら、自分のやったことは無駄骨だったのかもしれない)

様々な気持ちが拓磨の足を進ませた。

拓磨が黒い渦まで約5メートルの所まで迫ったときだった。

渦の中で小さな光が見えた。

「何だ？」

初めは目の錯覚かと思った。

しかし、その光が渦の中全体でライトのように点滅を繰り返し始める。点滅はどんどん大きくなり、ついに黒い渦から光が飛び出してきた。

まるで、夜空を流れる流星群のような光景であった。黒い渦の中から様々な色に輝いた光の大群が飛び出してきて、空に飛び去るものと地表へ落下していくものがある。全ての光の流れる方向は異なっており、自分の落ちる場所が決まっているかのように互いにぶつかることなく飛び去り落ちていく。

拓磨はどうすることもなく、その光景を黙って見ていることしかできなかった。

正直、もうついていけなかった。

グロテスクなアリの化け物の大群の次は、ファンタジーの世界に出てきそうな流星群である。

（意味が分からねえ。訳が分からねえ）

平穏な日常は壊れ、このふたつの言葉が頭の中を飛び交う、何でもありの非現実的な日々が待ち構えているのは、もはや避けられない運命のように感じられた。

光のイリュージョンショーは5分ほどで終了した。

最後に、人間が黒い渦から勢いよく飛び出してくる。そして拓磨の前で、無様に顔面から地面に叩きつけられる。

見慣れた後ろ姿だった。

最近、いやずっと昔からよく見ているような……。

「祐司？」

「う、うぐ……こ、今度は何？」

祐司は顔面を撫でながらゆっくりと周りを見渡した。周囲の家を確認する。どこか分からない庭を確認する。最後に拓磨を見る。

「た、たっくん？　たっくんじゃないか！」

地獄に仏とばかりにすっとんきょうな歓声を上げる。

祐司の顔は何発か殴られた痕があり、紫色の痣ができていた。

学校の制服を着ており、ところどころ破けている。

時間帯からして、学校にいるときにウェブスペースにさらわれたのであろう。

「祐司、無事みたいだな？」

「無事!?　無事なもんか！　変なことのオンパレードだよ！」

「まあ、そりゃ見れば分かるが……」

明らかに殴られているし、先ほどの顔面から地面に落下もある。見るからにズタボロだ。

「砂漠みたいな世界で紫色の髪のコスプレとバスタオル一枚の変態糞野郎兄ちゃんが言い合っていたし！」

「待て！　……相良とゼロアに会ったのか？」

「そもそも、あの2人って誰？　相良ってもしかしてあの相良組の組長!?」

そういえば、祐司はゼロアの事を全く知らないのだった。

いくら、アニメ関係が好きで非日常をよく見ている祐司でも、突然の環境の変化に適応できるわけがない。

しかし、拓磨にのんびり説明している時間はない。

「祐司。お前はとりあえず学校に行け。そこでクラスの奴らが無事か確認してきてくれ」

「はあ!?　無事って何!?　一体何が起こっているの!?」

「いいか？　簡単に説明するぞ。テロリストが攻めてきて、変態糞野郎兄ちゃんの相良組長を部下にした。そいつらと戦っているのがコスプレ。コスプレが死ねば俺たちはアリになるかもしれない。つまり、日本の滅亡。分かったか？」

嘘は言っていない。祐司の情報を元に拓磨の実体験を組み合わせた結果だ。

ただ、内容が内容なだけに、あまりにもぶっ飛んだ文章ができあがってしまった。

「なんか……今の言葉でなんとなく分かる自分が恐ろしい」

「詳しい説明は後だ。俺はちょっと用事がある」

拓磨は、祐司を放って、黒い渦に近づく。

（祐司たちはウェブスペースにいた。だとしたら、この黒い渦を抜ければウェブスペースに行けるはず……あくまでも推論だが。

だが、行ってどうする？　行けば間違いなく戦いに巻き込まれる。

そもそも、地球外のことに首を突っ込む必要なんかない。ここで行かなければ少なくとも一時期は平和を味わうことができるだろう。それもいいのではないだろうか？）

「たっくん」

「ん？」

祐司が呼び止める。

「さっきからずっと聞こうと思っていたんだけど、なんで泣いてるの？」

「え？」

拓磨は自分の頬を触れてみた。そこにあったのは先ほどのアリの七色の液体でもなく、汗でもなかった。確かにそこには自分の目から流れた人間の証があった。

いつから泣いていたのかは分からない。だが、泣いた理由は分かる。

方法がなかったとはいえ、化け物であったとはいえ、アリとなった元人間たちを虐殺したことだ。

勝利の余韻。圧倒的勝利による爽快感。相良の野望を打ち砕いたことでの優越感。そんなものは全くない。

あるのは、本当に自分は正しかったのかという疑念と後悔だった。

正しいかどうかは分からない。後悔も消えることはないだろう。ただ、もうすでに選んでしまったのだ。

あのとき、皆殺しを決めてからすでに自分の進む道は決まってしまったのだ。

あのままアリの化け物を放置していたら、他の人々にも危害を加えるかもしれない。平和に、何も知らずに過ごしている人たちに。

(今さら、この道を進むのを諦めるわけにはいかない。断じて逃げるわけにはいかない!)

「祐司」

「な、何!? とにかく早く帰ろうよ! ほら、向こうに警察の人もいるし!」

拓磨は、祐司が指さした相良家の門の方を見た。すでにRPG—7により破壊されていたが、その横に警察官たちの姿が見える。全員気絶しており、寝る場所が異なれば昼寝をしているように見える光景だ。

「な、何か気絶してるけど……。というか、変な場所じゃみんな気絶していたけど! 何がどうなっているの!? あれは夢!? 夢だよね!?」

「それは現実だ。残念だけどな」

「現実!? 馬鹿でかいロボットが出てくるのが!?」

「祐司、言えることはひとつだ。どんなにおかしくてもあれは現実なんだ」

言葉少なく、拓磨は黒い渦の中に入ろうとする。

「たっくん、なんであんな所に行くんだよ!?」

祐司は訳が分からない状態になっているようだった。混乱して今の状況への答えと解説を求めている。

「……戻ってきたら、じっくり説明してやる。お前の大好きな分野の話だ。とにかく、こっちのことは頼んだぞ。……あっちの警察も任せた」

拓磨は、警察の方を指で指しながら、口角を上げ、微笑みを浮かべる。そして視線を再び渦の方を向けると、急に真剣な表情になり、黒い渦に飛び込む。

祐司が後ろで叫ぶ声が聞こえたが、すぐに聞こえなくなった。


何も見えない。星の輝きが失われたような夜のような暗闇の世界。

その世界を、まるで螺旋回転を降下するジェットコースターに乗ったように移動していた。

上下も分からなくなり、拓磨の意識はどんどん薄れていった。

中に入って30秒ほど経過しただろう。

目の前にぼんやりと光が見えた。

何もない絶望の中に突如現れた希望のように。

拓磨はその中へ飛び込んでいった。

1パーセントの賭け

同日、午後4時20分、ウェブスペース。

拓磨が装置を破壊したとき、ウェブスペースには激震が走った。

相良は目の前の出来事が信じられなかった。

突如、目の前から大勢の人質が七色の光とともに消え去ったのである。

相良が殴り飛ばした祐司も驚いた表情とともに消えていく。

「……嘘だろう?」

人質を取っていた相良、人質を取られ動けないでいたゼロア、どこからともなく声だけで会話に参加していたライン。

皆が同時に、同じ言葉を口にしていた。

もちろん、その言葉の対象は目の前で起きた現象。

そして、現象を起こした原因、不動拓磨である。

相良の顔からは、すっかり血の気が引いていた。青ざめた表情を浮かべている。

もう、超人になったことによる優越感など欠片ほども残っていなかった。

(人外と化した部下を大勢投入した。1人や2人はやられることもあると考えた。しかし、結局は多勢に無勢。体を八つ裂きにされ、あの小僧は死ぬと思っていた。

それなのにこれはどういうことだ？　八つ裂きにされたのは人の姿を捨てた部下の方だ。そもそもあの小僧は何なのだ？　鉄の棒を素手で引きちぎった？

追い込まれているのは小僧のはずなのに、おびえる表情ひとつ見せない。アリを殺していく様子は『手慣れている』という表現が正しいのかもしれない。

高校生が殺しに手慣れている？　訳が分からん！　ありえないことが起こっている！

頼む、誰かわしに教えてくれ！　奴は何なんだ!?）

相良の瞳孔はすでに開き、ストレスの影響からか、ものすごい勢いで髪の毛を掻きむしっている。

一方、声だけの存在であるラインは、ゼロアのことなどもはや蚊帳の外だった。

起こるはずのないことが起こってしまった。

ライナー波を浴びたモンスター相手に、目立った外傷なく勝利。突如現れた未確認人物。

ラインの中で想定していなかった問題が起こってしまったのだ。

ウェブスペースにいる誰もが現実世界の成り行きに少なからず考えを巡らせていた。

ゼロアはその隙を見逃さなかった。

(行動するなら今しかない！）

ゼロアの行動は素早かった。

まず、左側のアリに体当たりを食らわせる。アリは急な行動に反応できず倒れる。

そして、お辞儀をするように、背後でゼロアの腕を縛っていたアリを背中に乗せて前に投げ飛ばす。

最後に残った1体に足払いをして地面に倒すと、全身に光をまとい地面に仰向けに倒された、沈黙しているウェブライナーに飛び込んでいった。

ウェブライナーに飛び込んだゼロアは、すぐにシステムの状況を確認し始めた。

「胸部装甲破損率98パーセント……！　まずいな、これではピストルの弾も受け止められるか分からない」

ゼロアはウェブライナーと一体となり、体を動かそうとするが、両足の関節部分が軋む音が鳴り響き、膝をついてしまう。

全く足に力が入らなかった。

巨人は踏ん張ろうと体を起こそうとするが、錆びた金属が擦り合うような音が響き渡り、踏ん張りがきかずうまく立ち上がれない。

「動力を送る回路もやられたか……！　うまく動けない！」

そのとき、緑色の光が一閃する。

巨人の胸はさらに貫かれた。胸に緑色の火花がほとばしる。最後の踏ん張りもきかなくなり、前のめりに倒れてしまう。

ゼロアは再び、外に投げ出された。今度は何の警告音もなかった。無様に白い砂の地面に仰向けに叩きつけられ、そのまま動かなくなる。

「無駄な抵抗は済んだか？」

圧倒的な大きさを誇る城のような巨体が、死んだアリのように動かないウェブライナーを見下ろしている。

ゼロアは叩きつけられた衝撃から立ち直ると、ゆっくりと目の前の化け物ロボットを見上げた。

「そんなポンコツで、まだあがこうとしていたのか？」

「私があがかなければ……！　悲劇は繰り返されてしまう！　この日本で……！」

「悲劇？　何のことだ？」

ラインはさらに尋ねた。

「惑星フォインの滅亡だ！」

ゼロアは力を振り絞って立ち上がると、目の前の巨人を再び睨みつける。

「『悲劇』……アレが？」

「忘れたとは言わせないぞ、星ひとつ滅びたんだ！」

「ふうむ、なるほど。お前にはそう見えるのか、私たちの行動が」

ラインの言葉にはどこか悲しそうな雰囲気があった。

そして『この程度の問題も解けないのか？』と教え子を見下す教師のような……冷徹で残忍さも窺える言葉にも思えた。

「正直がっかりだ。あまりにも視野が狭すぎる、お前はな」

天までそびえ立つロボットの上空で、緑色の光が輝き始める。

レーザーを放つ気なのだ。あまりにも目の前のロボットが巨大すぎて、下からはっきりと分からないが間違いない。

ゼロアは逃げようとした。しかし、レーザーの発射の方があまりにも速い。

閃光が再び放たれる。

そのとき、ゼロアの体を再び衝撃が襲った。

撃たれた。初めはそのように思った。

しかし、その衝撃は目の前のロボットの方向からではなく、脇腹の方から伝わってきた。しかも、鈍器で殴られたかのような物理的な痛みだ。何かが突進してきて、体にぶつかった感覚であった。

その衝撃にゼロアは吹き飛ばされる。ゼロアが先ほどまで立っていた場所の近くを緑色のレーザーが通過していく。地面が衝撃で吹き飛び、砂ぼこりが辺りに舞う。

ゼロアは腹に受けた衝撃と砂ぼこりで、しばらくむせこんだ。そしてゆっくりと顔を上げると、そこには黒いコートが砂ぼこりの中、たなびいていた。

筋骨隆々の巨体。針のようにボサボサの黒い髪の毛。鷹のように鋭く、鬼のような恐れを感じさせる眼光。大木のように太く、アリの頭蓋骨を一撃で粉砕した怪力を持つ両腕と両足。

稲歌高校2年生、不動拓磨がそこに立っていた。

「たまたま出口が近くで良かった。なんとか間に合ったみたいだな？」

「借りを返さなきゃいけない相手がいるんでな。それにいろいろ教えてもらった礼くらいしないと気が済まない」

「青年!? な、なぜ来た!?」

拓磨は目の前の迷彩柄の巨人を見上げた。

(こいつが敵か? 巨大すぎて見上げるだけで首が痛くなる)

初見の感想は、なんともあっさりしていた。アリを初めて見たときの衝撃で、大抵のものには驚かなくなっていた。

そして、ゼロアに手を差しのべ、立たせる。

「立てるか? とりあえず逃げるぞ!」

「すまない、助かる!」

2人は立ち上がると、ウェブライナーに向かって走る。

「ミスター相良! せっかく超人になったんだ。その力、見せてもらおうか?」

相良は返答をせず、巨大な迷彩柄の巨人まで走る。すると、その体を虹色の光が包み、ロボットの胸へと消えていく。

すると、はるか空の彼方で緑色の輝きが放たれる。その瞬間、ウェブライナーへと向かっている2人の背後の地面が爆発する。砂ぼこりが10メートルほど上空まで舞う。

「ふはははは! 素晴らしい力だ! 誰にも負ける気がしない! 死ねえ! 小僧!」

相良は、続けて目からビームを打ち続ける。

拓磨たちの周辺で噴水のように砂ぼこりが立ち続ける。

「ゼロ！」

拓磨は走っている最中に、隣を走っているゼロアに怒鳴るように叫んだ。

「何だい!?」

「あの規格外のデカさの巨人に勝つ方法はあるのか!?」

「分からない！」

ゼロアは即答した。

「ああっ!?」

再び周囲で爆撃のような音と同時に砂ぼこりが舞う。

「さっきまでコテンパンにやられてたんだ！　ウェブライナーもあの通りスクラップだ！」

拓磨たちが走っていく先には、すでに胸部がボロボロに壊れ、中の回線が切断され、火花が飛び散る巨人がうつぶせに横たわっていた。

「あれ、動くのか!?」

「それも分からない！　さっきはまともに立てなかったんだ！」

「全く最高だな！　最高に死ねる状況だ！」

拓磨はほとんどヤケになったように叫んでいた。言葉とは逆に不思議と笑いが止まらなかった。人間、あまりにも絶望的な状況に追い込まれると笑ってしまうのかもしれない。

こちらに来ると決めた時点で、ただでは済まないと思っていたが、予想以上に状況が悪い。

敵はあまりにも巨大なロボット。目からは容赦なくレーザーを発射し撃ってくる。

こちらはあまりにも惨めなスクラップロボット。おまけに動くこともできなかったという。

（動くこともできずにどうやって勝つ？）

２人はようやくロボットにたどり着くとゼロアは七色の光をまとって中に飛び込んでいく。

拓磨はロボットを盾にして、レーザー攻撃をかわす。

「おいっ!?　どうなんだ!?」

「……駄目だ！　機能を停止している！」

「まさに万事休すってやつだな」

さらなる状況の悪化に、拓磨はもう笑いが止まらなかった。

すると、急にレーザー攻撃がやんだ。

「聞こえるか!?　ゼロア！　そして現実世界の青年！」

拓磨にとっては聞いたことのない男の声が響き渡った。

「勝負はついた！　いくらお前でもそれくらい分かるだろう、ゼロア！　お前の協力者は頼りになるかもしれないが、いくらなんでもこの絶望的な状況を覆すことは無理だ！　大人しく投降しろ！　今の私は寛大だ。命だけは助けてやろう。もちろん、そこの青年もだ。ライナーコアをウェブライナーに置き、そのままこちらに来い！」

「本当に助ける気……ですか？」

相良は、拓磨たちに聞こえないように小声でラインに尋ねる。

「白衣の男は利用価値があるから殺すな。もう1人はウェブライナーから離れたら撃て」

「喜んで」

もはや、完全にラインは相良の主だった。相良もそれになじみ始めていた。ラインの容赦ない冷酷な態度は相良にも通じるものがあり、何より凄まじい力を手に入れていることから、相良にとってラインは「理想とする自分」と重なるものがあった。

一方、ゼロアは焦っていた。

全く状況の打開策がない。

「青年。どう思う？」

ゼロアは拓磨に小声で聞いた。

「どっちにしろ殺されるだろうな？　あいつらの欲しい物はライナーコアだろ？」

「あと、このウェブライナーもだ」

「ふふふ、こんなスクラップが欲しいとか物好きな奴らもいるもんだな？」

拓磨は、ボロボロの装甲を軽く叩いた。

「青年、君だけでも」

たんじゃ、俺たちの町だっていつ被害に遭うか分かったもんじゃない。気持ちだけ受け取っておく」

拓磨はすぐに拒絶した。

「君は……こんなときでも冷静なんだな？」

「そうか？　これでも一杯一杯なんだが？　ある意味、テロリストと戦って日本のために死ぬなんて名誉だろ？」

拓磨は、茶化しているのか本気なのかよく分からないような言葉を漏らした。

「一体その若さでどんな人生を生きてきたんだ？」

「悪いが、それは後でな。それより、本当に手段はないのか？」

拓磨は考えることができずに、専門家に尋ねた。答えはすぐに返ってくる。

「……99パーセント死ぬ方法でいいならある」

「……聞かせてくれ」

「ライナーコアを爆発させる」

（おいおい、テロリスト決定じゃねえか？）

拓磨は、状況が状況だけに笑ってしまった。

「こっちもテロリストになるのか？　自爆テロか？」

「この辺り一帯がおそらく消滅する。その場合、あのロボットもただじゃ済まないだろう。

いわゆる道連れというやつだ」

(死なばもろともか……。それぐらい追い詰められているということだよな?)

「消滅するのに1パーセントの確率で生き残るのか?　いくらなんでも良すぎないか?」

「それは単純に、ライナー波が惑星フォインでも未だ解明できていない未知のエネルギーだからだ。はっきり言って何が起こるか分からない」

「よし、それでいこう」

拓磨はほぼ即答に近い速さで答えた。

「……本当にいいのか?　死ぬんだぞ?」

「他に手段がないんだろ?　だったらその1パーセントに賭けてみるさ。それに、あの相良を道連れに死ねるなら先生の借りも返せて、おまけにテロリストに人間の底力を最後に見せることができるんだ。それも悪くない」

「……本当にすまないな」

ゼロアの謝罪に拓磨は笑った。

「気にするな、短い間だがこんな世界があるって分かったんだ。文句どころか感謝するぜ、ゼロ」

拓磨は、笑いながらウェブライナーの陰からゆっくり手を挙げて出てくる。

ゼロアも光をまとって外に出て、破壊されたウェブライナーの胸部装甲の上に立つ。そして胸に手を当てると、野球ボールほどの七色に光る球体を胸から取り出した。

「ずいぶん長い会話だったな？　ライナーコアを実体化させろ。そしてそこの青年に持たせろ」

ラインの命令にゼロアは焦った。

「ちょっと待て！　人間がライナー波に触れたら……！」

「ライナーコアには安全装置があるはずだが？　その上からならば触れられるだろ？　この状況で何かできるとは思わないが、念のための保険だ」

「俺は構わないぜ？」

拓磨は割って入った。どのみち自爆をするのだ。今さら放射能汚染など知ったことではない。化け物になろうが超人になろうが、そっちも知ったことではない。ほぼ確実に死ぬのだから。

拓磨はウェブライナーの体をよじ登って、ゼロアの隣まで行く。

ゼロアは、ライナーコアを目の前で実体化させる。小さな球体は瞬間的に光を放つと直径1メートルほどの大きさになる。

「ゼロ。渡してくれ」

「気をつけてくれ、本当に危険なものなんだ」

「死のうとしている人間に危険とか関係ないだろ？」

拓磨が笑いながら、ゼロアから中で七色の光が放たれる透明な球体を受け取った。

そのときだった。

拓磨がライナーコアに触れた瞬間、拓磨の全身に七色の電流のようなものが走る。

「な、何だ!?」

拓磨は目の前の現象を理解できず、ただ叫ぶ。

痛みはなく、衝撃もなかった。

ただ、全身が震え、立つことが困難になり、そのまま尻餅をついた。拓磨の体を流れた電流はそのまま拓磨の服を伝わり、ウェブライナーの全身へと流れていく。

先ほどまで沈黙していたウェブライナーの目、腕……破損した胸部。全身の至る所から虹色の光があふれだした。

「青年！　コアを放せ！」

ゼロアは事態を察知して、拓磨からライナーコアを取り上げようとしたが、ライナーコアに触れた瞬間、ゼロアの体から七色の光が発し、拓磨とライナーコアも包むと、ウェブライナーの中に消えていく。

突然の現象に相良が戸惑う。

「な、何が起こったんだ!?」

「そ……そんな……何が起こった!?」

ラインも今まで発したことのないような声で、おびえるように呟いた。

「撃て撃て！　撃ち壊してやる!!」

相良は狂ったように、ひたすらロボットからレーザーを打ち続ける。

目の前の現象があってはいけない光景のように畏怖し、目の前の対象を一刻も早く破壊しようとしていた。

ラインはそれを止めようとしたが、その言葉も届かず、相良はウェブライナーに向けてひたすらレーザーを放った。

ウェブライナーの周辺に轟音が響き渡り続ける。砂ぼこりが舞い、ウェブライナーが見えなくなる。

何が自分をそこまで掻き立てるのか、相良には見当がつかなかった。

目の前の状況を認めたくないと、目の前のスクラップが横たわっている場所に、ただひたすらレーザーを撃ち続けた。

白銀の鎧を纏う者

拓磨の意識は、周りが七色の光で囲まれた空間にあった。上下左右３６０度、虹色の光を放つ無数の星が瞬いている場所に拓磨はいた。地面に立っている感覚はあるが、地面にも光が輝いていた。

（一体何がどうなったのか？）

突然、体に電流が走り、動けなくなった。それで倒れて、ゼロアが助けようとして……

気づいたらここにいた。

（ここはどこなのだろうか？）

「……ねん！　……せいねん！　…青年！」

ゆっくりとゼロアの声が聞こえてくる。外のラインの声と同じように脳に直接、部屋全体から響いてきた。

「青年！　聞こえるか!?」

拓磨はゆっくりと辺りを見渡したが、あるのは虹色の光だった。

「聞こえるぞ？　お前の姿は見えないが」

「こっちはウェブライナーと一体化しているんだ。どうやら君とは別の場所にいるみたいだ」

（一体化？　ウェブライナーはロボットじゃないのか？　だったら、操縦の方が正しいと思うのだが）

拓磨の心に疑問が浮かぶ。

「いろいろ聞きたいことがあるんだが、まず始めに……俺は死んだのか？」

「いや、どうやらウェブライナーの中に取り込まれたらしい」

（取り込まれた？　ロボットが取り込む、ねえ……。最近のロボットはそんなふうなのだろうか？）

拓磨はとりあえず、疑問を脇に置いておいた。

「よし、死んでないんだな？　では、次に……一体何が起こった？」

「……分からない」

（ライナー波に俺より詳しいゼロアも分からない事態が起こっているらしい）

「……そうか。じゃあ、分からないな。このままあの巨大ロボットに殺されるのか？

……自爆はどうなったんだ？」

「ライナーコアは君が持っていたはずだ。そこら辺にないかい？」

拓磨はゆっくりと周りを見渡す。ライナーコアは七色の光を放っていたはず。しかし、この部屋も全体が七色の光を放っているので見分けがつかない。

「悪い。全体が虹色でよく分からねえ」

「少し探してみてくれ。私もこの状況から抜け出すように調べてみる」

ゼロアの声が聞こえなくなる。

拓磨は頭を掻くと、ゆっくりと歩きだす。

「ライナーコア……。これは藁の中から針を探すようなもんだな？」

歩けど歩けど光景は変わらなかった。代わり映えのしない景色が続く。地面を触るように手を動かして進んでいくが、何も触れることができなかった。

（ゼロアを待った方がいいのかもしれない）

そんなふうに拓磨は思っていた。

「おい」

ボイスチェンジャーを使い低く加工したような声が、突如空間に響き渡った。拓磨は、素早く声がした方向を振り向く。

そこには全身黒色の人の姿をした生き物が立っていた。人の輪郭はあるのだが、顔には何もついていなく、のっぺらぼうのようである。

全身黒タイツを着ているかのように拓磨は思えた。

「……どちら様でしょうか？」

不審者に話しかけるように拓磨は敬語になってしまう。姿があまりに不気味なので関わりたくない気持ちが強く、敬語になってしまった。

「なぜだ？」

「……はい？」

「なぜ、お前は変化しない？」

（急に何を言っているんだ、この生き物は？）

拓磨の頭は理解を拒否した。

「質問の趣旨が分からないんだが、一体何をおっしゃっているんでしょうか？」

「ライナー波を浴びたものは変化する。なぜ、お前は変化しない？」

「……ひょっとして、あんたはライナー波の意志みたいなものか？」

祐司に昔、アニメの話で聞いたことがあった。

ＳＦアニメでは形のないものが意志を持って話しかけてくることがあると。エネルギーとかそういうものが話してくる、なんともアニメらしい展開じゃないか。

そして、相良家の庭でライナー波について抱いた疑問。

『ライナー波はまるで生き物のようだ』

もし、生き物だとしたらそこに意志が宿っていても不思議ではない。

(ますますオカルトの世界に入ってきたようだ)

拓磨は、つくづく知識を持っていて良かったと思った。

「なぜ、お前は変化しない？」

「人の質問には答えようぜ？　あんたはライナー波なのか？」

「なぜ、お前は変化しない？」

どうやら全く聞いていない。

全身真っ黒ののっぺらぼうは、テレビの再生ボタンを何度も押したように同じ言葉を繰り返す。

「……はあ、『俺が変化しない理由』？　そんなの俺にも分からねえ」

「お前は特別な者なのか？」

(特別な者か……。これは喜ぶことなのか？　それとも悲しむことなのだろうか？)

拓磨は全く分からなかった。

「あんたは俺を相良みたいな超人やアリの化け物にしたいのか？」

「……私はただ変化を促す存在」

ものすごい投げっぱなしの言葉に拓磨は口を開けた。

「つまり、どんな存在になるかは本人次第ってことか？　ずいぶんいい加減だな？」

「なぜ、お前は変化しないのだ？」

結局この質問に戻る。

（目の前の存在がライナー波なのか、それとも不思議な存在なのかは分からない。はっきりいって、どっちでも良い。

ただ、ライナーコアに触れたにも関わらず俺が超人にも化け物にもならなかったのは不思議だ。

触れる時間が短かったから？　それともゼロアが言っていた『ライナー波に対する抗体』のようなもののおかげだろうか？　それとも服のおかげ？

相良たちの様子も気になるが、この黒い生命体はいろいろ情報を持っているようだ。今のうちに聞き出しておくのもいいかもしれない。ひょっとしたら、思いもよらないことが起こる可能性もある。むしろ、奇跡くらい起こってもらえないとあの巨大ロボットには勝てなさそうだ。一発逆転を狙って未知の存在と会話を始めるとしよう）

拓磨は気合いを入れて、口を開いた。

「お互いに名前を名乗ってなかったな？　まずは自己紹介をしよう。俺は不動拓磨という。稲歌町の高校生だ。最近、アリにロケット弾を撃たれたり、爆発に巻き込まれたり、大変な目に遭っている。今は惑星ひとつを滅ぼしたらしいテロリストとライナー波による整形手術を受けた極道の組長と戦闘中だ。ええと……あんたの名前は？」

「不動拓磨。なぜお前は変化しない？」

名前が追加された以外、質問は変わらなかった。

「い、いや……。だから、俺にも理由が分からなくてな？」

「不動拓磨。なぜお前は変化しない？」

(こいつはそれしか興味がないのか!?)

拓磨はため息をついた。

「だから、俺にも分からな……」

「教えろ。なぜ、お前は変化しない？」

(俺が変化しない理由？　知るか、そんなこと。俺が聞きたいくらいだ。

……いや、ここで投げては駄目だ。真剣に考えなくては、こいつの話が全く進まない。何らかの答えを出す必要があるな。

物事は簡単に考えよう。変化をもたらすライナー波。化け物にも超人にもできる力。そのライナー波が変化を与えられない？　何か性質のようなものか？

変化した相良にあって、俺にないもの。もしかしたら、すごい単純な理由かもしれない)

拓磨は何気なく思いついたことを口に出した。

「もしかしたら……俺が変化を望んでいないから……か？」

「望んでいない？　変化を望んでいないのか？」

「ああ、少なくとも今は全く。俺はこのまま日常が過ぎて高校を卒業できればいいと思っているからな。将来の夢も実家のパン屋を継げればいいと思っているし……特に他の職に就きたいとか望みはないな。ものすごく何かしたいと思ったことはないな」

拓磨の願望に、のっぺらぼうは食いついてきた。

「変化の恩恵に興味はないのか？　数十倍も生きることができることや食物連鎖から外れた肉体。人智を超越した力」

拓磨はしばらく考えて、あっさり答えた。

「いらねえだろ？　普通に考えたら。そんな力を手に入れるより、当たり前の日々を当たり前に過ごすことの方がよほど価値があると思うが」

「変わらぬ日々を望むのか？」

のっぺらぼうはさらに深く聞いてくる。

「そもそも変化というのは急に手に入れるものではなく、積み重ねて得るものじゃないのか？　勉強だって頭が良くなりたいと望んで頭が良くなるものじゃない。何回も同じ問題や似た問題を解いているうちに、自然と頭が良くなっているものだろ？　急激に頭が良くなったって、自分で扱えなければロクでもないこと考えて暴走するだけだと思うが」

「変化をもたらすライナー波は不要な存在だというのか？」

いきなり極論を言ってきたので拓磨は慌てて否定した。

「いや、そうじゃない。ライナー波はとんでもなくすごい力だと思う。だが、いろいろやりすぎているイメージがあるんだ。超人にしたり化け物にしたりな。人は力だけで生きている存在じゃない。ただ、生きているとどうしても、ほんの少しだけ、奇跡が必要なときがあると思う。その奇跡を起こす手伝いをしてくれるのがライナー波だと思うんだ。つまり、もう少しライナー波も自分の力の使いどころをよく考えるべきだということだ。何でもかんでも力を与えればいいということじゃないと思うんだが」

もはや完全にライナー波に意志があることを前提に話していた。そして目の前の生き物がその意志であると仮定して。

「………」

黒いのっぺらぼうは沈黙する。

気まずい沈黙に拓磨は不安になる。

(何かまずいことを言ったのだろうか？)

「悪いな、こんな答えしかできなくて。俺もこの状況が何がなんだか分からねえからな。あくまでも自分の考えで思いつくことを言ったんだが。なんか説教みたいだな。そう聞こえたならすまない、そんなつもりはなかったんだが」

拓磨はとりあえず、謝った。しかし、のっぺらぼうはそれも聞いていないように語りかけてきた。

「不動拓磨」

「じゃあ、そろそろお前の名前を聞かせてほしいんだが……」

「お前は不思議な存在だ。今までの使用者と違う答えをお前は導いた。ライナー波を願望の道具として使用するのでもなく、ライナー波を拒絶するのでもない。ライナー波の存在を肯定した上で、さらに新たな存在の道筋をお前は導いた」

（な、長い……。そして言っていることが難しい……！）

拓磨は頭を掻きむしった。

「そ、そうなのか？　そんな人を導くことをした覚えはないんだが。まあ、お褒めの言葉として受け取っておく。それよりお前の正体を教えてくれ」

「お前とともに行けば分かるのだろうか？　ライナー波の新たな未来が」

拓磨の質問を無視し続けて、のっぺらぼうは話し続ける。

「それは……どうだろうな？　期待されても困る。自分に意志があるのならば、自分で決めるべきだ。もし、俺に手伝えることがあるなら、俺でよければ協力してもいいぜ？　世間話くらいの相手なら務まると思うが」

「……お前と行こう。ライナー波の新たな変化、新たな未来のために。その未来のために新たな可能性を持ったものを生み出そう。無限の可能性を持った存在を」

目の前の黒い何者かの胸から黒い光が飛び出し、拓磨の胸を貫く。拓磨は最初は動揺したが、何の痛みも感じない。攻撃とは違うようだ。

「おい、何をする気だ？」

「お前ともう1人を理解し、変化を起こす」

とてつもなくやばそうな雰囲気を拓磨は感じ取った。

「俺は変化しないいんじゃないのか？」

「変化するのはお前ではない」

「なんだと？」

すると、突然目の前の黒いのっぺらぼうから爆発するように白い光が放たれる。

拓磨はとっさに目をつぶる。光の中に拓磨は飲み込まれていく。

「理解完了。お前は想定を……超えた…存在……」


そのとき、外では驚くべき光景が出現していた。すでにくず鉄と化し、動かないウェブライナーから、周りへ無数の白い光が放たれていた。

攻撃を繰り返していた相良も、光に視界を取られて巨大なロボットを後退させる。

「なんだ!?　何が起こった!?」

その答えはすぐに現れた。

ウェブライナーが横たわっていた所には、何か巨大な存在がうずくまっていた。辺りには白い霧が立ちこめ、初めはそれが判別できなかったが、徐々に霧が晴れ、その存在がゆっくりと立ち上がる。

立ち上がるにつれて、重い歯車が噛み合うような独特の金属音が響き渡る。

それは中世ヨーロッパなどで見かける甲冑だった。

しかし、相良の思う甲冑とはあまりにもかけ離れた姿だった。

頭は兜で覆われていた。頭頂部には曲がった刀が取り付けてあるように鋭く輝いている。色は銀色で、目元が黒く窪んでいる。口はなく、代わりに尖ったマスクが装着されている。

胴体は、鎧の装着者が筋肉質であることを強調するかのように両肩から腰にかけてどんどん細くなっていく。まさに逆三角形だった。両肩、胸部、両腕と、至る所に白銀の鎧が取り付けてあり、鎧と鎧の間の関節部分は黒く筋肉のように滑らかで、血管が通っているように脈を打っていた。白銀の鎧の周りの縁は、紫色のフレームで覆われている。

筋肉質の胴体を支えるため、強靭な両太腿の筋肉が腰につながっている。元のウェブライナーのときとは異なり、脚線美はない。むしろ、移動の要である足への外部影響を一切遮断するような鎧の荒々しさがあった。その足を守るために配置された鎧は、関節の動きを邪魔しないように、胴体と異なり隙間が目立つ。

白銀の鎧には腹部を除いて、触れただけで怪我をするような急な反り返りや刃物のような装飾が施されていた。

そして何よりも目立ったのは、胸に取り付けられた透明な防護膜の中にある黒い巨大な宝石である。その宝石を中心に、全身へとイレズミのような溝が延びており、両手と両足まで続いている。

白銀の巨人は完全に立ち上がった。立ち上がった途端、全身の関節部分、イレズミの溝、そして兜をかぶった目元と胸の巨大な宝石が紫色に発光する。まるで生命の目覚めのように。

その瞬間霧が晴れ、美しくも猛々しい白銀の鎧を身にまとう英雄の如き巨人が、未知の世界に現れた。

とても不思議なことが起こってしまった。

全身を白銀の鎧と紫色の閃光で飾り、全長１００メートルの巨躯、そして胸に煌々と輝く紫色の宝石。

電脳将ウェブライナー、ウェブスペースに再誕。


拓磨は光に飲み込まれ、しばらく目を開けることができなかったが、徐々に視界が晴れてきて、目の前の光景が明らかになった。

拓磨は体が完全に収まる椅子に座っていた。

目の前に２個の白い球体が手元の高さに浮かんでいる。足下にはパネルが２枚置かれている。

周りを見渡すと、紫色の光が血流のように白い壁を流れていた。

どうやら10メートル四方の部屋の中に閉じ込められたらしい。

天井の曲がり具合からして、部屋の形は球体のようだ。球体を割るように１枚板を敷いて、その上に椅子を取り付けた形と推測できる。

「今度は……どこなんだ？」

「青年！　聞こえるか!?」

まるで部屋全体から音声が流れるように、拡声器を使ったような大音量が拓磨の鼓膜に突き刺さる。拓磨はとっさに耳を塞ぐ。

「ゼロ。叫ぶならもう少し小さく叫べ！　鼓膜が破壊される！」

「変なことを言うな！　一体何が起きたんだ!?　急にシステムが動き出したぞ!?」

拓磨は周りを見渡す。先ほどまで拓磨がしゃべっていた黒いのっぺらぼうはいなかった。

（あの黒い奴がいない？　一体奴は何だったんだ？　もしかしたら、あいつは本当にライナー波の意志みたいなものだったのか？）

拓磨の疑問は積み重なっていった。しかし、答えは現時点では導き出せない。

（今、分かることはただひとつ。奇跡は起こった。ただそれだけだ。それが良いか悪いか分からないが）

「おまけにシステムの中身まで変わっている！　どうすればいいんだ!?」

どうやらウェブライナーに詳しいゼロアでも予想外のことが起こったらしい。おまけに、意外にもゼロアは予想外のことに弱いようで、かなり慌てふためいている。

「ゼロ。とりあえず、外の様子が見たい。適当に操作して、なんとかできないか？」

「『適当に操作』と言われても何をどうすればいいのか分からないぞ!?」

ゼロアもかなり手間取っているようだ。

拓磨はため息を吐いて、目の前に浮いている白い球体と足下のパネルに注目した。

（何かを操縦するものか……おそらく。とりあえず、これを動かしてみるか。間違って爆発でもしたら一発でアウトだが）

　拓磨は意を決して、目の前の浮遊しているふたつの球体を握り、床のパネルに足を置いた。

（どうにかして周りが見えないだろうか？）

　拓磨は半分祈るように球体を握りしめた。

　すると、突然目の前に視界が広がった。映画館のスクリーンに映像が流れたようである。目の前に、相良が乗っている迷彩柄の巨大ロボットの姿が見えた。奇妙なことに相手の頭が眼前にある。

（……俺の目線が相手と同じ目線。つまり、相良が乗っているロボットと同じくらいの大きさのものに俺は乗っているのか？）

　拓磨は冷静に状況を把握する。

「な、何をしたんだ⁉　青年！　急に視界が広がったぞ！」

「俺だって分からねえよ……」

　拓磨は、握っているふたつの玉を再び凝視した。

（もしかして、俺の意志通りに動いたのか？）

　拓磨は再び球体を握りながら、今度は『外の音を聞きたい』と願った。

　すると突然、耳の中に巨大な重量のある物が地面を踏みつける音が響き渡る。

足下を見ると、先ほどまで拓磨たちがいた地面が小さく見える。そして、拓磨たちが乗っている存在は、後ずさりながら相良たちのロボットから離れていっているようだった。

「おい！　なんでウェブライナーが動いているんだ!?　しかも逃げるように!?」

拓磨は困惑の声を上げる。

「わ、分からない！　けれど、とにかく目の前の敵から逃げないと！　状況が変わりすぎていて訳が分からない！　ひとまず退却だ！」

ゼロアがテンパりながら答える。

まさに『敵前逃亡』とはこのことである。

「お前は緊張しすぎだ!!　目の前に相良がいるんだぞ!?　あいつを野放しにしたら今回の騒動が繰り返されるんだ！　俺たちが戦うんだ、ゼロ！」

「戦う!?　どうやってだ!?」

(俺が操縦しているわけじゃねえんだ！　分かるわけないだろ!?)

拓磨は操作の説明書が出てくるように願ったが、それは叶わなかった。

「ウェブライナーはお前たちの星で作られたんだろ!?　さっきまで動かしていたんじゃないのか!?　何も分からない俺に聞いてどうする!?」

「システムが何もかも違うんだ！　何をしたのか分からないが、君がこの事態を引き起こしたのだろう!?　なんとかしてくれ！」

もはや、拓磨に分かりやすく情報を教えていたゼロアの姿はどこにもなかった。

あるのは、現状を飲み込めず、現実逃避を行う情けない男の姿。

拓磨は改めて知った。

ゼロアという男は柔軟性に欠ける一面がある。いわゆる『マニュアル人間』と言えるだろう。自分の知識の及ぶ分野は事細かに対処できるが、未知の分野はとりあえず距離を取り、対処する。

研究などではそれが適しているのかもしれないが、何が起こるか分からないとっさの判断が必要になる実践では不向きな性質だ。

(それとも、俺が落ち着きすぎているだけなのか?)

拓磨は最終的に自問した。

「ゼロ！　そっちに白い玉はあるか!?」

拓磨は、ゼロアに自分の目の前にある球体について尋ねた。

(これがゼロアの方にもあれば、もしかしたら自由に動くかもしれない)

「ない！」

きっぱりとした回答だった。

すると、こちらの状況を理解したのか、相良がロボットを操り、突っ込んでくる。

「ははは！　何をするかと思ったらただデカくなっただけか!?　どうやら奇跡もここまでだな！」

相良はロボットを操り、右の拳をウェブライナーの胸に叩きつける。

ものすごい衝撃と金属の衝突音が拓磨に伝わり、部屋全体が揺れる。そのまま、相良のロボットはウェブライナーの胸へと両拳を交互に叩きつけてくる。

ウェブライナーは一歩ずつ打撃の衝撃で後退していく。

「どうした！　この程度か!?」

相良の余裕の挑発が、拡声器を通したようにロボットから響き渡る。

拓磨は衝撃を受けながらもなんとか正気を保っていた。

（まずい！　早くなんとかしなければ！　考えろ！　どうすればこいつを思い通りに動かせる!?）

しかし、考えるよりも先に結果が現れた。

後退し続けていたウェブライナーは、ついに足をもつれさせると、轟音と金属音を響かせながら地面に仰向けに倒れる。再び凄まじい衝撃が拓磨を襲う。

相良のロボットは、そのまま手を緩めず倒れたウェブライナーの頭部に向かって拳を叩き続ける。

「つまらん、全くつまらんなあ！　このまま終わりか!?」

拳を叩きつけるごとに、衝撃が部屋全体を襲う。

「ゼロ！　なんとか動かす方法は浮かんだか!?」

「無理を言わないでくれ！　さっきだって逃げ出すことを考えるので精一杯だったんだ！」

思えば、今のゼロアのような反応が正しいのかもしれないと拓磨は考え始めていた。

急にシステムも何もかも変わったロボット。動かすこともままならず、逃げ出すことしかできない。

(その状況で『戦え』などと言った俺は、ひどく愚かだったのかもしれない。動かす方法も分からず、なすすべもなくやられ続ける。これが現実なのだろう。

だが、現実だろうと何だろうと今はそれを受け入れるわけにはいかない！　他に目の前のロボットを止められる奴がいればいい。

だが、そんな奴はいないのだ！　俺とゼロア以外には！

こんなSFの世界に巻き込まれて、奇跡的にこのロボットを手に入れた。互角に渡り合えるかもしれない力を手に入れたのだ！　ここでなんとかしなくてどうする!?　考えろ！

まずは動かす方法だ！)

拓磨は必死に頭を働かせ、現状を整理し始めた。

(ウェブライナーはさっき、動いていた。しかし、なぜ後退なんだ？　なぜ敵の方に向かっていかない？　何か『後退する理由』があるのか？

先ほど外の音を聞くこともできるようになった。

外の様子も見えることもできるようになった。

それらは全て俺が『そうあってほしいと願った』からだ。

つまり、このロボットのシステムを動かすのは『意志』ということか？

いや、それだけでは『後退』の説明がつかない。

俺は一度も『後退』なんて願っていない。もし意志の力が動かすならば、とっくに相手に向かっていっているはずだ。

一体どういうことだ？　ひょっとして今ウェブライナーを動かしているのは俺ではなくて……）

〈無理を言わないでくれ！　さっきだって逃げ出すことを考えるので精一杯だったんだ！〉

（ゼロアか!?）

拓磨は先ほどの会話の中でゼロアが言っていたことを思い出す。

「ゼロ！　腕を動かすように祈れ！」

「え!?」

突然の拓磨の指示にゼロアは聞き返す。

「いいから早くしろ！　腕を動かして相手の攻撃を防ぐように祈るんだ！」

ゼロアは即座に拓磨の言う通り、願った。すると、ウェブライナーの両腕が動き、顔の前で×の字を組み、相手の拳を受け止め始める。

「ほう？」

急に動き出したウェブライナーに、相良は興味を示す。

「動いた!?　なるほど、考えるだけでいいのか！」

一度できるようになると、マニュアル性質者の対応は早かった。ゼロアはそのまま祈り続けた。すると、ウェブライナーは立ち上がった。

先ほどまで殴打されていたが、驚くべきことにウェブライナーの装甲には傷ひとつ付いていなかった。新品同様に光り輝いている。

「ちいっ！　どれだけ頑丈になったんだ!?　あのポンコツが！」

あまりの強度に相良は悪態をついた

ウェブライナーはそのまま、突進していくと相良のロボットに殴りかかり、相手のロボットの上半身目がけて殴打を始める。

拓磨とゼロアは、このまま一気に形勢逆転になると思われた。

「ミスター相良。差し入れだ」

この一言が脳内に聞こえてくるまでは。

突然、光が両者の間に現れ、腰ほどの長さの棒が地面に食い込んでいた。よく見ると、先端にビルを真っ二つにしそうなほど鋭く黒い両刃。棒の先端には槍のように相手を貫く刃。

戦に使われる斧、戦斧。その中でもハルバードと呼ばれる種類のものである。

先端が槍のようになっており、相手を貫いて良し、斧のように両刃で切って良しの万能の代物である。

「ありがてえええ!!」

相良は素晴らしいアシストを行ったラインに感謝をすると、ロボットを動かし、ウェブライナーの拳を避け、地面の斧をつかむと下から振り上げる。

ウェブライナーの胸で火花が走ると、その威力に押され、白銀の巨人が吹き飛ばされ、爆発のような砂煙を上げ、地面に倒れる。

「ぶ、武器の転送だと？」

突然現れた武器に、ゼロアは信じられないものを見たというように声を上げる。

「まさかできないと思っていたのか、ゼロア。戦いに武器は付きものだろう？」

ラインの見下したセリフがゼロアの脳内にこびりつく。

ウェブライナーはゆっくりと立ち上がるが、すかさずハルバードの攻撃が、ウェブライナーの左肩から右腰に火花をまき散らす。次にハルバードの先端の強烈な突きを胸に食らい、ウェブライナーは地面に再び倒れる。

内部に再び衝撃が走る。拓磨は揺れと衝撃に必死に耐えていた。

（まさか、ロボット専用の武器まで出てくるとは思わなかった。それもいきなり転送されてくるなんて誰が考えただろうか？）

ゼロアは、再びパニックになる。

「ゼロ、こっちも何かないのか!?」

「さっき、それも他の情報と一緒に探そうとしたんだが、どうやっても調べることができなかったんだ！」

「調べることができない？」

拓磨は武器の情報を調べることを願う。すると、目の前に液晶の画面のようなものが現れ、様々な文字が上から下へと羅列するように流れ始めた。

（これはどうしたことだ？　調べることはできるじゃないか）

しかし、さらなる問題が立ちはだかった。

（何が書いてあるのか、さっぱり分からん！）

日本語でも英語でもない。歴史の教科書で見た象形文字に似ている以上、解読不能である。

「ゼロ！　こっちで調べることはできるようだ！」

「今それどころじゃない！」

ゼロアは一喝すると、地面に倒れたウェブライナーは再び、立ち上がる。

「ほら、かかってこい。武器なしで戦ってやる。相手が弱すぎるからな」

相良はハルバードを地面に突き刺すと、ロボットの左手を前に突き出し、「かかってこい」と指を動かし挑発する。

「この……！」

ゼロアは舐められたことへの悔しさと怒りを拳に込めて、ウェブライナーを動かす。

しかし、ウェブライナーの攻撃は宙を切り、反対に強烈な右ストレートを兜に食らう。

諦めず、拳を放つが、今度は鎧ごしに腹に左拳の一撃を食らい、さらにもう一撃兜にもらう。

「ははは、弱いな！　どうやら武器なんか本当にいらないみたいだ！」

相良は、先ほどからウェブライナーの相手をしていていろいろ理解したことがあった。

目の前の白い鎧を着けたデカブツ。

見た目は恐ろしいほどの威圧感を放っているが大したことはない。見かけ倒しというやつだ。

理由はふたつ。

ひとつは拳、蹴りという打撃技しかできないということ。つまり、武器を持っていないということだ。小さいポンコツロボのときは武器を持っていたのに、デカくなった途端に武器が消えるとか、どんな不良品だ？

ふたつ目。これが致命的だ。操縦している奴が弱すぎる。さっきから意志だのどうだの聞こえているが、会話が丸聞こえだ。内輪の会話を敵に聞かれてどうする？

どうやらロボットの性能もまるで使いこなせていないらしい。

さらに言うなら、動きが単調すぎる。『避けてくれ』『当ててくれ』と言っているようなものだ。わしを誰だと思っているんだ？　組員を束ねた相良組長だぞ。いくら親の七光で出世したとはいえ、弱い奴がてっぺんに立てるほどこの世界は甘くない。これでも若い頃は喧嘩では負け知らずだった。

（そうだ！　わしは決して他者の力で生きてきたわけではない！　自らの力で結果を示し

たではないか!? ラインに圧力を加えられ、ひるんだが、何のことはない！ この戦力差を見ろ！ わしの圧勝だ！）

相良のロボットのアッパーカットがウェブライナーのアゴに直撃し、そのまま仰向けに地震のような衝撃とともに倒れていく。

「くっ……！ やはり、強い……！」

ゼロアは悔しさをにじませ、声を漏らす。

「操縦者が違うと、ここまで差が出るとはな」

相良は嘲る。

しかし、圧倒的な力の差を見せつけた相良でも、ふたつほど気がかりなことがあった。ひとつは相手の装甲である。斧で切り、槍の先端で突いたにも関わらず、何も変わらないように傷ひとつ付いていない。異常なまでの強固な装甲である。30発ほど殴ったにも関わらず、へこんでいる部分さえなかった。

そしてもうひとつは乗っているもう1人の男。不動拓磨である。

（相良邸でのあの大立ち回りは何だったのであろうか？ 量産したアリが弱すぎただけだった？ そもそもあんなことができたなんて信じられない。たかが高校生が武装した化け物に挑んで無傷で勝利したなんて）

やはり、アリが不完全だったのであろう。相良は無理やり自分を納得させた。

「異常なまでの装甲だ。興味深い」

「興味深い？」

相良はラインに聞き返した。

「知る必要はない」

ラインの扱いにも、相良は文句ひとつ言わなかった。命令にのみ従い、それ以外に含まれた意味や感情を汲み取ろうとしない心境。

一種の『無視』のような状態に入っていた。

不思議と心が傷つかなくなっていた。

（考えないとは、なんて心地がいいのであろう。ただ文句ひとつ言わず動いていれば全て物事がうまくいくのだ。それ以上を求めるなんてありえない）

先ほど地面に突き刺したハルバードを取りに戻ると、地面に刺さっていた大斧を引っこ抜き、再びウェブライナーの元へ戻ってくる。

「とりあえず、研究のためサンプルが必要だ。まずは、首を刎ねろ。いくら装甲が頑丈でも、関節部分は弱いはずだ」

ラインの言葉に、相良のロボットはゆっくりと斧を振り上げる。

そのとき、拓磨は必死に現状を打開しようとあれこれ願っていた。

（武器はないか？　使える機能はないか？）

しかし目の前に出てくるのは意味の分からない文字の羅列のみ。

（おそらく、自分の望んだものなのだろう。

内容が分かればの話だが、あいにく分からない）

すると、さらに状況は悪化する。

「やはり、私は戦士としては向いていないのか…？」

ゼロアが突然へタレ始めた。

（無理もない。先ほどから攻撃を当てようと必死にウェブライナーを操作したのに、攻撃をすればするほど自らがボコボコにされるという泣いても仕方ない状態なのだから。だが、それは後にしてほしいものだ。首を刎ねられるというときに言う言葉ではない！）

「ゼロ！　相手は腐っても極道だ！　喧嘩じゃ敵わないのは仕方ない！　とにかく、現状を打開する方法を考えろ！」

「……せめて、君が操縦者ならばな。私がシステムをやれば、分かるかもしれないんだが」

そこまでゼロアが呟いたとき、２人は同時に息を飲んだ。そして同時に思った。

（なぜ今まで気づかなかったんだ⁉）

２人が気づいたとき、相良の声の大声が響き渡る。

「死ねええ！」

容赦なくハルバードが振り下ろされる。その瞬間、金属と金属がぶつかり合う音。

相良は勝利を確信した。自然と笑みを浮かぶ。

ところがその笑みは長く続かなかった。

その1秒後には笑みが真顔に変わり、さらに1秒後には恐怖に顔を歪めていた。

確かにそこにウェブライナーはいた。

ハルバードの刃を、片手で白刃取りしている。先ほどとはうって変わり、目から紫色の光があふれ、胸の宝石が輝き始めている。

相良はそのまま押し切ろうとしたが、軽く突き返されるようにロボットを押し戻される。

「まさか、貴様!?」

相良には確信があった。斧を片手で受け止める無茶な行為。そして、先ほどとはまるで別物の威圧感を放ち始めるウェブライナー。

どちらとも相良邸で体験した感覚。

(何かが変わった。おそらく、操縦者が！)

ウェブライナーは再び立ち上がると、自分の両手を握ったり閉じたりを繰り返す。最後に、相良のロボットを睨むように見つめる。

「どうやら、間一髪だったな？」

拓磨は安堵の声を漏らす。寿命が一気に縮まったようだ。

「すまない、青年！　先ほどは取り乱してしまった！」

「謝罪は後だ。まずは相良を潰す。何か使えるものはないか？」

「小僧オオオオオ！」

拓磨の確認を遮るように相良はハルバードを振り回してくる。ウェブライナーは、一撃目を軽く下がることでかわす。そこからの振り下ろしで右足を下げ、体を縦にすることでかわす。あと少しずれていれば直撃しかねない斬撃を紙一重で避けていく。

避けられ続けることで怒りと焦りが頂点に達した相良は、そのまま胴体を真っ二つにしようと左から右へ水平に切り裂く。

しかしその攻撃を、ウェブライナーは刃をつまむように右手で受け止めた。

「なっ!?」

「相良、てめえはやりすぎた。絶対に許さねえ」

静かにウェブライナーから放たれた拓磨の言葉には『相手を救う』などという慈悲は欠片もなかった。

相良宗二郎。現相良組長。彼は今、ある結論に達した。

相良邸での不動拓磨の立ち回りはアリの不完全性でも何でもないことを。

ただ、目の前の男が強すぎただけのことだった。

「青年！　システムに変化が現れたぞ！　今まで見たことのない機能だ！」

どうやら敵の攻撃を受け止めたことで何か起こったらしい。

「何でもいい。とにかくやってみてくれ」

相良は会話の隙を突くと、ロボットの目からビームを至近距離で放ち、ハルバードを捨て、距離を取る。

ウェブライナーの表面で大爆発が起こり、煙で姿が見えなくなる。

「ははは！　調子に乗るからだ、馬鹿が！」

（いくらあの小僧が接近戦に強くても、こちらにはライナー波で生み出したレーザーがある。距離を取りつつ削っていけば問題ない。おまけに至近距離からの最大出力レーザー攻撃だ。あの装甲でもただでは済まないはず）

そして煙が晴れ、そこにはウェブライナーが立っていた。

傷ひとつなかった。おまけに胸の宝石が先ほどより輝いている。

「なんでだ⁉　なんで傷ひとつ付いてないんだ⁉　貴様はああああ‼」

相良の理不尽すぎる現状への叫びだった。

『何をしても無駄』。目の前の白銀の鎧の巨人からは、言葉では言わずとも雰囲気だけでそれがひしひしと体に伝わってきていた。

「青年。何やら文字が増えたのだが？」

「文字？」

一方、相手のことなんか無視をして拓磨たちは会話を続ける。

「ああ、『ビーム』と『ハルバード』という文字だ」

「『ビーム』は分かるが、『ハルバード』って何だ？」

「君が受け止めているその斧だ。戦で使われる斧の種類のひとつだ」

拓磨は画面を通して右手の斧を見た。

（文字が増えた？『ビーム』と『ハルバード』。どちらも先ほど攻撃を受けたものだ）

そのとき、拓磨の頭の中に閃きが舞い降りた。

「もしかしたら……！　やってみるか」

すると、相良が雄叫びとともに、ロボットで突っ込んできた。両手には、再び転送されたであろうハルバードを2本持って突っ込んでくる。

「青年！　来るぞ！」

拓磨は自分の閃きに賭けた。

こういうときにどうするかも祐司に昔、さんざんロボットアニメの話で聞かされた。

〈やっぱりさあ、ロボットの技って叫ばないと意味ないよね？　叫んでこそスーパーロボットだよね？　気合いで動いて叫んで倒す。昔ながらのロボットってやっぱり格好良いよね？〉

「ライナアアア！　ハルバアアアアド!!」

拓磨の豪快な叫びとともに、ウェブライナーの手のひらが光り、先端の鋭い刃、ウェブライナーの胴体ほどもある巨大な両刃が飛び出し、天に向かってものすごい速度で伸びていく。あっという間にウェブライナーの全長の１００倍近い長さに達した。

「はあ!?」

ゼロアは驚嘆の声を上げ、相良は無視して突っ込んできた。

ウェブライナーは、手から飛び出したハルバードの柄をつかむと、拓磨の雄叫びとともに、眼前の敵を一掃するように横に一薙ぎする。

あまりにもハルバードが巨大すぎて、刃の部分には当たらなかったが、高層ビルのような太さのハルバードの柄は、相良のロボットの脇腹に直撃した。柄の直撃を受けた装甲にヒビが入り、砕けていき、空中で横に回転しながら吹き飛び、着地の後地面を転がる。

「……ば、馬鹿な……！」

相良は内部にいても相当の衝撃を受けたようで、むせながら2本のハルバードを杖のようにしてロボットを立ち上げる。

「やはりな。相手のハルバードを学習したんだ」

拓磨は納得がいく答えを得られたように理解した。

「『学習した』!?　受けた攻撃を元にライナー波で作り出したというのかい!?」

「たぶんな」

ゼロアはこのとき、自分の乗っている存在の恐ろしさに改めて体が震えた。

（『学習』。これを繰り返していくことによりこのロボットは力を得る。これが先ほどまで乗っていたウェブライナーだというのか？

そもそも、なんでこんな姿や能力を身につけたんだ？　全ての原因はおそらく一緒に乗っている青年、不動拓磨。一体、彼は何をしたというのだ？）

ゼロアの推測を知るよしもなく、ウェブライナーは肩でハルバードを担いだ。

「相良。そろそろ終わりにさせてもらうぞ?」

「なぜだ……! なぜお前みたいなガキにわしが負ける!? わしは超人になったんだ! ライナー波の力で! 不死の力を得たんだ!」

「『人間を捨てて』だろ?」

拓磨は冷たく突っ込んだ。

「人間なんぞにこだわりなんかなかった! 組員全てはわしのものだ! 今の相良組を作ったのはこのわしだ! 反対するものを粛正し、強固な組織を作り上げたんだ! だが、人間は年を取り、いつか滅びる! そんな不完全な人間なんぞつまらない存在だろ!?」

「その不完全な人間に負けちゃ、ほんとお笑いぐさだな」

拓磨は呆れていた。その態度に相良は怒りを抑えきれなくなる。

「貴様は人間ではない! 化け物だ! わしと同じ、いやわし以上の人の姿をした超人だ!」

「……それで?」

「お前もいつかわしと同じように力を求める! 白い目で見られ、社会に捨てられ、信頼していた親しき者にもゴミのように扱われてな! そんな状況に陥って、今のわしと同じようになる! お前みたいなガキに偉そうなことが言えるか!? 殺すなら殺してみろ! お前が殺すのは未来の自分だ!!」

その場に静かな空気が漂う。2体の巨人の間に沈黙が居座り、静寂が破られるのをひたすら待った。

「相良宗二郎。ご無礼ながらガキとしてお前に最後に言いたいことを言わせていただこう」

ウェブライナーは手で握っていたハルバードを放す。ハルバードは七色の光に包まれ分解し、ウェブライナーの胸の宝石に吸収されていく。

「俺はお前がどんな人間だったのか知らない。だから、本当はお前がどんな性格だろうが知ったことではない。むしろ、興味がない」

そのまま、ウェブライナーは右手の人差し指で相良のロボットを指さす。

「だが、お前のくだらねえ欲望で巻き込まれて死んだ人間や、巻き込まれた奴が大勢いるんだ。それは見過ごせない問題だな。そんなに超人は良いものか？　今のてめえはどう見てもパシリにしか見えねえ。リベリオスに使われ、老人としての誇りも風格もなくなった、ただの人形だ。お前は力を得た代わりにもっと大事なものをいろいろなくしたんだ。そうだろ？」

相良は言い返すことができなかった。目の前のガキの言葉のひとつひとつがまさに自分の境遇をそのまま表していたからだ。

しかし、認めることはできなかった。認めれば、全てが終わる。そんな予感が相良を駆り立てた。

「少なくともお前には部下がいたはずだ。中にはお前のことを本気で心配した部下もいたかもしれない。いくらなんでも、お前を止めようとした奴が１人もいなかったとは思えない」

「逆らう奴らは全て排除した！　何も知らないようだから教えてやろう。この世界は犠牲の上で成り立っているんだ！　奴らを切り捨てなければ、わしの組は成り立たなかった！今のわしの組はなかった！」

「人生を切り捨ててきた奴は今の俺には勝てねえ」

拓磨はあっさりあしらった。

「何だと!?　何も知らない小僧が正義の味方の真似で説教か!?」

「俺は金城先生の死で知った。もうこんなことはたくさんだってな。切り捨てて忘れたりするか、全ての経験を積み重ねて、お前らを潰す怒りに変えてやる。切り捨てて満足の奴が、積み重ねていく奴に勝てるわけねえ！」

「吠えてろ！　ガキがアアアア!!」

ウェブライナーと相良のロボットが動いたのは、ほぼ同時だった。

しかし、攻撃は相良の方が速い。今まで目から放っていたレーザーを、今度は全身を発光させて撃ち放つ。ウェブライナーの2倍ほどの直径の、緑色の光を放つ巨大な円が目の前から拓磨たちに迫る。

相良渾身の一撃はウェブライナーを飲み込み、姿を掻き消す。

相良は勝利を確信した。完全にライナー波を操り、自らが正しいことを立証した。

(勝者こそ正しい！　これこそ、人生で得た真理)

自然と顔がにやけ、笑い声が喉から漏れ出してくる。気づけば高笑いを始めていた。大声で、何も恥じることなく、外ならぬ自らの意志で。

「はっはっは！　貴様の負けだ、小僧！」

その瞬間だった。相良は見てしまった。

緑色の光の中、紫色の鋭い眼光が2本、輝きを放つのを。そして聞いてしまった。

二度と聞きたくなかった、あの男の咆哮を。

「ライナアアアアアアアアアア!!　ビイイイイイイイイイイイム!!」

緑色の光の奥で巨人の胸が輝き出し、その輝きが相良のロボットから放たれる緑色の光を飲み込み、さらに巨大化していく。

気づけば、大津波のように、紫色の光が緑色の光を食らいながら迫ってくる。

相良は慌てて、さらにライナー波の出力を高めようとするが、その瞬間、胸の装甲が出力に耐えきれなくなったのか……破片となり、吹き飛ぶ。

「ら、ライン様！　力を貸していただきたい！　あと少しの力があればあの巨人を……！」

相良は、頼みの綱である主に無意識に頼んでいた。それはもうすでに、全てラインの支配下にあるということ。人間を捨てた者の悲しき末路だった。

「そのロボットは、こっちの武装の中で最高のライナー波の出力と装甲を持つロボットだ。まさか、それで不満だというのか？　ミスター相良」

ラインの冷たいセリフが頭の中に響いてくる。

「あと少し、あと少しで奴を倒せる！　これは何よりの戦果でしょう!?」

「確かに戦果は何よりも大切だ。奇跡を起こしたウェブライナーを倒す。まさに最高の戦果だ」

「そうでしょう!?　ならば……」

「だが、倒すのはお前じゃない」

ラインのセリフは冷酷さを帯びていた。

『お前は必要なくなった』。言葉の内から相手の意図を相良は感じ取った。

皮肉にも自分が乗ったロボットが破壊されるときに。

「何をおっしゃって……!?」

「分からないか？　なら、まとめて言おう。お前はライナー波を扱えない無能で、意志も気骨も軟弱で、私から最高の獲物を奪うような無礼な男ということだ」

「き、貴様……！」

相良は、ついに反抗する意志を取り戻した。皮肉にも、「力を求めた自分」が「力」に負けるときに。

「おお、そうだ。ウェブライナーの対戦相手として戦闘データをこちらにもたらしたのは感謝しているぞ？　それではさようなら、元組長」

「貴様アアアアアアアアア!!」

紫色の光は、ついに相良のロボットに直撃する。全ての装甲が塵と化し、ライナーコアに光が直撃した途端、空気が静まりかえる。その一瞬の沈黙の後に、辺り一面の地形を引きはがすほどの衝撃と爆風。

拓磨たちの前に立ちはだかった相良組長、相良宗二郎は、塵と爆風の中に消えた。彼の腕として活躍したロボットや、彼の手で姿を変え、化け物とされた部下とともに。

爆風がやみ、塵が消え、残った場所に立っていたのは、白銀の甲冑を身につけ、夜空の星の如く胸を紫色に輝かせている巨人のみだった。

「先生、仇は討ったぜ。一応な」

拓磨は虚空に呟きながら、ふたつの球体から手を放し、椅子にもたれかかる。

「青年、すまない。君をさらなる戦禍に巻き込んでしまった」

「ゼロ。俺はもう選んだんだ。お前が謝ることはない。それに俺は一度、お前を助けるかどうか迷ったんだ。謝罪するのはこっちの方だ」

そのとき、突然拍手が頭の中に響き渡ってくる。

拓磨は再び球体の上に手を置き、ウェブライナーを動かし周辺を見渡す。

「素晴らしい！　ライナー波は実に素晴らしい！　まさに成長を与える究極のエネルギーだ！」

「ライン！　姿を見せろ！」

ゼロアは姿なき声の主に叫ぶ。

「おや？　仲間ができたら急に強気になったな？　お前も相良と同じか？　ゼロア」

「何の用だ？　お山の大将。俺は今、機嫌がすこぶる悪いんだ。用があるならせめて姿を見せたらどうだ？　それが礼儀だろ？」

拓磨は恐れひとつ見せずに、響き渡る声に向けて聞き返す。

「ふふっ、お前は本当に面白い奴だ。悪者を倒したんだ。喜んだらどうだ？　正義の味方だろ？」

「俺はやることをやっただけだ。それに元人間を殺して喜べるわけねえだろ」

拓磨の言葉には、姿なき敵への侮蔑が憎しみとともに練り込まれていた。

「聞いたか？　ゼロア！　お前も少しは見習え。淡々と次の戦いに備える戦士の魂。日本ではこういうのを侍の魂というのか？　ことわざにもある『勝って兜の緒を締めよ』というやつか？」

「ライン、これ以上人々を巻き込むのは止めろ！」

ゼロアの言葉も何の意味もなかった。

「巻きこまなければ、こっちの願いは叶わないからな。それは無理な話だ」

「御託はいらねえ。さっさとてめえらのいる場所を教えろ。早く終わりにして元の生活に戻りたいんだ、こっちは」

「せっかく始まった祭を抜け出すというのか？　もう遅いぞ。ウェブライナーのパイロットであり、ゼロアのご友人。ウェブライナーと貴様の命はリベリオスがいただく。悪人の決めゼリフはこれでいいかな？」

「消えろ」

拓磨のドスの利いた声を、ラインは嘲るように笑った。頭の中で響くこだまを残し、徐々に消えていく。

「……面倒な奴だな？　お前の知り合いか？」

「ラインという男だ。リベリオスのリーダー、私の古い知人だ」

「友人か？」

拓磨は思いつきを口にした。

「かつてはそう思っていたときもあった。けれど、今はとてもじゃないが、かつて友人だったと思い出したくもない」

ゼロアは吐き捨てるように呟く。

（なんとなくだが、ゼロアに同意見だ。金積まれても関係を持ちたくないタイプだ）

拓磨は賛同した。

「さてと、俺もターゲットになったようだし、帰るか？」

「青年、本当に…」

（ゼロアの謝罪はこれで何度目になるだろう？）

拓磨は謝罪に飽きていた。

「いいんだ。どのみち放っておいたら、リベリオスに現実世界は目茶苦茶にされるんだろ？」

拓磨はゼロアのセリフが言い終わる前に答えた。

「それは……そうだが」

「面倒事に巻き込まれるのは慣れているんだ。ちょっと規模がでかいと思えばなんとかなるさ」

拓磨は笑いながら『外に出る』と祈る。

すると、体が光に包まれ、巨人の足下に光が着地した。ゼロアも同様に拓磨の隣に現れる。

「それに、こんな頼もしい巨人も手に入ったんだ。大丈夫だろ？」

「青年。一体、何があったんだ？　いろいろなことがありすぎて教えてもらいたいんだが」

「とりあえず、帰るぞ？　話はそれからでもいいだろ？　俺には家があるんだ。お前はこれから俺の携帯電話として生活していく。目標は『打倒リベリオス』。それでいいか？」

「……ああ、申し分ない」

ゼロアは笑うと手を差し出す。

「ん？　この手は？」

「私たちがともに協力し、戦っていく誓いだ。それと……」

「それと？」

拓磨の聞き返しにゼロアは、はにかんでさわやかな笑顔を浮かべた。

「二度とゴミ箱に捨てないでくれという約束だ」

「ふっ、いいだろう」

拓磨は微笑み返しながら、ゼロアの手を握った。

ともにリベリオスを打ち倒すべく、結成した地球の人間と惑星フォインの住民の同盟。

そんな2人を白銀の巨人は見下ろしていた。

こうして不動拓磨とゼロアの最初の戦いは幕を閉じた。

終章「そして次の戦いへ」

友がいるから

同日、午後6時38分。不動家、拓磨の部屋。

「さすがだ、たっくん！　よくやった！」

拓磨の部屋では、祐司が床の上で、コンビニで買ってきたサンドイッチを食べながら、拓磨の話を聞いていた。さっきからずっとこの調子である。

拓磨も机の前の自分の椅子に座りながら、ツナおにぎりを食べていた。

本日、不動家の夕食はなしである。理由は単純。

叔父信治と叔母喜美子が『ダルい』の一言で寝込んでしまったからである。

（おそらく、ウェブスペースに連れ込まれたことによる環境不適応の影響だとゼロアは言っていた。誰だっていきなり熱い南国や寒い雪国に行ったら、体が対応できずバテたり風邪を引いたりする）

拓磨はそのように簡単に解釈した。

しかし、ライナー波が満ちたウェブスペースに飛ばされたのである。

そのことをゼロアに相談したら、『対策を練っておく』と言っていた。ライナー波については ゼロアに任せるとしよう。

現実世界へ戻ってきた拓磨だったが、まず心配したのは事態の収拾である。

稲歌町全域の人間が一斉に消えたのだ。交通などにも支障が出るものと考えていたが、驚くべきことに交通事故ひとつ起こっていなかった。

ウェブスペースに連れ去られた人が乗っていた車や電車は、まるで時間が止まったように停止していたらしい。

常識的に考えて、運転している人が急に消えれば、そのまま車が前の車などに突っ込み、事故を起こすはずなのだが。最近の交通機関には安全装置でも付いているのだろうか？いくらなんでもそれはない。誰かが意図的に止めた？　考えられるのはそれしかないだろう。

リベリオスか？

ゼロアに初めて会ったときの話だと、人目をはばかって行動しているらしい。奴らが自分たちの存在をばらされるのを防ぐために行動した？

しかし、たぶんないな。考えてみれば、ありえないことだ。そもそも、テロリストが人の心配なんかするか？　むしろ、混乱こそテロリストの求めるものでは？

仮に注目されるのを防ぐにしても、今回の行動は度が過ぎている。町ひとつ分の人間をさらったんだぞ？

まるで、存在を知られても問題ないように思える。

一体、奴らの目的はなんだ？

ライナー波の実験ということまでは分かっている。だが、それはあくまで過程だろう。真の目的は何だろうか？

世界征服？　人類の奴隷化？

……分からん。今後、関わっていくうちに分かるようになるのだろうか？

もしかしたら事故を防いだのは俺たちやリベリオス以外の第三者かもしれない。そいつらが町の人たちを助けた。

姿なき第三者。果たしてそれは敵か味方か？　ますますややこしくなってきたな。

一方、相良邸に乗り込んだ警察への対応は祐司が行ったらしい。

警察も警察で大変だろう。突然起きた稲歌町一斉神隠しへのマスコミの対応。もしかしたら今回の騒動は全国的にも有名なニュースになるかもしれない。

オカルト雑誌に売れれば、『宇宙人のしわざ』だの『実は異次元の扉が稲歌町にあって、全員そこへ連れさられた』だのいろいろ噂になりそうだ。

笑えないのはそれら全てが正解だということだが。

今回の功労者は祐司だろう。

俺がウェブスペースに行った後、祐司は学校へ戻り、全生徒の安全を確認、再び相良邸に戻り、ちょうど目覚めた警察官に状況を説明したらしい。

あれほど怪しい状況だったにも関わらず、見事に俺を信じてくれた。俺と祐司の幼い頃からの信頼関係があったからこその素晴らしい対応だろう。

ただ、残念なことに警察には全く相手にされなかったそうだ。

それもそうだ。

「俺の友人が、今『でっかいロボット』と『いけすかねえ残念イケメン』そして『天の声』に人質に取られている俺たちを助けて、『紫色の髪をしたコスプレ』をさらに助けに行ったんですよ！　お願いですから助けに行ってやってください！」

「君、大人をからかうものではないよ。それよりここで何があったかを教えてほしい」

警察官が冗談だと思い、聞き返したという。

「本当なんだよ！　信じてください！」

「彼を病院へ！　相良邸の爆発を見て錯乱しているようだ！」

以上のような会話が繰り返されたらしい。

結局、頭がおかしい人間扱いされて病院で検査を受けさせられそうになったらしい。しかし、「検査の必要はない」と言って逃げてきたそうだ。たぶん、後日、相良邸で起こったことの事情聴取をされるだろう。現実世界で警察から逃げることはできないのだ。

相良組員全滅の相良邸だが、どうやら爆発事件ということで収拾が付くかもしれない。家が丸々消えたんだ、ライナー波の力で。おそらく、それが一番現実的に起こりうる解決方法だろう。

相良宗二郎を含む相良組員はそれに巻き込まれて全身死亡となるのか？　いくらなんでも、死体もないのに死亡扱いにはしないと思うが、もしかしたら行方不明ということで、かたがつくかもしれない。金城先生の件もな。


「たっくん！」

拓磨は祐司の一言で現実の世界に引き戻される。祐司はちょうどサンドイッチを食べ終わり、話し相手を欲していたようだ。

「何ぼ～っとしているの？」

「何かいろいろなことが起こったからな？　頭で整理しているんだよ」

「ほんとだよねえ、まさかのテロリストだものねえ。それに巨大ロボットだし。アニメの世界みたいなことが起こったからねえ」

祐司は呑気に語り始める。

「青年」

祐司が奇跡の体験談のように本日の出来事を振り返るのを横目に、ゼロアが小声で拓磨に話しかけた。

「話して良かったのか？　彼に」

ゼロアは懸念の声で拓磨に尋ねた。

ゼロアの言葉ももっともである。あんな異常な世界、現実に知れ渡ったら大パニックが起こる。

（いつ、テロリストに襲われるか分からない恐怖。ライナー波による化け物か超人への選別。考えただけでも恐ろしいものだ。

これらの情報は慎重に扱わなければならない。幸いなことにあの世界に飛ばされた人間は、気絶などで覚えていないようだ。ウェブスペースの存在は今のところ秘密として守られるだろう。

ただ、中には例外もいる。目の前の祐司とか）

拓磨はため息を吐いた。

「本当は内緒にしたかったんだけどな。さすがにあの世界を見られちゃ弁解のしようがないだろ？『全部、ＣＧ』とか嘘を吐くか？　俺はそんなハリボテみたいな嘘を吐き通せるほど器用じゃねえぞ？」

「……まあ、それもそうだけど。私としては『リベリオス』という存在と、一般人である彼はあまり関わり合いになってほしくない」

（俺も一般人なんだが？　とゼロアにこんな突っ込みを入れるのは野暮だろう）

　拓磨は突っ込みを心に留めておいた。

「同感だ。安易に情報を知って、勝手に行動されたら、あいつらにこちらに攻め入る隙を与えるようなものだ。守れるものも守れなくなる」

　拓磨は答える。

「まあ、それが情報公開の難しいところだ。知ることも大切だが、今回ばかりは知ったところでどうにもできないからね。『携帯電話などを使わなければいい』という意見もあるかもしれないが、あまりに生活の一部になりすぎている。注意喚起をするので精一杯だろうね」

　ゼロアも現状の複雑さを答えた。

　リベリオスに対抗する以上、情報にも気を遣わなければならない。もちろん、それによって2次被害を起こさないためにも。

「詰まるところ……俺たちが頑張るしかないってことか？　被害を防ぐために」

　拓磨は結論を口にする。

「……すまない」

　ゼロアはまた謝った。もう何度目なのか、拓磨は数えてすらいない。

「だから、お前が謝ることじゃない。まだウェブライナーという対抗策があるだけマシだ。まあ、世のため人のため頑張ってみるか。俺は他人のために働くのは嫌いじゃないからな」

「よく言った、たっくん！　それこそヒーローの心だ！　正義の味方たる者、他人のために働いてナンボだぞ！」

いつの間にか祐司が会話に参入していた。すっかり気分が高ぶり、さっきから酔っ払ったようにノリノリである。

(アニメ大好きの祐司にはたまらない世界だろうな)

「はあ……、祐司。お前も気をつけろ。それから、今回のことは……」

「内緒でしょ？　皆まで言うな！　分かっているぞ、たっくん！　敵はこちらの混乱に乗じて攻め込んでくるからね。パニックなんて余計なものを起こすなってことでしょ!?」

「なんて物分かりの良い青年なんだ……」

ゼロアはあまりにも慣れているように現状を察知する祐司に感心していた。

「まあ、これがアニメオタクの良いところだな。現実離れしたことでも、普通の人より案外受け入れられる」

祐司に話してもいいと思ったのは、非現実の世界にどっぷり浸かっており、今回のこともすんなり理解できるその性質もあってのことだった。

今回のことはさすがに無理だと思っていたが、最初は混乱していたものの、どうやらうまく受け入れたようである。

「でも、警察には話しておいた方がいいかもね？　敵の手が及んでいなければ、だけど」

祐司は現実的なアドバイスを口にする。

「ああ。問題はどうやって信じてもらうかだが……早めに手を打っておく必要があるな」

（警察の協力を得られればいろいろと対処しやすくなる。今後の最重要課題だな……）

拓磨がツナおにぎりを食べ終わると、祐司はちょうど立ち上がった。

「よし！　大変だと思うけど頑張ってね、たっくん！　俺にできることなら何でもするから！」

「ああ、頼りにしてる」

拓磨は笑顔で答えた。

「それと、ええと……何て名前だっけ。携帯電話の中の人」

「ゼロアだ。呼びにくかったらゼロでいいよ」

すると、祐司はすぐにあだ名に慣れた。

「ゼロ！　たっくんを頼むよ。しっかりバックアップしてやってね!?」

ゼロアはにこやかに携帯電話の液晶の中から答えた。

「こちらこそ、お願いしたいところだよ」

「それじゃあ、明日も学校があるんでまた明日！　じゃあね！」

祐司は颯爽とドアを開けると、音を立てながら階段を下りていく。下の階で喜美子の声が聞こえる。どうやら祐司が帰るのを知って、顔を出したようだった。

部屋の中が静まりかえる。まるで祭りが終わったような静けさだった。

「良い友人だね？」

ゼロアが拓磨に尋ねる。

「ああ、少々度が過ぎるところもあるが、俺にはもったいねえほどできた友人だ」

「だから、わざと言わなかったのかい？　金城勇氏や相良組全員の最期を」

拓磨はお茶のペットボトルを手に取りながら、動きを止める。その場に沈黙が居座る。

拓磨は祐司に話したのは、『リベリオスという組織が日本を狙っており、町の人を人質に取ったが、拓磨がゼロアの持ってきたロボットで撃退した』という、よくあるロボットアニメの王道の内容だった。

祐司がこの内容を信じられたのは、事件の当事者であり、何より拓磨に対する信頼あってのことだった。

(俺は、祐司の俺に対する信頼を利用したんだ。自分の都合の良いように)

拓磨は、止まった時間を動かすようにお茶を飲み始める。

「青年、君は正しい選択をした。ライナー波の治療が現時点で見つからない今、彼らを化け物の姿から救うには殺すしかなかったんだ」

「……ああ、そうだろうな」

拓磨はゼロアの会話を流すように、着ていたジャージを脱ぎ出す。相良邸でのアリとの抗戦やウェブスペースでの戦いのせいで上着もズボンも糸がほつれて、ところどころが切り裂かれていた。

もう着られる状態ではない。

拓磨は、机の向かいのタンスからから新しいジャージを取り出すと着始める。

「……あいつには言えなかった」

拓磨は自問するように呟いた。

「だから、君がやったことは……！」

「違うんだ。俺のことはどうでもいい。俺は祐司の日常を壊したくなかった……」

そこまで言うと、拓磨は言葉を止める。

〈いや、違う。俺はまた、自分の都合で祐司を利用している。俺が言いたいのはそうじゃない。

俺は祐司に今まで通り友人でいてもらいたかった。今まで通り1人の人間として〉

〈貴様は人間ではない！　化け物だ！　わしと同じ、いや、わし以上の人の姿をした超人だ！〉

最後に対峙したときの相良の言葉が胸に響いた。一度思い出すと、決壊したダムのように次々とあふれだしてくる。

〈お前もいつかわしと同じように力を求める！　白い目で見られ、社会に捨てられ、信頼していた親しき者にもゴミのように扱われてな！　そんな状況に陥って、今のわしと同じようになる！　お前みたいなガキに偉そうなことが言えるか!?　殺すなら殺してみろ！　お前が殺すのは未来の自分だ!!〉

俺が人間？

ただの人間が至近距離で銃弾を避けられるか？

素手で頭を吹き飛ばせるか？

一気に間合いを詰める加速ができるのか？

自分のことはよく知っているつもりだった。幼い頃から面倒ごとがいろいろ飛び込んでくる日々。

そんな俺でも、子供の頃から俺のことを理解してくれる人たちがいた。祐司はそんな人々の1人だ。ただの友人と呼べる者ではない。俺の存在を示してくれる大切な者だった。あいつを失うことは、俺の今までの人生を否定するのと同じこと。

それだけは避けたかった。

だから言えなかったのかもしれない。真実を知って祐司が離れていくのに耐えられなかったから……だから詳しく説明せず、自分の都合のいいように祐司との信頼を利用した。

最低な奴だ、俺は。

今までの俺はあまりにも幸運だった。過去も今もなんとかやってこれた。

だが、そろそろ自覚すべきなのではないだろうか？

「俺も……相良と同じかもしれないな」

「拓磨。それは絶対に違う」

はっきりしたゼロアの声が響いた。先ほどまでの拓磨を気遣うような口調ではなく、何かを確信した力強い言葉である。

「確かに君は、人間という常識からは外れた身体能力を持っている。君が相良邸でライナー波の怪物の大群を打ち破ったと知ったときは、はっきり言って怖くなった」

「それが普通の反応だ」

拓磨は納得した。

「だが、ウェブスペースで君に再び会ったとき、君は確かに人間だった。私の知っている中で誰よりも」

「俺が？　どうしてだ？」

「私のような宇宙人の言葉を信じ、町の人々のために命を賭けて戦ってくれたんだ。その心は祐司の言う『正義の味方』に通じるのではないか？」

拓磨は服を着替え終わると、黙って机の上に置いてある携帯電話を見つめた。

そこには笑みをこぼれさせ、拓磨を激励する宇宙人の姿があった。

「人間を助ける者はあくまで人間なんだ。だとしたら、人を救った君が人間じゃなくてどうする？」

拓磨は心の中で巣くっていた不安がゼロアの言葉とともに、ゆっくりとほどけていく感覚に満たされた。

（『人間を救うのはあくまで人間』。確かに、そうかもしれないな）

「悪いな、ゼロ。変なことで気を遣わせてしまった」

ようやく拓磨の顔にも笑顔が表れた。

「これからいろいろと頼むことがあるんだ。これくらいどうってことないさ」

「そういや、初めて名前で呼んだな？」

（いつも『青年』としか呼ばれていなかった気がする）

拓磨はふと気づいて、尋ねた。

「いつまでも『青年』じゃ無礼だと思ってね？　祐司に話せなかったことも、今じゃなくていい。必要以上にリベリオスとの戦いに巻き込みたくない気持ちも私には分かる。今は言えなくても、後できちんと説明すればいいと思う」

初めてゼロアと出会ったときは、こんな心穏やかな状況になるとは思っていなかった。物置での出会い。あれこそまさに人生の分岐点だったのだろう。

もうすでに道は決まった。ならばこのまま行くしかない。幸いなことに俺には味方がいる。現実と携帯電話の中の友人が。

祐司にはいつか必ず真実を話す。自分の犯したことを全て。そして最後の判断は祐司にゆだねるとしよう。

（悪いな、祐司。今は黙ったままでいさせてくれ）

「さてと、これから忙しくなる。君にも聞きたいことが山ほどある」

「俺も聞きたいことがあるんだ。いろいろな」

窓の外ではすでに日が暮れ、夜の闇が稲歌町に腰を下ろしていた。全てを飲み込む黒い影。不安と恐怖を連想させる何かはすでに張り巡らされた。

しかし、その闇の中にはいくつもの星が輝いている。暗闇の中でも、人々は星の光で自らを把握できる。このまま星は人々を照らす希望となるのか。

その答えを知るものは誰もいなかった。


同日、？時??分、ウェブスペース。

円卓が部屋の中央に鎮座していた。黒い革が張られた、特有のツヤと光沢がある椅子が周りに配置されている。

部屋全体は薄暗く、部屋の四隅に満月のような電灯がぼんやりと輝いているだけで、他に光を放つ物はなかった。壁にアーチのような切り抜きがあり、他の場所につながっているようだが、先は暗闇で見通しが付かない。

その椅子のひとつに座っている男がいた。

黒い髪は整えられており、全て後頭部へと流れている。オールバックという髪型だ。

体格は180センチほど。瞳は多くの日本人と同じ黒い瞳。しかし、その色は『絶望』を感じさせるものだった。

服装は研究員が着るような白衣を着用。しかし、その白衣のところどころには黒いシミのような痕があった。

両足をテーブルの上に伸ばし、足を交差させている。そして腹の上にノートパソコンを置いて、液晶画面をのぞき込んでいた。

手にはワイングラスを持ち、その中は赤い液体で満たされている。それを口元へ近づけると、少しずつ飲み込み、味わいを楽しんでいる。

すると、その静寂を破るように、足音が部屋に響き渡る。液晶画面を見ていた男は、その音の方へ軽く目を向けると、再び画面に目を戻す。

足音はゆっくりと男へと近づいてきて、男の背後に回る。そして背後から男の首に腕を回すと、男の頬へ自分の頬をすり寄せる。

女性だった。髪は胸元ほどの高さまで伸びており、ポニーテールになっている。男と同じように白衣を着用している。一点のシミもなく、清潔感が漂っていた。耳には虹色に輝く宝石のイヤリングを付けている。

「離れろ」

男は冷たく女性をあしらう。女は回した腕を放すと呆れたように男を見つめる。

「ずいぶん冷たいのね、ライン？　熱いのはベッドの中だけかしら？」

ラインは女の言葉に鼻で笑う。

「お前だってそうだろう?　お互い快楽だけ求めて、情なんて欠片ほども持ってないだろ?」

「ふふ、そうね?　だからいいんだけど」

女はノートパソコンの中をふと見つめる。中には巨大な白銀の鎧をまとった巨人がこちらを見つめている映像が映されていた。

「それ、何?　新しい兵器?　博士がそんなの開発した記憶なんてないんだけど」

テーブルの上に置かれているワインのボトルをラインのグラスに注ぎ足すと、自らはラッパ飲みしながら尋ねる。

「そりゃそうだ。これはライナー波が起こした奇跡だからな」

「奇跡?」

「これはウェブライナーだ」

女は沈黙した後、再びパソコンを覗く。

「元の姿の影も形もないじゃない。まさか、ゼロアが作ったの?」

「いいや、おそらくパイロットのせいだ」

「ウェブライナーにコックピットなんてなかったでしょ?」

女の言葉にラインは笑う。

「ゼロアと同じようになったのかもしれない。詳しくは調査中だ」

「へえ～。じゃああんたが雇った相良組長は、その『奇跡の者』に負けたってこと？　あの人、結構ロボットの扱いうまかったじゃない。惜しい人材をなくしたわね？」

「考えるだけで子供でも動かせるんだ。相良がうまく扱えるように見えたのは、単純に喧嘩に慣れていたからだろ？」

　女はボトルを飲み干すとテーブルの上に置く。そして、再び去っていく。

「首尾はどうだ？　まさか、ワインだけ飲みにきたんじゃないだろ？」

「抱かれにきたんだけど？」

　女は冗談めかして男の方を振り返りながら発言する。

「ふふっ、悪いがそんな気分じゃない。報告だけしろ」

　女はため息を吐くと、急に真剣な表情になる。女性誌モデルのように美しい顔が際立つ。

「ライナー波による生体実験を各町で開始」

「大規模な実験は控えろ。今回の騒動でゼロアも対策を練ってくるはずだ。あいつはそこまで馬鹿じゃない、こちらの痕跡は消せ。それより、ウェブスペースに転送の際に起きた全情報通信機器へのハッキングはどうした？」

　女の現状報告にラインは指摘も交えて答えた。

「具体的に誰が発信したのかは不明。ただ、発信源が稲歌町にあるということは分かった」

「なるほど。住民への被害を最小減に抑えた奴は稲歌町にいるってことか？」

「ええ。それと、今回の戦闘データを基に新しいライナーコアを作成。それに対応するロボットをただいま建造中。1週間もあれば、完全に稼働可能な状態に入れる」

「素晴らしい。さすがは博士だ。最大の賛辞を伝えてくれ」

(戦闘はたった数時間前だったというのに、すでにライナーコアの調整まで終わっているとは驚きだ。やはり技術者は組織にとって必須だ)

ラインはいつの間にか笑みを浮かべていた。

「リベリオスの所属員は、工作員として活動中。各自ライナー波の実験を行っているらしいけど……何か彼らに指示はある？」

「バレルを呼び戻せ」

「バレル？　ガーディアンの1人を捕獲して、絶好調らしいけど」

「ああ、奴専用にロボットのシステムを改良しろ。それをウェブライナーにぶつける。あいつなら、ウェブライナーの奪取ができそうだ」

「了解」

女は立ち去ろうとする。

「ああ、そうだ。リリーナ」

リリーナと名前を呼ばれ、女性は再び振り返る。

「何かしら？」

ラインは右手の人差し指を1本立てている。そのジェスチャーを見た瞬間、リリーナは理解する。

「ワイン？　もう1本飲むの？」

「さすがは優秀な秘書だ。話が早くて助かる」

ラインはニヤニヤと笑いながらも、その目はパソコンの動画を追っていた。

「……銘柄は？」

「何でも構わん」

ラインはぶっきらぼうに答える。

「色は？」

「血の色」

「了解」

リリーナは、クスクスと笑い声をこらえながら闇の中に消えていく。

一方、ラインは動画の映像をひたすら眺めていた。

相良が搭乗したロボットには、戦闘データを記録するため様々な外部情報集積装置が搭載されていた。今、見ている映像もその装置のおかげだ。

おそらく、現在の戦況はこちらが圧倒的に有利だ。

そして今回、ゼロアの所在がようやくつかめたということでロボットを試験運転として用いたのだが……。

それがあの様だ。

おかげで今日はワインが進む。次で3本目…いや4本目か？　まあ、どちらでもいい。

今日は飲み明かしたい気分だ。

素晴らしいではないか!?

さすがはライナー波！

無限のエネルギー？　そんなもの何の自慢にもならん！

今回の一件で我々はライナー波の可能性を改めて見た。

すなわち『変化』だ！

ライナー波が人体に影響を与えることは知られていた。

しかし、まさかロボットにまで影響を与えるとは驚きだ。ただの動力だと思っていたのが、ついには体をも支配した。

今までに前例のない変化を私は目撃した！

なんて素晴らしい日なのだ。おかげでワインが進む、進む。

だが、しかしそれをゼロアたちが実現したことが納得いかん。

やはりライナー波は我々が管理せねばならん。

そして新たなる変化を我々に！

しかし、そのためにはどうしても欲しい物がある。

ラインは愛しい恋人を見るように、画面の奥の巨人を見つめた。

お前だ！　進化したウェブライナー！

そして進化のきっかけとなったであろう地球人！　お前たちをバラバラに解剖すれば、私たちの研究はさらに進むだろう。

感謝するぞ？　ゼロア。やはり元友人だ。私の期待は裏切らん。

しばらくはウェブライナーを手に入れることに集中するとしよう。


「今回みたいなマグレな勝利は二度はないぞ？　せいぜいあがいて楽しませてくれ。ゼロア、そして地球の青年」

部屋の中にラインの笑い声が響き渡る。その不気味な笑い声は反響し合い、建物全体へと伝わっていく。

欲望に飢えた狂人は、ウェブスペースの奥深くで、ただ変化を望んでいた。

ライナー波による変化を。終わることなき欲望を。


こうして稲歌町の高校生、不動拓磨はいつもと異なる日々を体験することとなった。

それは謎の世界『ウェブスペース』。その世界に存在する謎のエネルギー『ライナー波』。

そして巨大ロボット『ウェブライナー』。

不思議な出来事にあふれた不動拓磨の物語はこうして幕を開けた。

あとがき

このたびは本書『電脳将ウェブライナー』をご購入いただきありがとうございました。

作者の吉田和照と申します。

いろいろな幸運と様々な人々との出会いが重なり、本書を出版させていただく形になりました。まず、ご尽力いただいた関係者の方々に深く御礼を申し上げます。


さて、皆様は読後どんな感想をお持ちになりましたでしょうか?

面白いやつまらない、様々な意見があると思いますが、私はそれが知りたくて出版しました。自分の作った話がどんなふうに思われているのか知りたかったのです。

様々なご感想お待ちしております。


今作ですが、簡単に言うと『町が襲われているので何とかする物語』です。これだけ覚えておけば大丈夫です。これどおりに物語が進んでいきますので何も心配ありません。

当分は不動拓磨を中心に物語は進んでいきますが、彼はあくまで主人公の中の1人です。話が進んでいけば、彼くらい変な奴らがたくさん出てくるので、彼の立ち位置が変化してきます。

個人的には、巻を重ねていくほどに面白くなると思うので、今後の展開をお待ちください。

最後まで読んでいただきありがとうございました。

それでは、また次巻でお会いしましょう。

著者プロフィール

吉田 和照（よしだ かずてる）

1991年生まれ
群馬県出身
公務員

イラスト協力会社／株式会社 i and d company：岡安俊哉

電脳将ウェブライナー

2020年10月15日　初版第1刷発行

著　者　吉田 和照
発行者　瓜谷 綱延
発行所　株式会社文芸社
〒160-0022 東京都新宿区新宿1－10－1
電話 03-5369-3060（代表）
03-5369-2299（販売）

印刷所　株式会社暁印刷

ISBN978-4-286-21958-5